O Livro dos Vilões

Cecily von Ziegesar, Carina Rissi,
Diana Peterfreund e Fábio Yabu

O Livro dos Vilões

Tradução
Ryta Vinagre

5ª edição

GALERA RECORD
RIO DE JANEIRO • SÃO PAULO
2017

CIP-BRASIL. CATALOGAÇÃO NA PUBLICAÇÃO
SINDICATO NACIONAL DOS EDITORES DE LIVROS, RJ

L762 O Livro dos Vilões / Cecily von Ziegesar... [et al.]; ilustra-
5ª. ed. ções Rafael Nobre; tradução Ryta Vinagre. – 5ª. ed. – Rio de Janeiro: Galera Record, 2017.

ISBN 978-85-01-04210-1

1. Ficção americana. I. Ziegesar, Cecily von. II. Nobre, Rafael. III. Vinagre, Ryta.

14-11881 CDD: 813
CDU: 821.111(73)-3

Texto revisado segundo o novo Acordo Ortográfico da Língua Portuguesa.

Editoração Eletrônica: Abreu's System

Ilustrações de miolo: Rafael Nobre | Babilônia Cultura Editorial

Ilustração da capa: Rafaella Machado

Direitos exclusivos de publicação em língua portuguesa somente para o Brasil adquiridos pela
EDITORA RECORD LTDA.
Rua Argentina, 171 – Rio de Janeiro, RJ – 20921-380 – Tel.: (21) 2585-2000, que se reserva a propriedade literária desta tradução.

Impresso no Brasil

ISBN 978-85-01-04210-1

EDITORA AFILIADA

FOTO
nastia_dizzy
3.987 likes

#STEPSISTERS —
SOBRE SAPATOS E SELFIES

Cecily von Ziegesar

Era uma vez três meninas. Duas delas eram irmãs e uma era meia-irmã, pois a mãe morrera e o pai se casara novamente. As três meninas normalmente não concordavam na maioria das coisas, mas tinham algo em comum: adoravam sapatos...

— Voltem para a fila, meninas — rosnou um segurança corpulento vestido da cabeça aos pés de preto, inclusive com grandes óculos de sol pretos e intimidadores. — As pessoas estão esperando desde manhã cedo. — Ele indicou com um gesto a multidão de mulheres e meninas cansadas e vermelhas de sol que aguardava calmamente em uma fila que dava a volta pelo quarteirão e chegava até a Quinta Avenida. Algumas usavam imensos chapéus de palha para se proteger do sol anormalmente quente de junho. — Sem exceções — acrescentou ele. — Esperem a sua vez.

Nastia e Dizzy Tremaine, as duas meninas de 16 anos altas e bem-vestidas com quem ele tinha falado, o ignoraram por completo.

— Espera, vamos tirar uma selfie — disse Nastia, passando o braço longo e definido por cima dos ombros de modelo da irmã gêmea, puxando-a para perto e segurando o telefone com a outra mão. — Diga *sapatos!* — exclamou, sorrindo com euforia para a câmera.

Dizzy apertou o rosto bronzeado contra o da irmã e riu. Seus olhos sempre brilhavam e ficavam mais bonitos quando ela ria em vez de apenas sorrir. Ela praticava no espelho desde os 10 anos de idade; àquela altura já sabia muito bem como fazer.

— Não se esquece de pegar a placa da Louboutin no fundo — falou, o rosto petrificado num sorriso.

— Peguei. — Nastia olhou a foto. As duas tinham ficado lindas: a adorável covinha na bochecha direita de Nastia estava aparecendo e o sorriso de Dizzy era perfeito. — E foi — disse ela ao postar a foto no Instagram. As duas tinham tantos seguidores que antes que se dessem conta a foto já havia recebido milhares de likes. As pessoas eram obcecadas pelas duas porque eram gêmeas idênticas e lindas. O que havia para não gostar?

Dizzy deu o braço à irmã e a puxou para a porta da butique.

— Vem, rápido, antes que o nosso tamanho acabe. — As gêmeas tinham se decidido por dois pares de sapatos específicos. Para Nastia, os saltos plataforma peeptoe de pele de enguia dourados. Para Dizzy, os saltos agulha cor-de-rosa com glitter metalizado. Precisavam deles para o Baile do Solstício de Verão do Elite Club na semana seguinte. Seus vestidos Miu Miu dourado e rosa foram escolhidos tendo em mente aqueles sapatos, mas a mãe, sempre sovina, as fez esperar pela liquidação.

— Meninas! — berrou o segurança.

Elas o ignoraram. Dizzy empurrou a porta de vidro da loja. Lá dentro estava abarrotado. Oitenta pessoas espremiam-se em bancos para quatro, experimentando um par de sapatos depois do outro. Algumas mulheres até estavam sentadas no chão, cercadas de sapatos e caixas abertas. Era o caos. A porta não se mexeu.

— Mas o quê...? — exclamou Dizzy.

Nastia bateu o punho no vidro.

— Ei, pessoal? Dá pra deixar a gente entrar? Por favor. — Mesmo quando pensava que estava sendo educada, cada palavra que saía da boca de Nastia era na realidade uma ordem. Era melhor não mexer com ela.

— Tipo, *agora*? — intrometeu-se Dizzy.

— A porta está trancada, e a chave está comigo — explicou o segurança ao se aproximar. — Meninas, lamento, mas vocês vão ter que ir para o fim da fila e esperar como todas as outras. Está no horário de saída da escola e agora está mais movimentado. Mas não se preocupem. Têm muitos sapatos. O bastante para todas.

Nastia e Dizzy encararam o homem. Muitos sapatos, até parece. Como se os sapatos que elas queriam fossem feitos aos montes. Eram edição limitada — só eram produzidos alguns pares de cada tamanho. E sem dúvida nenhuma eles já teriam acabado se as gêmeas não tivessem mandado sua meia-irmã acampar na frente da loja na noite anterior e reservar os sapatos para as duas no minuto em que as portas se abrissem.

— Nossa irmã já está lá dentro — explicou Nastia. — Está aqui desde ontem à noite. — Ela arregalou os grandes olhos castanhos. — Nós queríamos tanto os sapatos que ela se ofereceu para ficar acordada a noite inteira, esperando, para entrarmos primeiro.

Dizzy apertou seu nariz pronunciado e aquilino no vidro. Teve um vislumbre do irritante cabelo comprido e dourado de Cindy.

— Lá está ela! — exclamou. — Está segurando três caixas de sapato! Ela acaba de acenar para mim! — Dizzy puxou a maçaneta da porta e sacudiu o vidro com impaciência. — Deixa a gente entrar, deixa a gente entrar!

— Por favor — ordenou Nastia.

O segurança orgulhava-se de ser durão com adolescentes, mas aquelas duas eram tão obstinadamente adoráveis, com os narizes iguais e testas pequenas, sérias e franzidas numa carranca. Lembravam-no de sua filha, agora adulta, aos 3 anos. Nada adiantaria além de um sim.

— Um passo para o lado, senhoras — disse ele, destrancando a porta para deixar as gêmeas entrarem.

A loja estava apinhada, barulhenta e confusa. As liquidações eram desumanas, mas, no caso dos sapatos Christian Louboutin, absolutamente necessárias.

Nastia localizou Cindy de imediato, no corredor dos tamanhos 34-35, experimentando sapatos. Cindy tinha pés pequenininhos de boneca. As gêmeas calçavam 40.

— Ei, sua egoísta! Não mandamos você vir aqui para comprar sapatos para você mesma, sabe — cuspiu Nastia, marchando até a meia-irmã, com Dizzy a reboque. Ela puxou o cabelo louro e enlouquecedor de tão brilhante de Cindy. Será que ela comia coco e clara de ovo crua escondido de madrugada ou coisa assim? — Hmmm, o que está fazendo? Onde estão os *nossos* sapatos?

Cindy estava com olheiras roxas de cansaço sob os olhos azuis faiscantes, mas ainda parecia muito alegre e bonita com seu nariz arrebitado, cílios longos, sardas fofas, bochechas rosadas e a boca em formato de coração. Nastia e Dizzy fizeram uma careta involuntária. Meu Deus, ela era tão irritante.

— Ah, oi. Que bom que vocês chegaram! — exclamou Cindy com seu sorriso inocente e doce de sempre. Era surreal que alguém conseguisse ser tão tapada e infantil depois dos 11 anos, como Cindy parecia ser. Talvez a morte da mãe quando ela tinha exatamente essa idade a tenha feito parar no tempo e seu cérebro se recusasse a envelhecer, deixando-a eternamente de olhos brilhantes, imatura e confiante mesmo agora, aos 16. Ou talvez ela só fosse uma vaca falsa, má e louca por sapatos que sabia exatamente o que fazia e só fingia reservar os calçados que Nastia e Dizzy queriam enquanto fazia compras escondido para si mesma.

Cindy ficou de pé com os pés descalços e deu em cada uma delas um abracinho caloroso de boneca com seus bracinhos mínimos de boneca. Mal tinha 1,50m de altura e era toda pequenininha. Nastia e Dizzy tinham ambas 1,75m. As gêmeas se agigantavam para cima dela, de braços cruzados nos peitos largos

— Quer, por favor, entregar logo os nossos sapatos? - ordenou Nastia, impaciente.

— Ah. — A carinha doce de Cindy se franziu toda em uma expressão triste. — Então, o que acontece é o seguinte... — Ela olhou de uma gêmea para outra. — Nastia, eles não têm nenhuma plataforma peeptoe de pele de enguia dourada no seu tamanho... Em qualquer tamanho, a não ser os realmente pequenos. E, Dizzy, os saltos agulha cor-de-rosa com glitter metalizado estão totalmente em falta. Eles têm um par dos azuis, mas também não são do seu tamanho.

— De que tamanho são? — exigiu saber Dizzy.

Cindy sorriu, desculpando-se, e cutucou uma das caixas no chão com o dedão do pé perolado. Aninhado em papel de seda preto dentro da caixa de sapatos preta e vermelha Christian Louboutin havia um lindo par de saltos agulha azul-bebê com glitter metalizado. — Trinta e quatro. Eu estava experimentando só por diversão. Saltos onze... Eles me deixam tão alta!

— Não estamos comprando sapatos pra *você* — interrompeu Nastia. — Você ainda usa todos os sapatos que eram nossos no terceiro ano do fundamental. E então, achou mais alguma coisa para nós? Alguma coisa boa? O que ficou fazendo esse tempo todo?

Cindy podia ter explicado que passara a noite com Hubert, o gerente de vendas fabulosamente glamouroso, ajudando a preparar a liquidação. Eles pediram sushi e Hubert deixou que ela experimentasse vários pares de sapatos. Ele era um amor, e até disse a Cindy que ela podia ficar com um par de graça se ainda sobrasse algum de seu tamanho no fim da liquidação. Era melhor não comentar nada disso. Suas meias-irmãs já pareciam bem irritadas.

— Sobraram dois pares do tamanho de vocês, eu pedi para alguém reservar — respondeu Cindy. — Espera aí. Só preciso encontrá-lo.

Ela procurou por Hubert, que estava atrás do balcão, ajudando uma das vendedoras a colocar oito caixas de sapato em quatro grandes sacolas Louboutin para uma mulher mais velha com um autêntico casaco de pele de girafa. Cindy acenou para Hubert, que retribuiu, mostrando a língua e revirando os olhos para demonstrar como a liquidação era estressante. Hubert vestia calça preta stretch, botas pretas reluzentes Louboutin Peter Pan feitas sob medida e uma camisa branca com mangas bufantes e babados nos punhos. A frente da camisa era para ser trançada, como as costas de um espartilho, mas Hubert retirara os cordões, então a camisa ficava escancarada, revelando seu peito liso e bronzeado. Ele veio até as meninas com longos passos de modelo, as mangas bufantes ondulando.

— Aimeudeus, Cindy — exclamou ele com um forte sotaque francês. — Você não me disse que suas irmãs eram tão bonitas. — Ele pegou uma mecha do cabelo longo cor de avelã de Nastia. — São modelos, não?

Nastia não gostava que ninguém tocasse em seu cabelo, exceto ela mesma ou sua stylist, Judit, e especialmente não um francês sebento, mas ela suspeitava de que Hubert seria o bilhete para os sapatos que ela queria.

— Se fôssemos modelos, já *teríamos* os sapatos plataforma de pele de enguia dourada tamanho 40. — Ela fez um lindo beicinho para ele.

— E os saltos agulha cor-de-rosa com glitter — completou Dizzy. — Também 40.

Hubert imitou a linda careta amuada das duas. Não podia evitar; elas eram umas drama queens.

— Sinto muito. Esgotados.

A careta linda e amuada das gêmeas se transformou numa expressão que mais se assemelhava a um puma furioso rosnando.

— Eu tentei dizer isso a elas — afirmou Cindy.

Hubert levou o dedo aos lábios dela.

— Esta é a natureza da liquidação — falou ele simplesmente. — *C'est la vie.*

— Mas precisamos dos sapatos — protestou Nastia. — Não sabe quem somos?

Hubert deu de ombros.

— Não — respondeu sem hesitar.

— Você tem Instagram? — exigiu saber Dizzy.

— Não — respondeu Hubert. — Prefiro o Twitter. É mais... filosófico. — Ele pôs as mãos nos quadris estreitos. Seu peito exposto brilhava, e as mangas balançavam no ar. — Vou trazer os sapatos que sobraram no tamanho de vocês.

Nastia e Dizzy se acomodaram no assento de uma *chaise* pequena. Hubert saiu do estoque trazendo duas caixas de sapato, sentou-se em uma pequena banqueta de veludo vermelho diante das gêmeas e abriu as tampas das caixas com um floreio ondulante. Dentro delas havia dois pares de sapatos tipo boneca sem salto, de couro preto e enormes fivelas prateadas. Pareciam calçados para sapateado.

— Foi só isso que sobrou no tamanho 40. — Ele brandiu os sapatos em todo o seu esplendor decepcionante. — Bonitos, e ainda assim práticos. Perfeitos para a escola. Dá para usar com looks especiais e com jeans e camiseta. Um par para cada uma.

— Não vamos à escola em junho. Tem provas demais — disse Nastia.

— A Cindy faz por nós. A gente vai à praia — explicou Dizzy. — Não vê que ela é branca e nós somos bronzeadas?

— Eles são bem legais, na verdade — observou Cindy timidamente. — Acho que vocês iriam usar bastante. Ficariam bem com saia, short ou...

— Acho que não precisamos que você nos diga o que usar. — Nastia a interrompeu. — Podemos nos vestir sozinhas. — Ela franziu os lábios em um meio sorriso para o vendedor. Os sapatos eram feios, horrendos até, mas as duas não iriam para casa de mãos abanando. — Tudo bem. Vamos levar. — Ela lhe entregou o cartão de crédito conjunto das gêmeas. — Neste cartão passe só esses dois pares, por favor. *Ela* não vai levar sapato nenhum. — Nastia fuzilou Cindy com os olhos. — Nossa mãe... a *madrasta* dela... só nos deu permissão para comprar dois.

Hubert apertou os lábios e assentiu. Pegou o celular, entrou no Twitter e digitou:

> Quem disse que sapatos boneca são só para crianças? Sapatilhas pretas de verniz voltaram! #Louboutin

— Pronto. Acabo de deixá-los super-mega-descolados para vocês. — Ele devolveu as sapatilhas às caixas e fechou as tampas com um gesto pomposo. — Volto já com seu recibo.

Nastia e Dizzy o observaram sair, tentando ficar animadas com seus novos pares de sapatos. Elas se viraram e viram Cindy experimentando de novo os saltos agulha azul-bebê com glitter tamanho 34. Ela lhes abriu um sorriso de enfurecer ao admirar seu reflexo no espelho.

— Hubert disse que talvez eu consiga um emprego aqui neste verão, ajudando no estoque. Assim posso conseguir mais sapatos para vocês. Mas os modelos boneca são muito legais — continuou ela. — E supercombinam com os vestidos que vocês compraram para o baile. Combinam com tudo.

Nastia pegou o telefone, tirou uma foto de Cindy e a distorceu de modo que a meia-irmã ficou velha, gorda, desdentada e careca. Depois postou no Instagram com a legenda "C'est la vie".

Enfim chegara o evento havia muito esperado: a noite do Baile de Solstício de Verão do Elite Club. As meias-irmãs gêmeas passaram um dia maravilhoso na praia, se bronzeando e brincando nas ondas, depois fizeram cabelo, pés e mãos no Red Door, seu salão de beleza preferido. Agora se sentiam particularmente generosas, então deixaram que a meia-irmã observasse as duas se vestirem para o baile...

— Vocês tiraram 103 nas provas de matemática — disse Cindy ao se acomodar elegantemente no peitoril estreito da janela da imensa suíte de dois ambientes das gêmeas.

Dizzy tentava decidir se usava cílios postiços ou não.

— Não existe isso de 103 — falou de outra penteadeira. Ela prendeu um cílio postiço na pálpebra esquerda e piscou os olhos sugestivamente para o reflexo. — Nastia, você vai usar cílios postiços?

— Não. — Nastia estava sentada à outra penteadeira, olhando o próprio reflexo em um estado de perfeita tranquilidade, meditando sobre sua beleza interior e exterior. O cabelo e a pele estavam radiantes e banhados de sol, complementados pelo vestido evasê Miu Miu pêssego e dourado. Tentava ficar calma e centrada antes de colocar as sapatilhas boneca pretas para que irradiasse beleza, equilíbrio e elegância mesmo que os pés estivessem feios. Todo mundo saberia que a feiura dos sapatos era proposital. *O feio é o novo belo. O couro preto é o novo rosa. Sapatilhas são as novas plataforma.* Ela podia usar tudo isso como seus novos mantras, se ao menos realmente acreditasse neles. Por que deixou que aquele vendedor mandão da Christian Louboutin a convencesse a comprar aqueles sapatos só porque cabiam? É claro que tinham o solado vermelho, sexy e clássico da Louboutin, mas qual o sentido, quando o salto não era alto o bastante para se ver a sola? Ela olhou feio para os sapatos enquanto os calçava. Eram praticamente fechados. Pareciam mais calçados Louboutin extra-grandes para bebês do que para mulheres, feitos para tornear os pés e realçar as pernas e os tornozelos.

— Consegui um crédito extra, então as duas receberam três pontos a mais — explicou Cindy. — Só tirei 69 porque fiquei sem tempo. É difícil fazer três provas em uma aula só.

— Por favor, pare de reclamar, ou você vai ter que sair do quarto — vociferou Nastia, seu transe de beleza tranquila completamente destruído. Ela se virou para a gêmea. — Não use cílios postiços e faça uma maquiagem natural. Acho que o nosso forte é quando estamos só bem bronzeadas, com os lábios rosados e brilhantes e o cabelo bonito.

Dizzy largou os cílios, levantou-se e colocou os pés nas sapatilhas Louboutin. Seu vestido Miu Miu também era pêssego e dourado, um evasê tomara que caia com um recorte losangular nas costas. Ela deu uma volta na frente do espelho, parou e inclinou a cabeça para o lado, se admirando. Seus ombros brilhavam com o *bronzer* dourado e os joelhos estavam perfeitamente morenos, aparecendo pouco abaixo da bainha da saia. O sol tinha criado luzes muito naturais no cabelo castanho e até as sardas ficaram menos visíveis. Nastia apareceu e parou ao lado dela. Elas combinavam, mas isso acontecia sempre. Era essa toda a graça de ser uma linda gêmea de 16 anos — o duplo fator uau.

— Tem razão. Estamos demais — concordou Dizzy.

— Sorria! — ordenou Nastia, e levantou o telefone para uma selfie.

Cindy as viu partir na limusine branca e elegante que o pai tinha alugado para as duas. Ele e a madrasta estavam passando a semana em Milão, fazendo compras.

— Você não vai ao baile? — perguntara o pai ao telefone naquela manhã.

— É claro que ela não vai. — Cindy tinha ouvido a madrasta dizer ao fundo. — Ela está praticamente sendo reprovada na escola. Nem mesmo tem *permissão* para ir. O baile é para a elite. Só os alunos na lista de honra de todas as escolas particulares podem ir.

A verdade era que Cindy havia mantido uma média de 107 até o início do segundo semestre. Como no ano anterior, suas notas só caíram quando ela começou a fazer o dever de casa e as provas para as meias-irmãs. Ainda assim, sua média continuava sendo 99. Ainda poderia ir ao baile, se tivesse um vestido, sapatos e uma carona, o que não era o caso.

De repente seu telefone vibrou e soltou um barulhinho. Seria uma mensagem? Ela nunca recebia mensagens.

Uma versão diminuta de Hubert, o gerente de vendas francês da Christian Louboutin, iluminou-se na tela. Parecia um mosqueteiro minúsculo, com sua blusa de mangas bufantes e cheias de babados, cabelo preto brilhante e calça de couro de montaria.

Seu vestido e os sapatos estão no carro.

Cindy ficou olhando para o telefone.

— Que carro? — questionou em voz alta. Ela espiou pelas enormes janelas da cobertura que davam para a Park Avenue. Um sedã preto discreto esperava na rua. Isso não era incomum. Sedãs pretos sempre estavam esperando por um ou outro morador rico na frente de seu prédio, mas, parado do lado de fora daquele sedã, estava um homem de cabelos pretos, blusa branca de babados aberta até o umbigo, botas de couro preto e calça de montaria amarelo canário.

— Hubert! — exclamou Cindy, batendo palmas. Ela nem mesmo se incomodou em calçar sapatos ou tirar sua camisola velha e puída da Pequena Sereia, a mesma que usava desde que tinha 11 anos, porque a mãe lhe dera antes de morrer e ninguém percebeu que estava pequena demais. Ela correu ao elevador, desceu até saguão, passou em disparada pelo porteiro e chegou a Park Avenue, onde Hubert esperava por ela junto do sedã preto com motorista.

— *Eu* sou sua fada madrinha e *você* vai ao baile — disse ele, enfiando-a no banco traseiro.

O Baile de Solstício de Verão do Elite Club era o evento mais esperado da temporada e atraía a crème de la crème *da alta sociedade jovem. Todos os filhos e filhas de milionários estavam presentes, trajados no mais recente refinamento, recém-saído das passarelas. Nova York podia não ter príncipes e princesas de verdade; ainda assim, os jovens no baile eram a realeza. Pelo menos pareciam régios. Todos eram lindos, mas as gêmeas Tremaine destacavam-se entre eles, porque eram muito altas e bonitas e porque eram duas...*

Nastia e Dizzy já estavam no segundo copo de ponche. O baile acontecia no salão do Pierre Hotel, na Quinta Avenida. Estava frio e escuro ali dentro, o que era estranho, porque do lado de fora era um agradável fim de tarde de junho, e o sol ainda não havia se posto. Todos os casais se formaram imediatamente. O restante se separou de acordo com a escola e o sexo. Todas as meninas se grudaram em grupinhos, e os meninos ficaram lado a lado, parecendo menos grudentos, mas ainda sem a disposição de se separar do bando. Algumas garotas dançavam juntas, sacudindo suas botinhas e balançando o cabelo como se esperassem que, com a exibição de seus talentos — como aves exóticas na temporada de acasalamento —, um dos meninos as escolheria como par. Nastia e Dizzy concordaram que aquelas meninas pareciam idiotas. Até o momento, ninguém tinha convidado nenhuma das duas para dançar, mas isso não era problema, porque até então a música estava um porre e a pista só estava ocupada pela metade. Além disso, *ele* ainda não tinha chegado.

Ele era o menino que todas as garotas queriam ter e todos os meninos queriam ser. Seu nome era Manchild Kennedy, e ele era um Kennedy *verdadeiro*, com algum Vanderbilt, Rockefeller, Getty e possivelmente um pouco de Trump na mistura. Nasceu em uma ilha no Caribe, filho de uma nativa e um turista herdeiro de todas as famílias mencionadas aqui. Quando a mulher foi levada pelo mar e se afogou durante uma monção, o filho do milionário trouxe o menino para Nova York. A mulher sempre chamava o bebê de seu pequeno "manchild", a "criança grande", e esse se tornou o seu nome. Ele teve as melhores governantas e professores particulares e frequentou as melhores escolas. Sempre estava na lista de honra e era capitão de todas as equipes esportivas. Harvard acabara de aceitá-lo para o próximo semestre. Manchild Kennedy também era absurdamente bonito e gostava de usar a última moda criada por estilistas promissores, com produtos ecologicamente sustentáveis e locais de trabalho socialmente conscientes. Também era conhecido por ser muito acessível e prático, e muito ativo no circuito da sociedade, envolvido em todo tipo de evento filantrópico. Todos o amavam. Todos estavam *apaixonados* por ele. Em especial as páginas sociais, onde ele era conhecido como "o príncipe mestiço", porque a linhagem de sua mãe era desconhecida.

Diziam os boatos que Manchild gostava da companhia de mulheres, e não de meninas de sua idade, e preferia eventos de adultos com causas beneficentes. Sua última grande aparição tinha sido no Festival do Morango da Sociedade Histórica de Nova York, em homenagem às mulheres que fizeram a diferença, onde diziam que ele estaria procurando a futura *Sra.* Manchild Kennedy. Não deve tê-la encontrado, porque não havia nada nos tabloides afirmando que ele estava namorando. E, embora fosse apenas para jovens de 16 e 17 anos, toda a renda do Baile do Elite Club daquela noite iria para o fundo de bolsas escolares, uma causa realmente maravilhosa, e por isso Manchild decidiu agraciá-los com sua presença. Nastia e Dizzy só estavam ali por causa dele. Era sua última oportunidade de se provarem dignas.

O famoso DJ que chegara de Londres naquela manhã parou de tentar ser descolado com sua acid house francesa e hip-hop chinês e agora tocava remixes ampliados dos maiores sucessos da dance music. Um grupo de meninas gritou quando "Vogue", da Madonna, começou a tocar, mas de repente o salão caiu num estranho silêncio.

— Ele chegou — cochichou Nastia, cutucando com força as costelas de Dizzy. — Estique a coluna.

— Ai. Já estou com a coluna esticada — reclamou Dizzy. — Foi você que largou o balé, não eu.

— Porque eu detestava aquela Madame Collette malvada e o modo como batia nos dedos dos nossos pés com um chicote de hipismo quando não estávamos nos esforçando para ficar na ponta. E não porque eu tinha uma postura ruim. — Nastia zombou da irmã. — São essas sapatilhas idiotas. Nós parecemos as irmãs mais novas da Barbie.

Dizzy não escutava.

— Meu Deus, que gato.

Manchild Kennedy parou na entrada do salão, observando a multidão. Seu smoking característico se dividia perfeitamente no meio — uma metade branca, a outra preta. Sua pele brilhava num tom de castanho-dourado, o cabelo cor de mogno cintilava com luzes acobreadas e os cantos da boca carnuda e sensual se curvavam para cima. Ele parecia limpo, aristocrático e perfeito. Alguns rapazes ao acaso se aproximaram e o cumprimentaram batendo os punhos ou apertando a mão dele, mas depois se afastaram, deixando-o respeitosamente sozinho.

— Ele parece solitário — observou Nastia, preparando-se para a abordagem. Manchild parecia do tipo que gosta de resgates. Ela podia tropeçar bem na sua frente, e ele a pegaria nos braços. Os olhos dos dois se encontrariam, e eles seriam incapazes de virar o rosto. Ele tinha olhos castanho-escuros, como ela. Dizzy também tinha, mas nunca saberia o que dizer a Manchild Kennedy.

— Peraí, quem é *aquela*? — exclamou Dizzy.

Uma garota de vestido branco perolado e cintilante parou atrás de Manchild Kennedy. Usava dois sapatos diferentes — em um pé a plataforma de pele de enguia dourada que Nastia queria na liquidação da Christian Louboutin e no outro o salto agulha azul-bebê com glitter que Dizzy queria tanto comprar na cor rosa.

Nastia abriu a boca para dizer alguma coisa, mas pela primeira vez estava sem fala. As irmãs se colocaram lado a lado, admirando de longe a deslumbrante recém-chegada.

— Por que não pensamos nisso? — disse Dizzy por fim. — Devia haver alguns pares descasados na liquidação. As pessoas estão sempre perdendo um pé de sapato. E eles provavelmente teriam no nosso tamanho.

— Quem está sempre perdendo um pé de sapato? — vociferou Nastia. — Um Louboutin? Acho que não.

— Você acha que é intencional? — Dizzy estava maravilhada.

— O quê? O visual com dois sapatos diferentes? — respondeu Nastia. — Claro que sim. Assim como o vestido feito à mão por duendes parisienses. Acho que é daquele estilista que era da Balanciaga e agora trabalha para a Louis Vuitton.

— Não sei do que você está falando. — Dizzy ainda olhava fixamente a garota. — De qualquer modo, ela é muito bonita. Ela é, tipo, a garota mais bonita que já vi.

— Acho que somos mais bonitas — discordou Nastia, como se tentasse convencer a si mesma. — Mas adivinha quem notou a presença dela?

Cindy jamais tinha ido a um baile na vida e sentia-se um tanto admirada. Hubert acabara de deixá-la na frente do hotel, dizendo para ela se "divertir". Estava tudo muito bem, mas, e agora? Ela não tinha amiga nenhuma. Sempre esteve ocupada demais fazendo o dever de casa, dela própria e das meias-irmãs. E Hubert lhe disse para não cumprimentá-las, porque ela nem mesmo deveria estar no baile. Ele prometeu que elas jamais a reconheceriam toda produzida em um caro vestido Louis Vuitton, incríveis sapatos Christian Louboutin e os cem quilos de maquiagem Chanel que Hubert havia passado em sua cara durante o caminho no carro. Além disso, se elas a pegassem, ficariam com tanta inveja e raiva por causa dos sapatos que podiam fazer alguma crueldade, como despejar ponche nela e fazê-la devolver os sapatos à loja. E ela não ia devolvê-los *de jeito nenhum.* Dois pares, de graça! Hubert tinha o outro pé de cada sapato e os tinha guardado para Cindy. Ele era tão gentil. E estava tão certo sobre usar cada pé de um modelo. Era muito moderno e fazia Cindy se destacar da multidão, como o sensacional smoking de duas cores que vestia o garoto lindo parado bem ao lado dela.

— Não conheço você de algum lugar? — Manchild Kennedy aproximou-se de Cindy. Ela parecia uma concha perfeita lavada na areia branca em uma manhã perfeita de sua ilha natal no Caribe, uma cintilante joia natural. — Você é bailarina? Acho que te vi no Baile de Inverno da School of American Ballet.

Cindy sorriu timidamente e balançou a cabeça.

— Acho que não — respondeu, maravilhando-se com o estilo vanguardista e o corpo lindo dele. — Nunca tive permissão para sair na vida. Dever de casa demais.

Hubert havia lhe dito para inventar um nome, e ela se esforçava para pensar rapidamente em algo polissilábico e de ar europeu para acompanhar o vestido.

— Meu nome é Cinderellalatté. Com acento no último "e". — Seu queixo tremeu. Seu novo nome parecia uma nova bebida de café batido da Starbucks.

Mas Manchild Kennedy estava acostumado a nomes exóticos.

Ele pegou sua mãozinha fria e a pousou em seu braço quente, forte e bonito.

— Eu sou Manchild Kennedy. Posso chamá-la simplesmente de Cindy?

— Sim, por favor. — Cindy o fitou com seus olhos azuis e redondos. — E, por favor, não solte minha mão ainda. Nunca fiquei de mãos dadas com um menino. — Ela corou lindamente. — É muito bom.

— Mas que vaca metida. — Dizzy fumegava do outro lado do salão. — Não sei quem ela é, mas eu a odeio.

— Notou que ela não fala com nenhuma garota? — observou Nastia. — Ela não tem amigas porque só o que faz é dar em cima dos meninos. — Dois garotos tentaram se intrometer e dançar com a menina, mas ela meneou a cabeça com veemência e se atirou para Manchild com ainda mais ânimo.

— Ela dança muito mal — acrescentou Dizzy.

As duas olharam o lindo par rodar e girar ao som de uma música da Taylor Swift que antes achavam romântica, mas agora parecia simplesmente irritante. O sapato plataforma de pele de enguia dourada tinha o salto um pouco mais alto do que o stiletto azul com glitter metalizado, então a garota ficava caindo no peito de Manchild Kennedy, como que por acidente.

— Está vendo? Ela é muito desajeitada — disse Dizzy.

— Aposto que não é *tão* desajeitada assim — respondeu Nastia.

Bill Cunningham — o velhinho encantador que tirava fotos da sociedade para o *New York Times* e rodava pela cidade em sua bicicleta participando de cada evento digno de ser fotografado — ajoelhou-se diante do casal para capturá-los rodopiando e... se apaixonando.

— Preciso de mais ponche. *Agora* — disse Nastia, dando as costas. Um grupo de meninos da equipe de lacrosse da St. David tinha batizado o ponche com vodca, e beber um monte daquilo parecia o jeito mais atraente de aguentar a noite, agora que Manchild Kennedy estava ocupado. Todos os outros meninos pareciam apenas *meninos*, se comparados a ele.

— Tudo bem, mas espere um minuto — disse Dizzy, pegando o telefone na carteira de couro preto Prada. — Só quero tirar umas fotos rápidas deles, porque acabo de ter uma ideia maluca.

Ela explicou enquanto enchiam seus copos não uma, nem duas, nem três, nem quatro ou cinco, mas seis vezes.

— Sabia que a mãe dele morreu naquela ilha, tipo numa tempestade tropical ou coisa assim?

— Foi uma monção — disse Nastia, parecendo ter feito o dever de casa (o dever de casa sobre Manchild Kennedy). — Ela se afogou. No mar.

— É. Bom, se você olhar com atenção, não acha que aqueles dois meio que se *parecem*? Tipo, se ela fosse mais alta e tivesse o cabelo mais escuro e ele fosse uma loura baixinha? E se ele não for filho único e a garota ficou perdida na tempestade e eles tipo são irmãos ou coisa assim?!

Nastia bebeu o ponche, que tinha gosto de cereja azeda, e olhou o casal dançando.

— Você anda vendo muitos reality shows — disse a irmã.

— Ainda seria divertido postar alguma coisa sobre isso no Instagram. *Por favor?* — pediu Dizzy.

— Tá, mas nada maldoso, nem idiota demais — instruiu Nastia. — Vai que ela é da realeza europeia e tem dois irmãos príncipes gatos ou coisa assim.

Nastia continuou a beber seu drinque enquanto a irmã tirava fotos disfarçadamente.

— Acho que consegui algumas boas.

Nastia arrancou o telefone da mão de Dizzy e rolou o álbum de fotos. Uma delas capturava perfeitamente a menina bonita caindo no peito escultural de Manchild. A boca dos dois estava aberta do mesmo jeito surpreso e constrangido, os olhos esbugalhados. Com expressões idênticas, eles realmente pareciam ser aparentados.

Nastia postou a foto com a legenda "Separados ao nascimento?"

As irmãs riram.

— Agora, vamos tirar uma selfie — disse Dizzy, como se isso fosse resolver tudo e fazê-las se sentirem melhor com o fato de Manchild Kennedy nem mesmo ter notado a existência delas.

As irmãs juntaram os rostos e tiraram uma foto com a pista de dança abarrotada atrás. Quando olharam a fotografia, a primeira coisa que perceberam foi um casal vestido de preto e branco, abraçados, beijando-se ao fundo. As brilhantes solas vermelhas dos sapatos Christian Louboutin da garota eram claramente visíveis.

As gêmeas se viraram. A menina sem nome e Manchild Kennedy ainda se beijavam. Deve ter sido o beijo mais longo já dado em qualquer época e lugar.

— Acho que vou vomitar. — Nastia arrotou no ponche. Ela jamais tinha contado à irmã o quanto fantasiava com Manchild Kennedy se apaixonando por ela. Vê-lo em um abraço romântico com outra garota dava a impressão de que alguém havia arrancado seu coração, batido nele com um martelo de carne e o jogado no lixo. Ela nunca mais seria a mesma. Seria mais cruel, mais dura, completamente insensível. Não que fosse uma grande transformação, mas ela se sentia mais atrevida sabendo que não daria a mínima para nada nem ninguém, exceto, é claro, a irmã gêmea idêntica, que era praticamente uma extensão dela mesma.

Dizzy também fantasiava com Manchild: o casamento dos dois na ilha natal dele, os lindos e saudáveis pares de gêmeos que eles teriam — seis no total —, porque os genes dos gêmeos corriam na família, as conversas íntimas na madrugada que teriam em sua enorme mansão enquanto todos os bebês dormiam. Agora aquela intrusa loura tinha se intrometido e tomado seu lugar, e seu futuro era um grande vazio, branco e desesperançado, sem nenhum príncipe mestiço e exótico, nunca. Dizzy não era "a má", mas agora se sentia assim. Precisava ser má, e *já*.

— Vamos continuar bebendo ponche até não aguentar mais e depois vomitar tudo no lindo vestido branco dela — disse Nastia, como se lesse os pensamentos de Dizzy. Ela sempre fazia isso; era o mais legal em ter uma gêmea.

— Eu estava pensando em algo mais cruel e permanente — disse Dizzy, as engrenagens na mente girando sem parar enquanto tentava tramar algo. — Podemos decepar os pés dela e roubar os sapatos.

Mas talvez não precisassem fazer isso. De repente a garota bonita se desgrudou de Manchild Kennedy, deu as costas para a pista e correu escada acima até o saguão principal do hotel, deixando cair os Louboutins descasados. Ela havia chegado tarde e ia embora cedo, desaparecendo na noite de Nova York — para sempre, esperavam algumas.

Cindy prometera a Hubert que estaria na calçada pouco antes da meia-noite, e agora estava atrasada e ele não estava ali. O ar noturno era frio, e ela estremeceu em seu vestido fino. Seus pés pareciam estranhos. Ela baixou os olhos e descobriu que perdera os sapatos. Os dedos descalços dos pés estavam rachados, sem esmalte e constrangedores. Ficar bonita era tão fácil e, ainda assim, tão complicado. Ela torcia para que Hubert não ficasse chateado por causa dos sapatos.

Um sedã preto de repente parou bem na sua frente. A janela traseira se abriu e Cindy viu Hubert ali dentro, fazendo beicinho.

— Estou dando voltas pelo quarteirão há 45 minutos — queixou-se. — Esse vestido tem que ser devolvido para a minha amiga na LV à meia-noite, sabia? Ou ela será demitida.

— Desculpa desculpa desculpa! — disse Cindy. — Fiquei dançando com um cara, Manchild Seiláoquê? Ele era tão bonito e tão legal. Nem mesmo se importou que eu me chamasse Frappucinnolatté ou o que fosse. Acho que exagerei. — Ela ficou vermelha.

— Manchild Kennedy?! — exclamou Hubert. — Aimeudeus, você nem mesmo sabe quem ele *é*? Ele é tipo um deus. Mandou bem, garota!

— É mesmo? — disse Cindy com inocência. — Só achei que ele era legal.

— Você é tão sem noção *vraiment*? Manchild Kennedy é o verdadeiro queridinho da sociedade de Nova York. É um verdadeiro aristocrata, e cada *mademoiselle* no planeta quer casar com ele e andar por aí em seus lindos carros. Mora num castelo em algum lugar na Park Avenue e dizem que a coleção de carros dele é de matar E tem um avião. E um helicóptero. E um monte de cavalos para polo. Tudo, tudo Sem contar que é de uma beleza perfeita.

— Eu só achei que ele era legal — repetiu Cindy.

Hubert baixou os olhos para os pés dela e fechou a cara.

— *Bonjour*, minha *petite* bonequinha de trapo. Mas, por favor, me diga, onde estão seus *sapatos*?!

— Eu... — Cindy começou a falar, mas os olhos de Hubert estavam quase saltando das órbitas.

— Silêncio! — Ele deu um gritinho. — Ele está vindo!

— Precisa de um táxi? Posso conseguir um para você. — Era o garoto, Manchild Kennedy. Cindy deu meia-volta, vermelha. Ele segurava seus sapatos.

— Ah, meus sapatos. Obrigada. Eu me meteria numa encrenca enorme se os perdesse — disse Cindy a ele com gratidão.

Ela ficou ainda mais vermelha quando Manchild se ajoelhou para ajudá-la a colocar os pés minúsculos nos sapatos mínimos e descasados. Mas os pés de Cindy devem ter inchado com toda aquela dança. Os sapatos não cabiam mais.

— Eles ainda são lindos — murmurou ele ao se levantar. Cindy não sabia se ele se referia a seus pés ou aos sapatos.

— Eu fico com os sapatos — disse Hubert, estendendo o braço com manga bufante como uma espécie de criado francês maluco.

Manchild entregou-lhe os calçados.

— Manchild Kennedy. — Ele se apresentou. — É minha culpa se ela está atrasada.

— Sei quem você é — disse Hubert, boquiaberto. Ele sacou o BlackBerry e, sem baixar os olhos, tweetou:

Manchild Kennedy é DE VERDADE. #gatodeverdade

Manchild abriu a porta traseira do sedã e gesticulou para Cindy.

— Rápido, entre. Não quero lhe causar mais problemas.

Cindy entrou, apressada, no carro e sorriu para ele. Nunca teria acreditado pela manhã que se apaixonaria naquela noite.

— Foi muito bom conhecer você — disse ela com doçura.

A linda boca de Manchild se curvou para baixo. Ele simplesmente não suportava que ela fosse embora.

— Posso entrar também? — perguntou ele, desesperado.

Cindy lançou um olhar suplicante para Hubert.

— Ele é TÃO legal — murmurou ela.

— Sim, tudo bem. — Hubert chegou para o lado. — Podemos lhe dar uma carona para casa. Depois de devolvermos o vestido. Vou ter que fazer um escudo humano aqui no banco traseiro para que você vista suas próprias roupas sem que o Sr. Manchild a veja de nu frontal.

Manchild entrou no banco traseiro e Cindy segurou sua mão, recostando-se bem de leve nele. Ele provavelmente nunca tinha saído com uma garota que nem mesmo tivesse seus próprios vestidos, mas, com sorte, pensaria que ela era misteriosa e econômica, e não brega e esquisita.

Enquanto o sedã arrancava do meio-fio, Nastia e Dizzy saíam correndo do hotel, rápidas em seus sapatos boneca sem salto.

— Esperem por nós! — gritaram elas.

Hubert olhou para trás, mas instruiu o motorista a continuar dirigindo.

— Nem mesmo conhecemos essas meninas — disse ele. — Quem usa sapatilhas num baile?

Mas Nastia e Dizzy não iam desistir com tanta facilidade.

— Nossa limo, por favor! — gritou Nastia, e a limusine branca apareceu quase imediatamente. — Siga aquele sedã preto — ordenou ao motorista. — Não os perca de vista.

Dizzy checou o celular. Seus seguidores no Instagram já haviam postado numerosas respostas a suas fotos da loura dançando com Manchild Kennedy. Um disse que a "garota" era na realidade uma viúva de 43 anos com uma queda por meninos. Outro disse que Manchild era perfeito demais para ser uma pessoa real, que na realidade era um holograma criado pelos tabloides para terem sobre o que escrever. Outro disse ainda que a menina era uma princesa sueca foragida prometida a um conde holandês velho e mau que jogou suas joias nas cinzas da lareira e a obrigou a pegar.

— Eu sabia — disse Nastia, olhando o telefone de Dizzy por cima do ombro da irmã. — Ela é uma princesa de verdade. Será que não dá para ficar mais irritante?

O sedã que elas seguiam rodou apenas algumas quadras para a rua 57. Fez um retorno e parou em frente à Louis Vuitton.

— Ah, eu ouvi falar disso! — Dizzy estava entusiasmada. — As celebridades e, tipo, a realeza fazem compras fora do horário normal para evitar os paparazzi e os turistas irritantes pedindo autógrafos. — Ela bateu palmas, animada. — Vamos entrar lá, experimentar tudo, tirar selfies e depois sair sem comprar nada!

Nastia revirou os olhos.

— A mamãe já está trazendo um guarda-roupa inteiro da próxima temporada de Milão para nós.

A porta traseira do sedã se abriu e um homem vestido de pirata correu para a loja, carregando o vestido branco que a garota estivera usando.

— Mas o que...? — disseram as gêmeas em uníssono.

— Está com frio? — perguntou Manchild enquanto esperavam que Hubert devolvesse o vestido.

Cindy estava sentada ao lado dele, como os joelhos bem juntos na esperança de que suas pernas não parecessem tão horrivelmente brancas ou fracotas. Só o que vestia agora era a camisola curta demais da Pequena Sereia, que estava por baixo do vestido no lugar de uma combinação, e os sapatos Louboutin, é claro.

— Tome. — Ele tirou o paletó de duas cores e colocou nos joelhos dela.

— Obrigada. — Cindy ruborizou. Nunca tinha ficado sozinha com um menino num carro. E ele era tão cavalheiro!

— Gostaria de passar um tempinho na minha casa? — perguntou Manchild. — Podemos pedir uma pizza, ver um filme ou alguma coisa assim.

Cindy estava a ponto de dizer que tinha três horas de dever de cálculo para fazer, mas mudou de ideia. O fato é que só tinha uma hora de cálculo para fazer. Por que deveria fazer o dever de casa das meias-irmãs? Estava enjoada e cansada disso. Agora tinha namorado, era ocupada demais.

— Eu adoraria — concordou enquanto Hubert saía correndo da Louis Vuitton e partia para o carro, as mangas bufantes esvoaçando ao vento.

Um minicachorro estava amarrado a um poste de rua na frente da butique. O cachorro era preto e branco com orelhas enormes, um rabo enroscado e um focinho preto e pontudo pequenininho.

— Olha que cachorrinho lindo. — Cindy suspirou. — E que orelhas enormes! São cor-de-rosa por dentro! — Ela se curvou por cima de Manchild e observou o cachorro tremer, desamparado, na calçada. — Como alguém pode deixar um cachorrinho tão fofo sozinho do lado de fora? Eu sempre quis ter um cachorro. Até minhas meias-irmãs querem um. Mas minha madrasta não deixa porque ela e meu pai estão sempre viajando de férias, minhas meias-irmãs estão sempre na praia e eu estou sempre na escola.

— Você tem meias-irmãs? — perguntou Manchild.

A limusine de Dizzy e Nastia parou no final da quadra.

— Eu sempre quis um cachorrinho assim — suspirou Dizzy, admirando o cãozinho preto e branco fofo amarrado na frente da Louis Vuitton.

— Eu também. — Nastia franziu a testa ao ver o cachorro tremer ao lado do poste. Ela estava de coração partido, entediada e não estava nem aí. — E é por isso — disse, abrindo a porta da limusine — que vamos levá-lo para casa. — Atravessou a calçada olhando para os dois lados. Era tarde, num dia de semana. A rua estava deserta.

O cachorro abanou o rabo enrolado quando ela se curvou para soltar a guia. Ela o pegou nos braços e correu de volta para a limo.

— É uma menina — disse ela, sem fôlego, batendo a porta do carro depois de entrar. O cachorro usava uma coleira de couro preta com o nome Princess estampado em uma pequena placa dourada em formato de coração.

Cindy e Manchild viram Nastia pegar o cachorro. Cindy ficou perplexa, mas não podia dizer nada, porque não queria ser descoberta.

Dizzy ficou deliciada. A cadelinha era tão pequena e feia que chegava a ser fofa.

— Vamos tirar uma selfie com ela! — exclamou Dizzy, erguendo o celular.

— Pelo menos sabemos que o cachorro não está perdido. — Manchild bocejou. Estava ficando um pouco entediado, e a garota, Cinderellalatté ou sei lá qual o nome dela, parecia meio não tão gata com sua camisola esquisita e pequena demais da Disney. Talvez se ele a beijasse novamente seu tédio diminuísse. Ele pegou o rosto dela nas mãos e a puxou para um beijo.

Cindy se derreteu toda. A boca de Manchild tinha gosto de azeitonas gregas e protetor labial de menta. Beijar meninos era tão divertido!

— Eu odeio essa garota — disse Dizzy pela décima quinta vez naquela noite, ao ver, através do vidro traseiro do sedã, a loura se agarrando com Manchild Kennedy.

— Duas garotas em uma limusine branca acabam de roubar a chihuahua da minha amiga — falou Hubert ao voltar ao carro. — Posso estar enganado, mas acho que foram suas meias-irmãs.

Mas Cindy não escutava. Estava ocupada demais investigando os molares inferiores de Manchild com a língua. Agora que tinha pegado o jeito de beijar, sentia-se muito audaciosa. E, de certo modo, ela adorava que as meias-irmãs a estivessem vendo beijar Manchild Kennedy e morrendo de inveja, mas ao mesmo tempo sem saber quem ela realmente era.

Hubert estava ocupado tweetando:

> Meninas que roubam cachorros merecem comer ração. #cachorrinhoperdido

— Se ela é uma princesa, uma viúva, ou o que for, o que estava fazendo no Baile do Elite Club? — Dizzy ainda fumegava de raiva. — É para alunos do ensino médio... adolescentes. Aposto que ela tem tipo 27 anos. E provavelmente nem fala inglês.

— Manchild Kennedy é fluente em onze línguas — rebateu Nastia, infeliz. Não havia tortura pior do que assistir ao homem de seus sonhos seduzindo uma princesa sueca. — Além disso, olha só para eles. Não estão exatamente conversando muito.

Hubert estava tão ocupado digitando em seu BlackBerry quando voltou a entrar no sedã que nem notou que Cindy e Manchild estavam embolados num abraço apaixonado.

Ele olhou para os pés inchados e descalços de Cindy ao martelar no celular.

— Sei que não deveria dizer isso, mas, se você vai dançar, sinceramente é melhor comprar seus Louboutin num tamanho maior. Eles não são mais tão confortáveis como antigamente. Desde que a cava baixa virou moda, o bico dos sapatos é feito para ser superapertado, para embelezar, e isso não é nada confortável. Você é tamanho 35, docinho, e não 34.

— Rua 102 com Park Avenue — disse Manchild ao motorista quando conseguiu desgrudar os lábios da boca de Cindy.

Hubert o encarou.

— Espere aí, você mora acima da rua 96? — Qualquer um que importava sabia que aquilo era inaceitável.

Manchild deu de ombros e abriu um sorriso irônico para Hubert.

— Talvez eu não seja exatamente o que pareço — respondeu ele num tom misterioso.

— E agora, aonde vamos? — Dizzy gemeu para a irmã do banco traseiro da limusine enquanto o sedã fazia outro retorno e ia para o leste. — Preciso fazer xixi e estou ficando enjoada com o balanço do carro.

— Balanço do carro, sei — zombou Nastia. — Experimente não beber tanto ponche.

A limusine branca continuou a seguir o sedã na direção da Park Avenue, onde entrou à esquerda e disparou cidade acima. Princess, a cadela, estava de pé com as patas traseiras nos joelhos de Dizzy e as dianteiras nos de Nastia, balançando-se sem jeito nas patas magrelas enquanto a limusine seguia o sedã. Ela também parecia precisar fazer xixi.

— Acho que vamos para o castelo ancestral de Manchild Kennedy na Park Avenue — disse Dizzy num tom sonhador. — Ele a está levando para casa.

Nastia estava furiosa ao lado dela. Era ela que Manchild deveria levar para casa. Ela era o destino dele, a garota dele. E não aquela princesa sueca sebosa.

— Estou mandando um torpedo para nossa meia-irmã idiota. — Ela fungou. — Quero que ela encontre uma petshop 24 horas para comprar ração para a Princess, uma cama de cachorro confortável e brinquedos fofos, para que esteja tudo pronto para quando chegarmos em casa. Martha Stewart tem uma linha linda de produtos para bichos de estimação na PetSmart. É nessa que ela deve ir.

Oi, pentelha. Pegamos uma cachorrinha! Não é sua, é NOSSA. De qq forma, ela está com fome, então vá à PetSmart e compre um pouco de ração e uma cama de cachorro bonita da Martha Stewart. Entendeu? Ótimo.

Dizzy mandou a selfie que ela acabara de tirar dela com Nastia e a cadela para que Cindy ficasse com ainda mais inveja de seu novo cachorrinho. A meia-irmã não tinha Instagram. Era tão inútil que mal sabia usar o celular.

— Ela deve estar dormindo — disse Dizzy. — É só isso que ela faz... Dever de casa e dormir. Enquanto isso, somos como espiãs ou paparazzi, seguindo Manchild Kennedy pela cidade.

— Manchild e sua namorada nova. — Nastia a corrigiu. *O que faz de nós duas stalkers, basicamente*, ela queria acrescentar, mas não o fez, porque dizer isso em voz alta à irmã gêmea só tornaria o fato mais verdadeiro.

A cadela era superfofa, mas Cindy ignorou os torpedos da meia-irmã. O que elas estavam fazendo seguindo Manchild e ela por aí e roubando cachorros na rua? É claro que as duas não sabiam que era ela no sedã. Ou sabiam?

Só para ter certeza, ela respondeu:

Estava dormindo, mas, aaaah, vocês vão trazer um cachorro para casa??!! Adoro cachorros. E meninos!!!! Eu estava tendo o MELHOR sonho do mundo com um cara lindo com um smoking esquisito. Espero que vocês tenham se divertido! ;)

— Ela nem sabe escrever uma mensagem — observou Dizzy enquanto as duas liam a resposta de Cindy. — É tão comprida e chata que nem consigo ler.

Hubert olhava por cima do ombro de Cindy enquanto ela mandava o torpedo. Aparentemente, ele tinha criado um monstro. De repente não queria nada além de se livrar daquelas adolescentes ladras de cachorros que viviam no Instagram e ir para casa, para seu apartamento com jardim no Chelsea, onde o namorado, Ryan, já estava tomando chá e se divertindo com a mais recente fofoca no Twitter sobre Justin Bieber indo para a reabilitação — *de novo*. Além disso, já era uma da manhã e ele tinha que voltar à butique Christian Louboutin às nove.

Ele se virou e olhou pelo vidro traseiro do sedã. A limusine branca ainda os seguia. Meu Deus, aquelas meias-irmãs más lhe davam arrepios. Ele desejou ter vendido a elas uns sapatos com armadilhas que de algum modo pulverizassem as duas para sempre, ou pelo menos as paralisassem. Só de pensar nisso, ele teve uma ideia. O mínimo que podia fazer era evitar que a limusine branca continuasse seguindo seu sedã, ou o que quer que estivesse fazendo. Ele voltou a seu BlackBerry e digitou furiosamente com os polegares. Estavam subindo a Park Avenue, o que era totalmente perfeito. Uma amiga bem próxima dele era curadora de um novo espetáculo de arte performática chamado "Cegueira temporária" no Park Avenue Armory, a poucas quadras dali. Deviam estar ensaiando naquela noite. Com sorte, ela o ajudaria.

— É aqui que você mora? — perguntou Cindy a Manchild, com um ar sonhador, enquanto eles paravam em frente ao Park Avenue Armory. O enorme prédio antigo tomava uma quadra inteira da cidade.

— Não exatamente — disse Manchild. Mas que burra. Como ela podia ter sido convidada ao Baile do Elite Club? — É uma espécie de fortaleza antiga. Sabe como é, tipo onde os oficiais militares treinavam e ficavam. E agora é um centro de artes. Fazem grandes espetáculos aqui, feiras de antiguidades. É grande demais para ser a casa de alguém.

Cindy ainda olhava o prédio fixamente. As pedras das paredes pareciam estar tomadas de passarinhos.

— E os passarinhos são alguma espécie de coisa artística?

— O que está havendo? — gritou de repente o motorista da limusine.

As gêmeas não tinham percebido, mas o carro estava parado havia um tempinho na Park Avenue com a rua 66.

— Não perca o sedã — ordenou Nastia. — Por favor.

— Estamos no meio da noite, como a rua pode estar engarrafada? — reclamou Dizzy.

— Não é engarrafamento — explicou o motorista. — São *passarinhos*.

Dizzy abriu a janela e pôs da cabeça para fora. Princess, a cadela, subiu no seu colo e fez o mesmo. Toda a calçada e a rua na frente do Park Avenue Armory estava coberta de chapins de todas as cores e tamanhos, bicando alpiste e cantando seu pio repetitivo e agudo. Quase pareciam gritos.

— Mas o que...? — murmurou Dizzy. Princess rosnou, seu corpinho preto e branco vibrando com o som.

— Não. Perca. O. Sedã. *Por favor* — reiterou Nastia. Ela podia ver o carro preto e reluzente seguindo à frente deles.

— Mas a gente não mora na Índia nem nada do tipo. Estamos em Manhattan — reclamou Dizzy. — Na Park Avenue. Temos lugares a ir, pessoas a espionar. *Vamos.*

— É só um monte de passarinhos — disse Nastia. — Dirija. Eles vão voar.

Princess ainda rosnava, abaixando as enormes orelhas pretas e pontudas. Depois deu um solavanco para a frente, saiu do colo de Dizzy e pulou pela janela, caindo com um ganido agudo na calçada. Correu para longe do carro, ainda ganindo e latindo, diretamente na direção do bando aparentemente interminável de passarinhos que trinavam.

— Eles estão voando! — gritou Cindy e apertou o braço de Manchild enquanto as aves alçavam voo, um borrão cinza, chiado e barulhento cercando o sedã.

— São só pássaros. — Manchild bocejou. Na verdade, só o que ele queria fazer agora era chegar em casa e jogar Grand Theft Auto V no Xbox.

— Com licença? Podemos ir? *Agora*? — Nastia falou diretamente na orelha do motorista da limusine, para o caso de ele não conseguir escutar com o ruído das asas dos pássaros e a cacofonia dos pios.

Da calçada, Princess ainda gania e latia.

— E calem essa droga de cachorro! — vociferou Nastia para ninguém em particular.

— *Merci*, *merci*, *merci* — disse Hubert em voz baixa. Olhou para trás. A limusine branca sumira, ou, pelo menos, ele não conseguia vê-la. Não conseguia enxergar nada, só uma massa pululante de asas cinzentas batendo e o canto penetrante dos passarinhos. Ele abriu a porta e saiu do carro.

— Aqui, Princess — chamou, defendendo-se dos pássaros com uma das mangas largas e esvoaçantes. — Vou levar você de volta para sua mamãe. Vamos sair daqui antes que a gente vire purê de abóbora. Quem é a cachorrinha boazinha?

Ele carregou a cadela até a Lexington Avenue e entrou num táxi amarelo. Aquela noite inteira não tinha valido os dois pares de sapatos e a dor de cabeça. Nunca mais seria legal com nenhuma de suas clientes, em especial quando elas fingiam ser pobrezinhas e bonitas, sem sapatos e sem noção. Ele prometeu tweetar alguma coisa profunda sobre isso.

> Sapatos bonitos só cabem em almas bonitas. #Louboutin

Ou coisa parecida.

A limusine estava cheia de passarinhos que entravam pela janela aberta de Dizzy.

— Ah! — exclamou Dizzy quando uma ave bicou sua pálpebra. — Esses não são cílios postiços. São de verdade!

— Ai! — exclamou Nastia enquanto uma ave bicava sua testa. Ela tirou os sapatos boneca Louboutin e enxotou os passarinhos barulhentos. — Use seus sapatos — disse à irmã.

Dizzy tirou a sapatilha e raquetou um passarinho no teto. Ele caiu no chão da limusine, morto.

— Maneiro — disse Nastia, e fez o mesmo. Mais à frente, o sedã arrancava. Outras aves tomavam o carro.

Dizzy afugentou os passarinhos e tentou tirar uma selfie para que seus seguidores no Instagram apreciassem o que ela estava passando e para se imortalizar caso morresse. Mas suas mãos estavam sendo tão bicadas que era praticamente impossível segurar o celular. Por fim, ela conseguiu tirar a foto, disparando o flash. Como mariposas reagindo a uma chama, as aves enlouqueceram, bicando sem parar as mãos e o rosto das gêmeas.

— Ai! — gritaram as gêmeas, tentando se proteger nos cabelos compridos uma da outra. — Ai, ai, ai!

— Então é *aqui* que você mora? — Cindy observou o prédio totalmente insosso e chato de Manchild, nada impressionada. Ele deveria morar em uma casa do tamanho de um castelo. Onde guardava sua coleção de carros? O prédio nem mesmo tinha garagem.

— É. Eu e meu pai. Ele é o zelador, então moramos no porão.

Manchild saiu do sedã e manteve a porta aberta. Cindy parecia pequena, amarfanhada e meio suja em sua camisola da Pequena Sereia.

— Nunca trouxe uma garota na minha casa. Acho que você pode entrar, mas meu pai está dormindo, então precisamos ficar em silêncio. Ele acorda muito cedo para separar o lixo para reciclagem e levar o jornal para todo mundo no prédio.

Cindy piscou, sem entender. Pensou que eles teriam que fugir dos paparazzi a caminho do prédio. Esperava um mordomo, caviar, champanhe e uma volta pela coleção de carros dele. E o pai não deveria estar em casa, deveria estar em... Mônaco, no seu iate.

— Sei que existe toda essa especulação a meu respeito — explicou Manchild. Sem o paletó do smoking, ele parecia meio comum, como um super-herói sem a fantasia. — Uma vez postei uma foto no Instagram pegando este paletó no alfaiate. É feito de dois smokings vintage que comprei no eBay. De repente eu ganhei um monte de seguidores e virei tipo uma *coisa*. A verdade é que sou só um cara que gosta de ir a festas e conhecer gente nova. É meio parecido com brincar de faz de conta, porque as pessoas acham que sou da realeza ou coisa assim.

A velha Cindy teria sido capaz de se identificar com a situação dele, tendo ela mesma acabado de brincar um pouco de faz de conta naquela noite. Mas algum interruptor havia se ligado dentro dela, e ela não ia voltar a ser quem era. Haveria outros bailes e outros meninos melhores para dançar e beijar. Agora que tinha os sapatos, podia fazer qualquer coisa. Aquele era só o começo.

Ela devolveu o smoking e fechou a porta do carro. Depois abriu a janela e lhe soprou um beijo.

— Boa noite. Até o próximo baile.

Nastia e Dizzy estavam deitadas de cara para baixo no tapete de pele de zebra do hall de entrada quando Cindy saiu do elevador carregando uma grande sacola de compras da PetSmart.

— O que houve com vocês duas? Ponche demais? — perguntou.

Nenhuma das meias-irmãs respondeu. Na realidade, pareciam não ter ouvido nada. Cindy rolou Nastia. Havia marcas ensanguentadas de bicadas por todo seu rosto e pescoço, nos ombros e nos braços. Seus olhos estavam arregalados, mas nada enxergavam. Cindy estalou os dedos na frente do rosto dela, porém nada aconteceu.

Dizzy estava agarrada ao celular, também coberta de marcas de bicadas e com os olhos igualmente arregalados e cegos. Cindy tentou tirar o telefone das mãos dela, mas Dizzy não deixou. Sem nem mesmo olhar o celular, a meia-irmã digitou com o polegar uma mensagem de texto para Cindy.

Cega por passarinhos atacando telefone. Não consigo ouvir nem enxergar.

— Passarinhos atacaram os seus celulares? — perguntou Cindy, cética. — Vem, vamos limpar vocês. Temos aula amanhã.

Ela levou as meias-irmãs ao quarto, ambas engatinhando atrás dela. No caminho, ocorreu-lhe que se realmente não conseguiam enxergar nem ouvir, não teriam a menor ideia de em que quarto estavam. Ela as levou para seu pequeno quarto sujo, com uma só janela e um sistema de campainhas, porque antigamente era o quarto da empregada.

— O que vocês duas precisam é de uma boa máscara de limpeza facial e um escalda-pés — falou, sentando as meias-irmãs na cama. Elas se balançaram uma contra a outra, feito zumbis, o cabelo embaraçado e os vestidos rasgados. Pareciam bonecas de trapo idênticas que ficaram presas numa cerca de arame farpado.

— Vocês também devem estar com fome — continuou Cindy. Abriu a sacola grande da PetSmart que tinha trazido para casa caso precisasse de um álibi para seu paradeiro e tirou duas enormes tigelas de cachorro e duas latas de ração. — Comprei uns lanches. Vou pegar tudo de que preciso na cozinha. Volto logo.

Nastia e Dizzy ficaram onde estavam. O cheiro era de casa. Elas estavam a salvo. Cindy, a meia-irmã imbecil, meiga e baixinha cuidaria delas. Era o mínimo que podia fazer depois de tudo que as duas fizeram por ela — aceitando-a em sua casa e a adotando como irmã.

Nastia tentou dizer alguma coisa nesse sentido, mas só o que saiu foi uma espécie de grunhido. Dizzy concordou com um murmúrio nasalado.

— Prontinho — chamou Cindy, cantarolando feliz, quando voltou alguns minutos depois trazendo uma bandeja grande. Ela havia vestido um roupão de fleece e renda cor de lavanda de Nastia e os chinelos de veludo cor-de-rosa de Dizzy com pequenas rosas de cetim, objetos que ela cobiçava havia muito tempo, desde que passou a morar na mesma casa das gêmeas. No pescoço, tinha colocado vários colares de diamantes, todos saqueados das caixas de joias de Dizzy e Nastia. Ela teria que vasculhar o quarto das duas mais tarde, depois que fossem dormir. Havia uma mina de ouro ali, a Tiffany and Co. pessoal delas. Ela baixou a bandeja no chão e se sentou aos pés das meias-irmãs. Na bandeja, havia uma lata de spray de creme de chantilly, um pote de maionese, um pote de picles, dois canudinhos, uma faca de manteiga, um abridor de latas e duas colheres de sopa.

— Primeiro, tomem um gole deste coquetel curativo que preparei para vocês. — Cindy colocou dois canudinhos no suco dos picles e os levou à boca das meias-irmãs, para que pudessem beber. Seus rostos e os pescoços ficaram vermelhos. Gotinhas de suor brotaram nos lábios superiores. Seus olhos castanhos já vidrados se encheram de lágrimas.

— Estão vendo como está liberando todas as toxinas? — observou Cindy.

Nastia e Dizzy estavam tão traumatizadas pela experiência com as aves que entraram numa espécie de coma galopante, muito parecido com a pneumonia galopante, só que sem o fluido nos pulmões. Suas bocas estavam rachadas e secas e o suco dos picles ardia, mas no âmago profundo e rosado de seus corações enegrecidos, elas acreditavam que Cindy sabia o que era melhor para elas.

Quando terminaram de beber, Cindy abriu o pote de maionese e começou a pintar a cara das duas com a faca de manteiga.

— É curativo — explicou. — Estão sentindo como esfria os ferimentos?

— Aaah — murmurou Nastia estupidamente. Seu rosto parecia muito melhor.

— Maaa — disse Dizzy, pedindo mais.

— Vou colocar no seu cabelo também. Vai hidratar os folículos e deixá-lo bonito e brilhante. — Cindy regou o cabelo delas com a maionese, usando o pote todo. — Se conseguirmos que as duas voltem a ficar bonitas, talvez vocês arrumem empregos de verão no estoque da Christian Louboutin.

Era tão bom poder tagarelar sem Nastia gritando para ela ficar quieta ou Dizzy reclamando de dor de cabeça.

— Hubert me ofereceu o emprego, mas acho que vou passar mais tempo na praia neste verão.

Ela se ajoelhou e puxou grosseiramente cada um dos feios sapatos boneca das meia-irmãs, jogando-os pela porta para não ter que vê-los nunca mais.

— Agora vou colocar uma máscara de resfriamento especial nos seus pés. Primeiro, vamos tirar os sapatos.

Ela sacudiu a lata de chantilly e mirou os pés inflamados, rosados e machucados. O creme jorrou da lata como um creme de barbear, grosso e branco. Ela girou o pulso, cobrindo cada um dos pés e os dedos com o creme e cruzando listras pelos tornozelos, como sandálias de gladiador feitas de chantilly.

Dizzy e Nastia fecharam os olhos e suspiraram de prazer. A maionese pingava dos cabelos e caía nos ombros nus e bicados.

— Agora, seu lanche. — Cindy esvaziou as latas de ração de cachorro nas tigelas, meteu colheres na maçaroca e as colocou no colo das meias-irmãs. O cheiro era nojento. — É patê. Da França.

As tigelas ficaram intocadas no colo das duas. As duas tigelas eram azuis, com a palavra "Auau" impressa em branco na lateral.

Cindy riu.

— Vocês estão tão fofas. — Ela pegou o celular. — Vamos tirar uma selfie. — Ajoelhou-se no chão entre as gêmeas, entrou no Instagram pela primeira vez na vida e ergueu o celular para tirar uma foto, postando imediatamente em sua nova conta, com a legenda:

#stepsisters

Talvez fosse o cheiro da ração de cachorro ou os pés cobertos de chantilly. Talvez fosse o suco ácido dos picles fermentando na barriga ou a maionese ardendo nas feridas. Talvez fosse o grito distante de alarme de mil abutres do Instagram. Mas, de repente, Nastia e Dizzy voltaram a si.

— O que estamos fazendo no seu quarto? — gritou Nastia, levantando-se num salto e virando o conteúdo da tigela de ração, derrubando-o nas costas de Cindy e no carpete.

— Estou enjoada. — Dizzy gemeu, curvou-se e vomitou no cabelo de Cindy.

— Devolva meus diamantes — cuspiu Nastia. — Agora.

Àquela altura, quase amanhecia. O pai e a madrasta de Cindy tinham acabado de chegar de Milão.

— Olá? Meninas? Estão acordadas? — chamou o pai de Cindy. Só o que ouviu foram os gritos de Nastia, que agarrava a mão da irmã e corria para o banheiro a fim de tomar o banho mais longo de toda a sua vida. Quando ele chegou ao quarto de Cindy, encontrou a filha de quatro, vestida em sua camisola da Pequena Sereia, usando luvas de borracha e limpando o chão com um esfregão e um balde de água com detergente. Foi praticamente assim que ele a tinha deixado antes da viagem.

— Está tudo bem, minha querida?

Cindy levantou a cabeça, seus olhos azuis imensos e redondos. Tanta coisa tinha mudado numa só noite; mas ainda assim tudo continuava igual.

Seu celular estava no chão, respingado de gosma, mas ainda funcionava. Ele tremeu, vibrou e soltou vários gritinhos animados com o aumento exponencial de seus seguidores no Instagram.

— Sim, papai. Está tudo como deve ser.

E assim estava.

Menina Veneno

Carina Rissi

Ah! Eu estava ansiosa para que você chegasse, meu bem.

Não é sempre que tenho a oportunidade de narrar o que de fato aconteceu comigo. Você provavelmente já escutou essa história antes, mas com certeza não ouviu a *verdadeira* história. Não que eu possa culpá-lo por isso. A imprensa adora transformar alguém em vilão. Ou vilã, como é o caso.

Apenas deixe-me esclarecer uma coisa: quase tudo o que ouviu sobre mim são inverdades — bem, alguns pontos são verdadeiros, mas não se preocupe, falarei sobre eles em breve —, e transformarem aquela garota que vivia propagandeando sua "ingenuidade", "bondade" e tantos outros termos enfadonhos em uma vítima indefesa é tão ridículo que chega a me causar náuseas.

Honestamente, não acredito que você caiu nessa.

Patético.

Mas vamos deixar de lado por um momento sua disposição em acreditar que todos têm apenas um lado — bom ou mau. Quanta inocência... Fico contente que o bom senso tenha trazido você até mim. Assim que eu lhe contar tudo o que aconteceu de verdade, poderá tirar suas próprias conclusões.

Ah, me desculpe, onde estão meus modos?!

Vamos, sente-se! Fique à vontade. Teremos uma longa conversa.

Está confortável?

Ótimo.

Antes de começarmos, quer comer alguma coisa? Uma tortinha de maçã?

Não?

Tudo bem. Então vamos à história que nunca foi contada.

1

Está vendo aquela mulher sentada em frente à câmera no pequeno estúdio com paredes de tijolo aparente? Repare como seus cabelos dourados se movem com graça, emoldurando-lhe o rosto como um manto sedoso. Percebe a maciez daquela pele perfeita, sem uma única mancha ou ruga? Olhe bem o desenho daquela boca cheia e suave, de um rubor natural tal qual um botão de rosa prestes a desabrochar. E os olhos! O espocar do flash, com a ajuda dos refletores, os transformou em duas preciosas turmalinas.

Ela não é a mulher mais linda e perfeita que você já viu na vida?

Eu concordo. E tenho a grata satisfação de vê-la todos os dias, quando me olho no espelho.

Ah, bem, creio que esse é um dos pontos sobre o qual a imprensa não mentiu. Eu sou a mulher mais bela que já pisou nesta Terra.

Não precisa me olhar desse jeito. Estou apenas sendo honesta. Modéstia é uma palavra que não consta em meu vocabulário. Ou em minha profissão.

— Incrível, Malvina! — elogiou Alexandre, clicando sua Nikon. — Você é perfeita! Uma deusa! A câmera te ama. Faça amor com ela. Isso!

Entende o que quero dizer?

Já desfilei para os maiores estilistas, posei diante dos mais renomados fotógrafos — como Alexandre Rocha, o melhor da América Latina — e jantei com celebridades e personalidades importantes ao redor do mundo. Meu rosto estampou 156 capas das mais conceituadas revistas de moda nos últimos três anos.

Sou uma beldade e não tenho por que dizer o contrário.

Isso me torna uma pessoa ruim? Não do meu ponto de vista; simplesmente tenho consciência do meu potencial. Sei que alguém como você pode não compreender, mas acredite, a beleza é um fardo!

No entanto, era ela que pagava minhas contas e abastecia minha taça com champanhe francês. E descolava entradas para os melhores e mais disputados eventos, aonde quer que eu fosse.

— Doçura. Quero sua doçura, Malvina. — *Flash. Flash. Flash.* — Ah, meu Deus, esse olhar! Mantenha esse olhar!

Particularmente, eu acredito que seria uma atriz formidável. Minhas expressões faciais são invejáveis. Certa vez até cogitei essa possibilidade, mas Henrique não gostou da ideia, e na época eu não queria desagradá-lo. Você com certeza já ouviu falar de Henrique Neves, o talentoso piloto de Fórmula Indy. Isso mesmo, aquele que morreu no ano passado, em um trágico acidente.

Eu sei, o termo "viúva" não cai bem para uma mulher tão linda e jovem quanto eu.

Sinto saudades de Henrique. Apesar de mais velho, ele era um cara legal e sabia como tratar uma mulher. Ainda perco o fôlego quando admiro a gargantilha de diamantes azuis que ele me deu em meu último aniversário que passamos juntos.

Confesso que nunca consegui me apaixonar por Henrique — ou por qualquer outro homem, diferente dos meus sentimentos em relação à gargantilha —, mas ele era lindo, rico e me fazia rir. Quando me pediu em casamento, com amor nos olhos e um anel da Tiffany na mão esquerda, foi impossível dizer não. Além disso, ele me deu a única coisa que eu sempre desejei. Não o anel. Meu trabalho compraria cem deles. Henrique me ofereceu algo que ninguém jamais havia me oferecido: um sobrenome. Eu teria feito qualquer coisa por isso.

O Rei das Pistas e a Rainha das Passarelas, diziam os jornais. Éramos um casal perfeito.

No entanto, ele foi estúpido o bastante para perder o controle de seu Indy, errar uma curva, bater e morrer aos 37 anos, me deixando sozinha outra vez e com um legado mais que inconivente. A tutela de...

— Bianca! — exclamou Alexandre quando a porta de ferro do estúdio, grande e barulhenta, foi aberta bruscamente.

Está vendo a menina pálida e sem graça que não sabe arrumar os cabelos sozinha? Essa é a filha de Henrique. Sou responsável pela menina até que ela complete os malditos 18 anos. Bianca é a causa de todas as minhas dores de cabeça e a razão pela qual você está aqui agora, me ouvindo, não é mesmo, meu bem?

Ah, deixa disso. Não precisa se envergonhar. Como já mencionei, você nem mesmo tem culpa pelas baboseiras que os jornais implantaram em seu cérebro.

— Bianca, você sabe que não gosto de ser interrompida durante uma sessão de fotos. — Lancei a ela um olhar severo. — Perco a concentração.

— Desculpe, fofadrasta.

Honestamente, eu pareço ser do tipo "fofa"? Nem mesmo minha mãe — se eu soubesse quem ela é — ousaria me enquadrar nessa categoria. Mas aquela era Bianca. Astúcia nunca foi seu forte.

— O que veio fazer aqui? — perguntei a ela.

— Disseram que eu deveria vir a uma reunião. — Ela deu de ombros, mordendo um Kit Kat. — Parece que me querem na campanha do Menina Veneno.

Me esqueci de mencionar que aquela coisinha desajeitada também é modelo. Não me culpe por isso. Nem você teria pensado num absurdo desses. Infelizmente — para a humanidade —, alguém discordou de nós dois.

Lembra que mencionei minhas expressões faciais? Não sou excelente no que faço? Aquela, de total perplexidade, não merecia um Oscar?

— Ah, Bianca. Você precisa prestar mais atenção. Sabe que essa campanha é minha. A sessão de fotos já foi agendada para este fim de semana. — Eu era o rosto do perfume havia três anos. Eu era a Menina Veneno.

— Foi o que eu disse pra Laís, mas ela explicou que estão querendo renovar. Aí vim aqui ver o que tava rolando.

— Tenho certeza de que não tem nada rolando. Pare com isso, Alexandre! — ralhei, já que ele continuava me fotografando. — Deve ser um mal-entendido. Só pode.

Porque ninguém em sã consciência me trocaria por aquela... aquilo... Enfim.

A porta do estúdio se abriu, e a dona da agência com a qual nós duas assinamos entrou. Laís Carvalho (sim, essa Laís mesmo. A modelo mais famosa do Brasil nos anos 1990) balançou a cabeça, me cumprimentando, antes de sorrir para Bianca. Não achei que fosse bom sinal.

Eu tinha razão.

— Que bom que veio. — Laís disse para a coisinha sem sal, colocando as mãos em seus ombros. — Já estão te esperando. Vamos, bonequinha?

Entããão... Bianca não entendera errado. OK, eu podia lidar com aquilo.

— Laís, espera um pouco. Bianca acabou de me contar que querem mudar a campanha do Menina Veneno, mas deve haver algum engano. — Aproximei-me delas com um sorriso estonteante no rosto. Homens poderosos já caíram de joelhos diante daquele sorriso.

A mulata com quadris tamanho 36 — não preciso elaborar, números falam por si só — me olhou de maneira condescendente.

— Lamento tanto que saiba da mudança dessa forma, Malvina. Eu pretendia te ligar e marcar um jantarzinho, mas a situação acabou saindo do controle e... A verdade é que os investidores insistiram em mudar a estratégia da campanha. Querem algo novo.

— Eu posso ser algo novo. Posso ser qualquer coisa que eles quiserem. — E podia mesmo.

— Eles querem o rosto dela. Nem você consegue ser a Bianca. — Laís apertou os lábios como se estivesse com pena. Argh! — Não é pessoal, Malvina. E não se preocupe, sua agenda continua lotada pelos próximos dois anos.

Ela pegou Bianca pela mão e a puxou para a porta, que se fechou com um clique suave, me deixando paralisada e de boca aberta.

E foi assim que tudo começou a dar errado, como você já vai descobrir.

2

Depois de terminar a sessão de fotos com Alexandre — se tem uma coisa que ninguém pode negar é que sou profissional até debaixo d'água —, saí do prédio de fachada vintage onde funcionava a agência ainda tentando entender o que havia acontecido. Meu motorista, Abel, me esperava do lado de fora. Ele estava tendo dificuldades com Sarina, minha assistente pessoal. Não que eu pudesse condená-la: Abel era inacreditavelmente atraente. Tentei levá-lo para o mundo da moda logo que consegui um pouco de prestígio, mas ele recusou, dizendo que aquilo era coisa de maricas. Ainda assim, Sarina sabia que eu não tolerava aquele tipo de comportamento. Não com Abel.

— Sarina! — silvei.

Abel ficou aliviado ao me ver. Ele sempre ficava.

— Malvina! Ai, não esperava que voltasse tão cedo. — Sarina se afastou de Abel, alisando as roupas de qualidade razoável.

Eu sempre paguei bem aos que me serviam com eficiência. Sarina era uma exceção. Me refiro à eficiência. Apenas alguém como eu manteria uma pateta feito a Sarina por perto, ainda mais com uma remuneração tão alta. Mas essa sou eu. A generosidade em pessoa.

Abel se apressou em abrir a porta do Cadillac XTS azul-marinho para mim, um sorriso minúsculo curvando sua boca.

— Senhora — disse ele com sua voz de barítono, segurando a porta. O fato de nunca, sob circunstância alguma, usar meu nome (ou gravatas) me enervava um pouco.

Entrei no carro, e Sarina me seguiu, tropeçando ao entrar e caindo aos meus pés. Ah, bem, eu já estava habituada àquilo.

Abel deu a partida enquanto Sarina se acomodava ao meu lado e abria a bolsa para pegar o iPad. Ela deslizou os dedos pela tela, piscando algumas vezes.

— Certo. Já que você terminou mais cedo, tem quarenta e três minutos de folga. Agendei seu horário com Jaqueline. Ficou para as 13h, e às 14h30 tem manicure. Não pode repetir o esmalte na sessão de fotos para a campanha de sandálias. Marquei às 17h com Gérald, tudo bem? Ele vai até sua casa, então você estará pronta às 20h, como programado. O helicóptero estará a postos para levá-la à estreia do filme do Inácio.

Balancei a cabeça.

— Ligue para Jaqueline e remarque. Não posso esperar tudo isso.

— Mas se ela não tiver...

— Que arrume! Eu preciso dela. Agora!

— OK, OK! — Sarina levantou as mãos num gesto de rendição antes de ligar para a clínica.

Meia dúzia de palavras (dentre elas *Malvina Neves* e *exige*) depois, Sarina avisou Abel para que alterasse a rota e seguisse direto para a clínica.

A garota continuou dizendo alguma coisa, e eu assentia por hábito. Nada daquilo era relevante, exceto a consulta com Jaqueline. Meus pensamentos estavam voltados para o que acabara de acontecer no estúdio. Desde que entrei para o mundo da moda, jamais fui dispensada. Era eu quem rejeitava contratos ou os rescindia. Um frio intenso começou a se espalhar por meu estômago.

Esperei que Abel estacionasse em frente à porta envidraçada da clínica Vênus. Coloquei os óculos escuros e atravessei a calçada, parando para que Sarina abrisse a porta.

A recepcionista sorriu para mim de um jeito hesitante (da mesma forma que você sorri na minha presença), e eu adorei.

Não espero que alguém como você entenda, mas eu adoro o receio que desperto nas mulheres e em alguns homens — você sabe, aquele tipinho inseguro que não sabe o que fazer na presença de uma beldade. Pobrezinhos. É claro que essa é a razão de nunca se darem bem com o sexo oposto. Aliás, esse é o motivo para qualquer pessoa se dar mal em qualquer aspecto. A vida raramente oferece uma segunda chance, então faça bem-feito na primeira vez. Esse sempre foi o meu lema.

Relaxei ao me sentar na cadeira reclinável. A esteticista (tamanho 42 nos quadris, 36 no busto) era eficiente, e seu melhor cartão de visitas era o próprio rosto. Eu jamais teria acreditado na sua idade se ela não tivesse me mostrado a carteira de motorista. É óbvio que não vou revelar a idade dela para você. E, se está esperando que eu divulgue a minha em algum momento desta conversa, é melhor desistir.

— Não fiquei surpresa quando Marla avisou que você viria mais cedo. — Jaqueline direcionou o foco de luz em meu rosto. — Ah, sua pele está um espetáculo! O que pretende fazer hoje? Ácido hialurônico nos lábios ou vulcânico no rosto? Ionização com vitamina C ou máscara tensora de ouro 18 quilates?

— Tudo! Quero tudo! — Eu me acomodei melhor na cadeira e fechei os olhos.

Nunca disse que era 100% original, disse? Uma garota precisa aprender a valorizar seus atributos e melhorá-los sempre que possível. Aliás, se quiser posso te dar o telefone da Jaqueline. Talvez ela dê um jeito nessas manchinhas perto da sua orelha. Também conheço um ótimo cirurgião, caso queira fazer alguma coisa com esse nariz.

Ah, eu amo a sensação das picadas, a ardência dos ácidos, a renovação das células. Além disso, eu adorava visitar Jaqueline por outro motivo. Ela sempre me apresentava substâncias novas, e eu as utilizava em meus experimentos.

Quais experimentos? Seja paciente, meu bem. Tudo em seu devido tempo.

Jaqueline apoiou uma grande quantidade de potes e seringas no suporte metálico e aproximou a banqueta com rodinhas da cadeira reclinável em que eu estava.

— Vamos começar com a máscara de vitamina. Como andam as coisas? — Ela calçou as luvas de borracha e se pôs a mexer uma mistura branca.

— Fantásticas! — Não havia razão para despejar meus problemas nela. Não que eu não quisesse sobrecarregá-la; só nunca fui dada a essas frivolidades, como ter laços de amizade e tudo o mais. Sarina e Abel sempre foram exceções.

— Que bom. Fico contente. — Jaqueline sorriu e se inclinou de leve sobre mim, o pincel a postos. — Já eu ando meio chateada. Meu filho se mudou para o campus da faculdade, em Minas Gerais. Está morando com mais seis rapazes numa quitinete, e eu tremo só de pensar no que aqueles meninos fazem sem supervisão. Bianca passou para alguma faculdade?

— Não que eu saiba.

— Você tem sorte. Ter as crianças por perto traz alento à alma.

— Bianca não é criança. Está prestes a fazer 18 anos. — Eu não sabia por mais quanto tempo conseguiria tolerar a presença dela. Mais alguns meses, e eu poderia riscar Bianca da minha vida.

Não diga nada, você não a conhece de verdade.

Uma hora depois, saí da clínica sob a proteção de um guarda-sol e parti para os compromissos agendados.

Pareceu uma eternidade até que o fim da tarde chegasse e eu pudesse finalmente ir para casa. Logo que entrei na cobertura, localizada no bairro mais nobre da cidade, encontrei Gérald me esperando na sala de visitas.

— Está atrasada, belíssima — comentou meu cabeleireiro pessoal.

— Eu sei. Preciso de um banho. Serei rápida.

Ele bateu na maleta abarrotada de produtos para os cabelos.

— Leve o tempo que precisar, amada. Eu garanto seu glamour.

— É bom mesmo.

Um zumbido medonho vinha do quarto de Bianca. Ela descobrira mais uma banda underground. Suspirei ao passar em frente à porta.

A banheira já estava à minha espera.

Mais tarde, perfumada e envolta em um *néglige* de seda escarlate, perambulei pela suíte espaçosa — cem metros quadrados luxuosamente decorados — e parei em frente ao meu local preferido: meu closet. Sentei na *chaise longue* de veludo negro do século XIX e fiquei observando as dezenas de prateleiras de sapatos preciosos. Louboutin, Stuart Weitzman, Jimmy Choo, Manolo Blahnik, Kathryn Wilson. Nomes que até poucos anos antes não significavam nada para mim, mas que tinham se tornado todo o meu mundo. E eu não estava disposta a permitir que nada mudasse.

Peguei meu iPad em cima da grande cômoda no centro do closet e voltei a me sentar na *chaise*. Hesitei em abrir o aplicativo que me conquistara no ano passado, com medo de que a resposta pudesse ter mudado. Ser rejeitada pelo Menina Veneno deixou um gosto amargo. Malditos investidores de merda por me fazerem duvidar de mim mesma.

Maldita Bianca por ser quem eles queriam.

Respirei fundo e abri o Divina Proporção, posicionando o aparelho de forma que a câmera frontal capturasse meu rosto.

Você conhece, certo? O aplicativo que analisa seu rosto e dá a porcentagem de perfeição de seus traços? A minha nota nunca foi inferior a 98%. Ouvi dizer que o padrão varia entre 70 e 80. Você deveria experimentar uma hora dessas... Humm... Não. Melhor não. Não quero que se sinta mal depois.

O aplicativo analisou minha imagem, e a resposta veio em dois segundos.

Noventa e oito vírgula três por cento de pura perfeição!

Uma adição de 0,3%! Jaqueline de fato fizera um excelente trabalho.

Alguém bateu à porta. Gérald.

— Amada, preciso começar logo. Essa sua cabeleira deslumbrante dá muito trabalho!

Animada com minha nova nota, deixei o iPad sobre a *chaise* e endireitei os ombros, ajustando a fita do *négligé* na cintura.

Aquele perfumezinho barato não merecia meu rosto. Na verdade, nem sei por que aceitei aquele contrato. Uma noite regada a champanhe e repleta de pessoas elegantes era o que eu precisava. Ser admirada e invejada faria aquele nó na minha garganta desaparecer por completo.

Separei um vestido e um par de Louboutin e os deixei em cima da cama.

Hora do show.

3

Minha noite fabulosa se transformou em um pesadelo assim que me acomodei no banco de trás do helicóptero parado no terraço do meu prédio e encontrei Bianca já sentada ali.

— Pensei que gostaria de companhia — explicou ela quando a olhei, confusa.

Sim, alguma companhia seria agradável, mas não exatamente a de Bianca.

— Tem certeza de que quer ir? Vai ser tudo muito chato.

Ela deu de ombros.

— Tô sem nada interessante pra fazer — respondeu daquele jeito entediado que me irritava até a morte.

Resignada, acomodei-me no assento, passei o cinto pelo peito e coloquei os protetores de ouvido com cuidado para não desfazer o penteado. Sabia que estava linda. O olhar do piloto ao examinar minha figura era mais que um elogio. Era um convite.

Assim que decolamos, Bianca ajeitou os fones do iPod por baixo dos protetores de ouvido. Pela visão periférica, analisei a garota que conseguira deixar um Carolina Herrera sem graça. Nunca, jamais, em hipótese alguma combine um Herrera com All Star. Sério, não cometa essa atrocidade.

Em pouco mais de meia hora pousávamos no topo de um hotel luxuoso. Bianca fez questão de me acompanhar de perto. Sarina me esperava no mezanino do hotel e me ajudou a colocar os cachos no lugar.

— A imprensa está ansiosa. Até parece que a estrela do filme é você! — contou ela, animada, ajeitando minha gargantilha de diamantes. Ela suspirou. — Ah, Malvina, você está um espetáculo, como sempre.

E era por coisas assim que eu gostava tanto de Sarina.

Coloquei meu sorriso mais charmoso no rosto, endireitei os ombros e comecei a descer a larga escadaria de mármore que levava ao grande salão. Percebi o momento exato em que as pessoas me avistaram. Um silêncio de admiração pairou no ar, e os únicos sons ouvidos eram o suave farfalhar do meu vestido e o toc-toc-toc dos meus Louboutin no piso.

Minha entrada teria sido triunfal se Bianca não existisse.

A garota desceu os degraus correndo para me alcançar e acabou tropeçando naqueles tênis idiotas, colidindo comigo. Precisei me agarrar ao corrimão dourado para não cair na frente de trezentas pessoas.

— Ai, fofadrastra, desculpa!

Ouvi risos abafados vindo do salão e muitos flashes sendo disparados. Tudo o que pude fazer foi lançar a Bianca um sorriso compreensivo e dar um tapinha de leve em seu ombro.

— Sorria, Bianca.

Sob o foco dos fotógrafos, enlacei o braço da menina e descemos juntas, como se fôssemos grandes amigas. Ora, se você não sabe lidar com as adversidades, então não serve para esse trabalho.

Parei logo que meus pés tocaram o piso do térreo, me afastando um pouquinho de Bianca e sorrindo para as câmeras, dando aos fotógrafos a chance de se embriagarem com minha beleza. Eu adoro isso. Nasci para ser admirada.

— Malvina, quem assina seu vestido? — gritou um jornalista.

— E seu sapato?

— Esse colar é o que Henrique deu para você?

Mais sorrisos, respostas curtas e educadas. Ao menos até um dos repórteres questionar:

— É verdade que você não é mais a Menina Veneno?

A única diferença entre um jornalista e um abutre é que os abutres não sorriem enquanto tentam te devorar.

Uma expressão de pesar — porém encantadora — tomou meu rosto.

— Me sinto péssima com isso tudo, mas sim, é verdade. Um conflito de agendas me obrigou a deixar a campanha.

— E a ideia de Bianca assumir seu antigo posto foi sua?

Ah, por favor!

Ainda assim, o show estava rolando, e eu não era conhecida apenas pela desenvoltura nas passarelas. Passei o braço por cima dos ombros de Bianca.

— É claro. Quem mais poderia me substituir com tanta graça? — Sorri, benevolente.

Bianca me olhou, um pouco confusa. Não que isso fosse alguma novidade.

Não quero fazer fofoca nem nada, mas se você prestar atenção, vai perceber que ela passa boa parte do tempo fora do ar, e o restante, comendo. Tenho uma teoria, mas prefiro não influenciar você agora, por isso nem vou falar nada sobre essa questão.

— Bianca — chamou o repórter —, você se sente pressionada por substituir sua madrasta?

— É difícil ocupar o lugar de Malvina. Você se acha capaz? — indagou outro.

— Ser comparada com a Rainha das Passarelas te deixa nervosa?

Deixei a garota ser engolida pelos jornalistas e circulei pelo ambiente a procura de Inácio Borges. Eu o encontrei rodeado de outros atores, todos um pouco nervosos com a estreia do filme. Já Inácio...

— Você veio! — Ele sorriu ao me cumprimentar, segurando-me pelos cotovelos para plantar um beijo demorado em minha bochecha.

— Não perderia isso por nada, Inácio.

Inácio era minha versão masculina. Perfeição o definia bem, e posso garantir que não se limitava apenas àqueles olhos incomumente violeta, ao rosto quadrado com o queixo forte, nem aos cabelos lisos e loiros. Cada pedaço do corpo dele era um espetáculo a ser desvendado, e se eu tivesse um coração fraco poderia ter me apaixonado por ele durante o ensaio que fizemos juntos para uma loja de departamento.

Isto é, se ele fosse hétero e tudo o mais.

— Nervoso? — perguntei a ele.

— Com o quê?

Abri um sorriso lento. Uma versão minha, com certeza.

Alguém chamou Inácio, e ele desempenhou seu papel de grande estrela, mas os holofotes ainda estavam focados em mim. Fiz minha parte e circulei pelo salão, parando para cumprimentar todas as figuras importantes, ricas e/ou famosas.

Eu sei o que você deve estar pensando, e é por isso que tenho uma conta com sete dígitos e você não.

Bianca, abandonada pela imprensa, se juntou a um grupinho de adolescentes aspirantes a atrizes ou munidas com a ingênua pretensão de que um dos atores se apaixonasse por elas. Não me espantou que Bianca se unisse a elas.

Assim que todas as personalidades chegaram, fomos levados à sala de exibição. Sentei na primeira fila ao lado de Inácio. Os fotógrafos não perderam isso. Havia meses tentavam desvendar se Inácio e eu estávamos tendo um caso.

Não fazia ideia de onde Bianca poderia ter se enfiado. Não era da minha conta.

O filme não era de todo ruim, e achei Inácio muito convincente no papel de um médico serial killer que envenenava as vítimas — todas mulheres exuberantes — pouco depois de seduzi-las. Aliás, ele nunca esteve tão fantástico, e não digo isso apenas porque o tema me fascinava.

Pouco depois da metade do filme, decidi ir ao banheiro retocar a maquiagem. Ora, se você veste um Zac Posen com um decote fabuloso nas costas, precisa dar a oportunidade de as pessoas o admirarem. Mesmo no escuro, alguns flashes foram disparados, por isso saí sem pressa alguma.

Você vai adorar essa parte.

No momento exato em que eu passava em frente ao reservado masculino, a porta se abriu e acertou minha testa.

— Ai! — Dessa vez, os flashes espocaram atrás das minhas pálpebras.

— Merda! — resmungou uma voz masculina. — Desculpa, eu não te vi. Você está bem?

Friccionei a testa tentando aliviar a dor. Fiquei um pouco tonta.

— Venha se sentar um pouco. — Ele me pegou pelo cotovelo e me levou para algum lugar onde me ajudou a sentar. — Sinto muito. Não tinha como eu saber que você estava passando. Quer um copo de água? Um pouco de gelo, talvez?

Levantei o olhar e encontrei o rosto emoldurado pela cabeleira castanha perto demais. Perto o bastante para que eu reparasse na cicatriz em formato de meia lua no canto da sobrancelha esquerda. Os olhos incomuns — íris de um âmbar translúcido em chamas consumindo a pupila negra — eram ligeiramente separados, e o lábio superior, grosso demais para o meu gosto. O queixo, porém, era um espetáculo espartano. Mas nem de longe aquele era o homem mais bonito que eu já vira na vida.

— Você está bem? — perguntou ele com a voz macia.

— Um pouco tonta.

— Vou pegar gelo pra pôr na sua testa. Não se mova!

Ele se levantou e saiu correndo em direção ao bar, me dando a chance de contemplar sua silhueta. Esguio, porém de ombros largos, pernas compridas, andar seguro.

Ele retornou em um minuto, se sentando ao meu lado no *récamier* retrô em cetim preto. Pescou um cubo de gelo de dentro do copo e o pressionou contra minha testa.

— Sinto muito — murmurou ele.

— Tudo bem. Não foi você que instalou aquela porta abrindo para fora.

Ele deu risada.

— Mesmo assim eu deveria ter tomado mais cuidado. Está doendo muito? Algum problema com a visão? Acho melhor te levar a um pronto-socorro...

— Não, estou bem. Nem dói tanto.

Ele soltou um longo suspiro aliviado. Havia um espelho que ia do chão ao teto na parede em frente ao *récamier*. Através dele, analisei o rapaz. Jeans básico, camiseta branca com gola V por baixo do paletó preto. Largas pulseiras de couro trançado preto no punho esquerdo. Tênis de lona. Ele era bonito, mas minha atenção logo foi desviada para o galo vermelho que começava a saltar da minha testa. Droga!

— Sou Fernando Floriano. — Sorriu meio sem jeito.

— Malvina Neves.

Meu nome não significou nada para ele. Não houve aquela centelha de reconhecimento nem nada parecido. Não sei ao certo se me senti furiosa ou encantada com aquilo.

Ele analisou meu rosto, pela primeira vez prestando atenção aos meus traços, ainda pressionando o gelo no local onde o galo já se fazia visível. Vi muitas emoções espreitarem por aquelas íris faiscantes. Admiração, cobiça, receio, fascínio, desejo. O de sempre.

— Cara, eu deveria ser preso por ter causado um dano a um rosto como o seu. Alguém já deve ter dito que você é absurdamente linda, certo?

— Não depois de acertar minha cabeça com uma porta.

Ele deu risada, e Sarina escolheu aquele instante para aparecer.

— Malvina, vi você saindo da sala e fiquei preocupad... Aaaah! Hã... Eu... vou te esperar no banheiro. — Ela virou o rosto para o outro lado ao passar por mim. Pelo espelho, vi um pequeno sorriso curvando seus lábios.

Fernando largou o gelo dentro do copo e alisou o local dolorido em minha testa com a ponta dos dedos frios.

— Acho que vai ficar roxo. — Ele fez uma careta.

— Tenho algo em casa que ajudará a disfarçar.

— Ainda bem, ou eu teria que fazer muita terapia.

Acabei rindo. Ele se levantou, e eu fiz o mesmo, passando uma das mãos na seda do vestido para ajeitá-lo. Os olhos incomuns de Fernando acompanharam o movimento. Ele inspirou fundo, enfiando as mãos nos bolsos da calça, como que para mantê-las longe de mim.

O mesmo de sempre.

— Bem, preciso... — começou ele, fazendo um esforço para voltar a atenção para meu rosto. Ah, os benefícios que um Zac Posen traz a uma garota. — ... voltar para a sala. Desculpa de novo. Se cuida, Malvina. — Ele começou a andar.

E *isso* não acontecia sempre. Na verdade, nunca. Juro por Deus que cheguei a pensar que se tratasse de uma pegadinha enquanto observava Fernando se apressar pelo corredor em direção à sala de exibição sem insistir em me ver de novo, perguntar meu telefone nem pedir que eu o adicionasse no Facebook.

Minhas mãos começaram a suar, meu coração errou as batidas e minha boca ficou seca.

Antes de abrir a porta que o levaria à sala de exibição, porém, ele virou a cabeça para me encarar uma última vez. Meu estômago se encheu de alguma coisa, o que não acontecia havia uma década — ficar cheio de qualquer coisa que fosse, quero dizer. Era uma sensação trêmula e fria, como se milhares de cubos de gelo saltitassem ali dentro. A reação do meu corpo me deixou confusa, pois eu nunca havia sentido nada parecido antes. Bom, não sem estar diante de uma vitrine.

Foi quando ele desviou o olhar e sumiu de vista que eu soube. Eu queria aquele homem. Pela primeira vez em toda minha vida, eu desejava alguém.

E ele seria meu.

4

Ao chegar em casa, me tranquei em minha suíte. Cheguei a procurar por Fernando depois que o filme terminou, mas o rapaz havia desaparecido. Arrisquei perguntar a Inácio, mas ele não o conhecia. Sarina também não. Contudo, dei a ela todas as informações de que dispunha sobre o rapaz e exigi um relatório completo para a manhã seguinte.

Retirei o vestido e os sapatos e fui para o closet, vestindo apenas o *négligé* carmim. Me certifiquei de que a porta estava trancada antes de me dirigir à minha linda estante de sapatos. Um suspiro escapou dos meus lábios. Empurrei a primeira prateleira para o lado, revelando uma segunda logo atrás, em seguida uma terceira, até por fim chegar à quarta. Afastei um par de botas Gucci e abri a tampa do dispositivo de segurança embutido na lateral da prateleira. Digitei a senha, e uma luz piscou, ficando verde antes de o painel de madeira recuar meio metro e liberar a entrada.

As luzes se acenderam automaticamente logo que entrei em meu santuário. OK, não era bem um santuário, mas ali eu podia ser eu mesma, sem cobranças ou análises — só as minhas, é claro.

Havia muito lixo guardado ali, como as roupinhas medíocres que eu usava quando me encontraram, o primeiro objeto que comprei com meu próprio dinheiro — óculos escuros de camelô; decadente, eu sei —, um caderno da época de escola. Coisas que me faziam lembrar o quanto a vida podia ser cruel. Entretanto, a sala também abrigava uma de minhas antigas paixões. Tubos de ensaio, condensadores, pipetas. Eu ainda morava no abrigo quando descobri o curso técnico em farmácia. Desde pequena o assunto me fascinava. Sonhava em um dia criar a poção da felicidade. O problema é que na época eu não sabia bem o que felicidade significava.

Ah, sim, passei a vida toda num orfanato, assim como Abel e Sarina. As únicas boas lembranças que eu tenho de lá são eles dois e o curso. Deixei o abrigo no dia em que completei 18 anos, já com uma profissão. Optei pelo curso técnico em vez de fazer o ensino médio comum como a maioria dos adolescentes, porque "faculdade" era uma palavra tão distante da minha realidade quanto diamantes.

Mas você não quer ouvir esse drama todo, certo?

Poções, elixires, cremes exclusivos tomavam a bancada. Um acervo imenso de experimentos que fiz ao longo dos anos usando diversas substâncias estavam catalogados em um caderno de capa negra. Jaqueline sempre me apresentava novos elementos químicos, e era dessa maneira que eu me atualizava. Tinha a esperança de um dia conseguir encontrar o que toda mulher — bonita ou feia — deseja: juventude eterna.

É óbvio que eu ainda não descobri como ser jovem para sempre, mas mesmo naquela época já havia conseguido alguns resultados bem interessantes. Como o creme que fazia inchar determinada parte do corpo. Deixei os jornalistas abismados ao aparecer em um evento com os seios inflados, e na semana seguinte exibi-los com seu tamanho natural em um decote profundo, o que resultou numa acalorada discussão sobre uma suposta cirurgia para implante de próteses de silicone e outra, para a retirada.

E havia aquela poção que fazia manchas e marcas desaparecerem em 24 horas, a razão que me levara até ali. Eu não poderia posar no dia seguinte com aquele galo arroxeado incrustado na cabeça.

Sentei-me na cadeira giratória, admirando os inúmeros ingredientes tão difíceis de arranjar. Pensei que eu deveria dar um aumento a Sarina, por sempre conseguir tudo tão depressa. Então escolhi os materiais que precisava e dei início à mistura. O resultado foi um creme amarelado que esfreguei de leve no local machucado. Pinicou um pouco, mas isso era sinal de que estava funcionando.

Arrumei a mesa de maneira metódica antes de sair, e me certifiquei de religar o sistema de segurança.

Fui para cama usando nada mais que duas gotas de Chanel N° 5 — Marilyn sabia das coisas —, ansiosa para que o dia seguinte chegasse logo e eu pudesse saber mais sobre Fernando.

Sarina não me decepcionou. Na primeira hora da manhã (às 10h, no caso), eu tinha um relatório completo em mãos e a testa perfeitamente lisa e sem marcas. Analisei as informações enquanto tomava chá verde puro e mordiscava meia torrada integral light.

Fernando Floriano era o guitarrista de uma banda pouco conhecida, a Catarse, tinha 21 anos, gostava de Led Zeppelin, discos de vinil, videogame e batata frita. Malhava todos os dias numa academia no centro, sempre às 6h30.

Eu teria que ir à academia logo depois de acordar, se quisesse simular um encontro casual. Esplêndido. O sonho de todo ser humano...

— Muito bom, Sarina! — elogiei. — Agende a mesma hora para mim nessa academia. E, por favor, avise que estou apenas trocando de academia. Não vou passar pela avaliação.

— Mas você não frequenta academia nenhuma. Tem uma incrível aqui na cobertura, e você nunca usa.

— E ninguém precisa saber disso, precisa? — Estreitei os olhos.

Sarina engoliu em seco.

— Não. Hã... vou avisar ao Abel para se aprontar mais cedo.

— Faça isso. — Terminei a meia torrada no exato instante em que Bianca acordou.

Como de costume, ela não se deu ao trabalho de se olhar no espelho; seus cabelos negros mais pareciam um shitzu que tomou banho e não foi escovado.

A coisinha esdrúxula se largou na cadeira com estardalhaço, os fones já nos ouvidos. Esticou o braço e encheu o prato com pãezinhos doces, geleia, amanteigados e Nutella. Sério, a quantidade de calorias naquele prato era o suficiente para me manter respirando por uma semana. Era tão injusto. Ninguém come o dia todo e continua magra. Simplesmente não acontece. Só podia ser o metabolismo adolescente.

— Interrompi alguma coisa? — perguntou ela com a boca cheia, e uma chuva de farelos caiu no meu chá.

— Nada. — Empurrei a xícara para longe.

— É, não era nada — falou Sarina, correndo para pegar uma xícara limpa no aparador. — Malvina decidiu que vai começar a frequentar uma academia.

— Por quê? — questionou a menina com desinteresse.

— Porque me deixará saudável.

— Sem querer ofender, fofadrasta, acho que o que te deixaria mais saudável seria comer de vez em quando. — E abocanhou um pão coberto de creme amarelo. — Mas acho que vou com você. Também preciso fazer uns exercícios.

Olhei feio para Sarina enquanto ela me servia o chá. A ruiva se encolheu, sibilando um pedido de desculpas apavorado.

Respirei fundo e apoiei os antebraços na mesa, fitando Bianca.

— Você não precisa me seguir o tempo todo, Bianca. Você tem sua vida, não precisa de mim para nada.

— Sua vida é mais emocionante que a minha. E, legalmente, sou sua responsabilidade até completar 18 anos.

— Como se eu pudesse me esquecer disso — resmunguei.

— Além do mais, tô meio sem nada pra fazer. A agência reagendou o ensaio do Menina Veneno para o fim da semana que vem. Vamos pra Suíça, aí você vai poder ficar sozinha.

— Suíça?

— É. — Ela ergueu os ombros. — Querem me fotografar na neve. Acham que o contraste com meu cabelo vai ser interessante. Ou sei lá. Não prestei muita atenção.

Agora, pense comigo por um momento: se você mora com alguém e por acaso roubou o trabalho dessa pessoa, o mínimo que se deve fazer é tocar no assunto, dizer que sente muito, que a decisão não foi sua e blá-blá-blá, certo? Isso se você for uma boa pessoa. Nunca disse que eu sou, mas aposto que você pensou que Bianca fosse desse tipo, não pensou?

— Que horas a gente vai pra a academia amanhã? — perguntou, de boca cheia. Sarina se apressou em cobrir minha xícara com o iPad. Farelos nojentos grudaram na tela.

— Seis e meia — informou Sarina.

— Legal.

Ela engoliu todo o conteúdo do prato em meio minuto, virou mais um copo de iogurte e finalizou com uma caneca de achocolatado antes de se levantar, levando uma rosquinha. Talvez não fosse o metabolismo adolescente. Talvez o estômago de Bianca fosse diferente e tivesse um buraco negro que mandava todas aquelas calorias e gorduras trans para um universo paralelo.

— Eu estava pensando em aumentar seu salário — contei a Sarina, logo que voltamos a ficar sozinhas.

— Mesmo? — Seus olhos brilharam, um sorriso surgiu na boca. — Ai, Malvina, você é o máximo!

Fiz um gesto desdenhoso com a mão.

— Eu sei disso, mas, sabe, como você fez o favor de contar a Bianca sobre a academia, estou pensando em cancelar seu bônus de natal.

— Bom dia — cumprimentou Abel, vindo da cozinha, parando sob o arco no teto da sala de jantar.

— Bom dia, Abel. — Sorri para ele. — Vamos sair em quinze minutos.

Ele concordou com a cabeça.

— Oi, Abel — disse Sarina, apressada, e se virou para mim. — Malvina, escapou sem querer! Você sabe como eu sou. Quando vi, já tinha falado. — Ela segurou o iPad junto ao peito. Então se lembrou dos farelos e o afastou com uma careta.

— Se eu diminuir seu salário tenho certeza de que a falta de dinheiro servirá de incentivo para o uso de algum filtro, no futuro.

Abel engasgou, tentando conter o riso.

— Não! — Sarina se apressou. — Quero dizer, não vai adiantar, você sabe que sou a rainha das mancadas. Vou me esforçar mais. Juro!

Balancei a cabeça uma vez.

— Então... — começou ela, hesitante. — Por que você quer se encontrar com esse tal de Fernando de novo?

— Porque sim.

— Assim, sem qualquer outra razão? O que você quer com ele?

Eu dei risada e a encarei.

— Não posso querer ver alguém, Sarina?

— Até pode — cedeu ela, hesitante —, mas é que você *nunca* quer ver ninguém. Não desde que a gente se conhece, e olha que isso faz tempo pra caramba e... e... — Algo mudou em sua expressão. Os olhos se arregalaram tanto que eu pude ver o branco ao redor das íris azuis. — Ai, meu Deus! Você tá caidinha por ele?

— Ele quem? — perguntou Abel com a voz grave.

— Ninguém — falei sem olhar para nenhum dos dois. — Eu só quero agradecer por ele ter sido gentil comigo depois do incidente.

— Que incidente? — indagou Abel.

Sarina se virou para a ele, animada, esfregando um guardanapo na tela do iPad.

— Um cara muito gato deu uma portada na Malvina. Aí ela ficou louca por ele. Que nem naquelas histórias das cavernas. Bastou um *pou!* para surgirem coraçõezinhos por toda parte.

— Não seja ridícula, Sarina — retruquei, me levantando e evitando contato visual com Abel.

— Qual é, Malvina? Você acha que eu não te conheço? — Ela riu. — Nunca te vi correr atrás de ninguém. Estou esperando que isso aconteça há séculos!

— Isso é verdade? — insistiu Abel, mas seu tom era baixo e frio.

Girei a cabeça em sua direção.

— E se for? — desafiei.

Ele sustentou meu olhar, mas não disse nada. Apenas trincou a mandíbula, cerrando os punhos antes de me dar as costas e sair pisando duro.

— Você não deveria fazer isso com o Keanu — murmurou Sarina.

Reprimi um suspiro exasperado. Sarina foi a última de nós a chegar no abrigo e, desde que colocou os olhos em Abel, pensou que ele fosse o ator hollywoodiano. Foi difícil convencê-la que ele era só o Abel.

— Abel me conhece há mais tempo que você, Sarina. Ele sabe que não deve perguntar se tem medo de ouvir a resposta.

Apertei os lábios até se tornarem uma linha fina e pálida. Odiava magoar Abel, mas ele não desistia. Nunca desistiu de mim, nem quando eu mesma joguei a toalha. Acho que ele nunca desistiria, e isso era um consolo, de certa forma.

— Você se apaixonou pelo Fernando? — questionou ela.

— Sabe muito bem que essa bobagem de amor não funciona comigo, Sarina. Mas eu quero o Fernando. — Me aproximei da janela, os braços cruzados. — Farei tudo o que for preciso para ter aquele homem.

— Pobre coitado. — Ela estalou a língua. — Ele não vai nem ver o que o atingiu.

5

Eu estava na esteira havia uns bons cinco minutos, a atenção fixa na porta. Bianca estava em algum lugar por ali. Com certeza na lanchonete, tentando encontrar algo calórico.

A impaciência começou a me dominar. Francamente, se discute tanto os direitos humanos e ninguém nunca pensou em criar um artigo que proibisse as pessoas de saírem da cama antes das 10h da manhã? É cruel, desumano! Não me espanta que tanta gente — pessoas como você, meu bem — seja tão mal-humorada, acordando ainda de madrugada.

Senti as primeiras gotas de suor surgirem em minha nuca quando Fernando enfim apareceu com seu andar estilo "dono do pedaço". Ele vestia uma regata branca e bermuda escura, os cabelos castanhos ocultos sob o boné. Uma coleção de tatuagens negras recobria a pele do braço esquerdo, do ombro até a metade do antebraço. Seus olhos, como que capturados pelo canto de uma sereia, se voltaram em minha direção. O reconhecimento foi imediato, e algo naquelas íris ambarinas se inflamou.

Não era de se admirar. Apesar do rabo de cavalo despojado e da regata soltinha, o short curto deixava minhas pernas completamente à mostra, e a maquiagem à prova d'água cumpria seu papel.

Um sorriso preguiçoso esticou seus lábios enquanto ele se aproximava.

— Malvina. — Meu nome soou como uma carícia em sua boca.

— Fernando, que surpresa. Pensei que nunca mais fosse te ver de novo. — Diminuí a velocidade da esteira. — Eu chamaria isso de uma feliz coincidência.

— E eu chamaria de uma segunda chance. Fiquei tão mortificado pelo que te fiz anteontem que não consegui pensar direito e acabei deixando você escapar. Pensei que teria que acertar a cabeça de muita gente para conseguir te encontrar de novo.

Sorri. Ele pensara em mim.

E por que não pensaria?

— Você tem o hábito de bater nas pessoas com a porta, é? — brinquei.

— Apenas nas muito especiais. — Ele sorriu em resposta.

As muito especiais. Seria fácil.

— O que mais você gosta de fazer com as muito especiais? — Baixei a voz até que ela se tornasse um ronronar sexy.

— Isso é segredo. Você só vai descobrir se aceitar...

Um som estridente atingiu meus ouvidos e me encolhi em completo horror. Fernando também ouviu o berro, e procurou ao redor pelo animal agonizante. Encontrou Bianca em um dos aparelhos, puxando a alavanca da máquina, os fones acoplados aos ouvidos.

— *Você é meu vício, meu ma-al...* — cantarolava ela.

— Se eu aceitar...? — instiguei, mas Fernando não me ouviu. Sua atenção estava na coisinha sem graça fazendo caretas enquanto cantava de olhos fechados.

— *Tipo uma heroína que me entorpece a cabeçaaaaa-aa...*

— Fernando? — chamei.

— *Preciso cair fora da sua vidaaa-aa...*

— Fernando, você tá me ouvindo?

— *Antes que eu me afunde nessa merda federal. Fedeeeeral. Al. Al. Al. Federaaaa-al...*

— Fernando! — berrei, impaciente.

Isso o trouxe de volta. Bom, mais ou menos. Sua expressão continha prazer e deslumbramento, e eu sabia que não era por minha causa.

— Essa música é minha. Fui eu que compus! — contou ele.

— Qual?

— A que a princesinha tá cantando. Nunca ouvi alguém cantar uma das minhas letras. — Ele voltou a encarar Bianca. — Ainda mais uma menina tão bonita.

— Ela ouve qualquer mer... hã... tipo de música.

Seus olhos se voltaram na minha direção no mesmo instante.

— Você conhece ela?

— É minha... irmã. Ela sofre de um transtorno muito raro. Se chama... Transtorno da Semnoçãozice.

A testa dele se enrugou.

— É mesmo? Nunca ouvi falar, mas ela parece tão normal, tão... maravilhosa, na verdade. Você precisa me dizer o nome dela.

— Você não estava prestes a me propor alguma coisa? — Fiz o meu melhor para não soar irritada.

— Eu não sei. Eu... — Ele voltou a admirar Bianca. — Essa menina me fez esquecer todos os meus pensamentos.

Fernando passou as mãos nos cabelos, alisou a camiseta, endireitou os ombros e, como se eu não fosse nada além de um bebedouro de água sem importância, me deu as costas e se adiantou na direção de Bianca.

Eu observei ele se aproximar do aparelho onde estava a garota, descansar um dos braços no apoio de metal e sorrir para ela. Levou um tempo para que Bianca o notasse, e aquele olhar entediado pareceu fasciná-lo. Quanto menos interesse ela demonstrava, mais ele se esforçava para atrair sua atenção. Até que, por fim, funcionou. Eu sei disso porque ela removeu os fones dos ouvidos.

Queimando de raiva, soquei os botões da esteira e desci da máquina, saindo da academia sem falar com ninguém. Abel estava ao volante do Cadillac, jogando alguma coisa no celular, quando entrei e bati a porta. Ele se sobressaltou, deixando o telefone cair.

— Não esperava que fosse sair tão cedo. — Ele se abaixou para pegar o celular no chão do carro.

— Só me tira daqui, Abel. Agora.

Ele me analisou por apenas um segundo.

— Você está irritada. O que aconteceu?

Balancei a cabeça.

— Só me leva para qualquer lugar antes que eu mate alguém.

Abel deu a partida sem perguntar mais nada. Ele me conhecia bem o suficiente para saber quando eu estava prestes a fazer uma loucura.

Prestei pouca atenção em aonde estávamos indo. Eu confiava em Abel. Fiz de tudo para manter afastada a imagem da expressão patética de Fernando enquanto ele se debruçava e tentava seduzir a menina, me ignorando totalmente. Mas não fui capaz. As imagens daquela manhã se misturaram a dos dias anteriores, quando fui chutada da campanha do perfume. Trocada por Bianca. Duas vezes. Minha respiração acelerou, o ar parecia não chegar aos pulmões, um leve tremor me sacudia.

Aquela garota estava começando a me irritar *de verdade*.

O carro parou, e olhei pela janela. Estávamos em frente a uma das minhas lojas preferidas. Agradeci ao universo pelo presente que era Abel.

Desci do carro antes que ele pudesse dar a volta para abrir a porta para mim. As vendedoras ainda estavam arrumando a vitrine quando entrei e me olharam com cara de espanto. Provavelmente porque eu nunca:

a) saía na rua em roupas esportivas, e;
b) aparecia em público antes do meio-dia.

— Malvina! Meu Deus, que delícia te ver logo cedo! — A gerente da loja correu ao meu encontro. — Como posso ajudá-la, querida?

— Preciso de algumas coisinhas. Algo atraente.

— Tudo fica atraente em você. — Ela sorriu de um jeito meio maternal.

E é por isso que eu gosto tanto de fazer compras.

Duas horas mais tarde eu saí da loja com 18 sacolas grandes.

Não faça essa cara, cada um lida com a rejeição da sua maneira. Essa é a minha. Roupas e sapatos novos foram um ótimo antídoto para o que eu estava sentindo.

Abel estava encostado no sedan azul-marinho, as pernas cruzadas na altura dos tornozelos, as mãos apoiadas tamborilando no capô. Ele se endireitou logo que me viu passar pela porta.

— Tem mais alguma? — Pegou as sacolas.

— Não, só essas.

Ele relanceou minhas compras e sorriu de leve.

— Então não está tão ruim assim — zombou. — Dezoito não é um bom número para você.

Era uma droga conviver com Abel, às vezes.

— Você não sabe de nada, Abel — retruquei.

— Vão na mala ou...

— Comigo. Quero tudo perto de mim.

Acomodei-me ao lado das minhas novas aquisições, acariciando as pontas de papel de seda que escapavam das sacolas, e suspirei.

— Mais calma? — perguntou Abel, dando a partida e me olhando pelo espelho retrovisor.

— Não muito.

— Quer falar sobre o que aconteceu?

— Não nessa vida.

— E Bianca? Por que ela não veio com você?

— Por que está preocupado com ela, Abel? — perguntei, irritada. — Por acaso você também tem uma queda por ela? Porque vou logo avisando que você seria preso por pedofilia caso se envolvesse com aquela coisinha sem graça menor de idade.

— Às vezes você é tão absurda — respondeu ele com frieza.

Imagino que você ainda não tenha entendido muito bem minha relação com Abel. Sinto muito, mas não posso te ajudar nisso. Eu mesma ainda não compreendi completamente, mas abordarei o assunto mais para a frente. Juro. Sei que você está curioso, mas realmente preciso seguir a história, porque o pior ainda está por vir.

Ah, sim, existia algo muito pior que aquela coisinha ridícula chamada Bianca roubar uma campanha que era minha e ganhar o coração do homem que eu decidi que seria meu.

Algo que transformou aquilo numa guerra pessoal.

No instante em que pus os pés dentro de casa, Sarina me interceptou:

— Poxa, custava ter ligado avisando aonde ia? Fiquei preocupada, Malvina. Bianca avisou que você sumiu da academia. Ela teve que voltar de táxi. Pensei que você tivesse sido sequestrada.

— Fui fazer umas compras. Abel está subindo com as sacolas.

— Ah. Aaaah! Mas... não entendo. O que aconteceu? Você não ia seduzir o tal roqueiro? Por que decidiu fazer compras?

— Porque não tive nem chance de tentar seduzi-lo. Alguém chegou antes.

Sarina começou a rir.

— Isso não é possível. Ninguém resiste a você.

— Não é piada, Sarina. — Lancei a ela um olhar severo. A risada morreu em sua garganta.

Marchei para minha suíte. Precisava de um banho demorado. Entrei no quarto, mas me contive, derrapando no piso liso. Um par de All Star se balançava em cima da minha cama. Bianca girou o rosto e revirou os olhos.

— Ah, você voltou. O que aconteceu para sair daquele jeito da academia?

— O que você está fazendo no *meu* quarto?!

— Te esperando. Você deveria ter me avisado que ia embora.

— Não quis atrapalhar. Você estava ocupada, falando com um rapaz.

— Não era ninguém especial. — Ela deu de ombros. — Bom, não sei, né? Achei ele um pé no saco no começo, mas aí descobri que é o guitarrista da Catarse. E ele me convidou pra sair, dá pra acreditar?

— Sinceramente, não.

Então reparei o que ela estava segurando. Meu iPad. Joguei a bolsa na poltrona salmão e corri para a cama.

— O que você tá fazendo com o meu iPad?

— Estava brincando para passar o tempo. Esqueci de recarregar o meu. Adorei esse joguinho de beleza. Fiz 99 pontos!

Eu estava esticando o braço para pegar meu tablet quando estanquei, o coração subitamente batendo com ferocidade.

— O quê?! — perguntei, tentando controlar o choque.

— Esse aqui, Divina Proporção. Vou baixar no meu. Adorei.

— Você deve ter se enganado. Noventa e nove é uma contagem altíssima. Ninguém consegue atingir.

— Mas eu consegui. Quer ver?

Ela ligou o aplicativo e tirou a foto antes que eu pudesse detê-la. A imagem de Bianca sorrindo foi analisada pelo aplicativo em segundos, e a reposta foi como uma bala se alojando no meu cérebro.

Cem por cento! Você é a própria Divina Perfeição.

— Uau! Fiz 100! Viu isso, Sarina?

Não sei ao certo qual foi a reação da minha assistente. Eu nem tinha me dado conta de que ela havia me seguido, para começo de conversa. Minha atenção estava voltada para o número da tela. Cem por cento. E Bianca nem usava maquiagem.

— Sai do meu quarto — falei.

— Fofadrasta, eu...

— Sai daqui, agora! — berrei.

— Vem, Bianca. Malvina precisa se aprontar para o próximo compromisso. Por que você não vai comer alguma coisa enquanto isso?

— Pode ser. — Ela me entregou o aparelho. — Acordar cedo me deixou cheia de fome.

A porta foi fechada. Furiosa, arremessei o iPad contra a parede, mas graças ao case protetor, ele não se espatifou como eu desejava.

Pensei que estivesse sozinha, mas Sarina havia permanecido ali.

— Malvina, fica calma. É só uma porcaria de aplicativo. Ninguém leva isso a sério.

— Eu levo, Sarina! Ninguém tem uma pontuação maior que a minha. Nenhuma das modelos, nem mesmo Laís!

— Sinto muito. Eu não sabia que ela estava aqui. Bianca não deveria ter mexido nas suas coisas.

— Bianca não deveria existir! — vociferei.

— Bom, mas ela existe, e não há nada que você possa fazer quanto a isso.

Bianca podia se tornar a nova Menina Veneno, ganhar o coração do homem que eu queria, mas minha beleza... Não, ela não me colocaria sob sua sombra. Ninguém faria isso. Era tudo o que eu tinha.

Sim, meu bem, você está certo. Foi naquele momento que decidi agir. Você é um bom observador.

Infelizmente, Sarina também é.

— Certo, Malvina? Não há nada que você possa fazer, né? — insistiu, um tanto apreensiva.

— Bem... — Sorri complacente para ela.

6

Deixe-me esclarecer esse ponto. Sei o que você está pensando, e não, eu não pretendia matar Bianca. Pensei que a esta altura você já me conhecesse um pouco mais, mas tudo bem. Vamos em frente para que você possa entender melhor.

No fim daquela tarde, eu me reuni com Sarina e Abel na sala do loft que eu mantinha apenas para entrevistas. Era espaçoso e feminino, decorado com espelhos por toda a parte e obras de arte que pessoalmente eu não achava lá grandes coisas, mas que impressionavam.

— Ai, Malvina, por favor, não faz isso comigo. — Sarina gemeu, nervosa, andando de um lado para o outro na sala ampla.

— Não estou pedindo nada que não seja razoável. Você me negaria um favor, Sarina? Um favorzinho de nada?

— Você sabe que eu te adoro e que serei grata pelo resto da vida por ter voltado naquele lugar e me tirado de lá, mas não posso simplesmente drogar uma menina.

— Não seja tão dramática Você não vai drogar ninguém. Tudo o que precisa fazer é colocar um pouco desse pozinho inofensivo no que ela estiver comendo. — Estendi um pequeno frasco contendo um pó branco a ela. Sarina apenas o encarou. — Não fará mal, Sarina. Causará uma ligeira confusão mental, nada que ela já não faça por aí, como desconfio. É um tipo de "boa noite Cinderela". — Irônico, não? — Embora seja muito mais fraco, a desorientação dura um pouco mais.

— E o que pretende fazer com ela depois? — perguntou Abel, o quadril encostado no aparador e os braços cruzados. Sarina tinha razão. Olhando-me daquele jeito sisudo, as sobrancelhas quase unidas, ele ficava muito parecido com o Keanu Reeves.

— Nada — respondi. — Bianca precisa de férias. Farei com que descanse por uns tempos, na casa de campo no interior de Minas. Só preciso que ela fique fora por uns dias.

— E se ela não quiser ficar lá? — insistiu ele.

— Ela vai querer, Abel. Com a ajuda disso aqui. — Ergui o vidrinho contendo o pó branco. — Ela vai fazer o que eu disser por uma semana. É tempo suficiente para que eu possa ajeitar as coisas por aqui. Não farei mal a ela.

— E onde eu entro? — indagou ele, o rosto impassível.

— Você vai levá-la até a casa de campo, claro. Não posso colocar Bianca num helicóptero. O piloto faria perguntas. Não confio nele tanto assim, Abel. Só em você. — Lancei a ele meu sorriso mais doce.

Funcionou, como sempre.

Eu estava ciente da quedinha que Sarina achava que tinha por ele, mas ela também sempre soube que Abel me seguiria a qualquer lugar. Desde que ele chegara ao orfanato aos 9 anos tinha sido assim. Ele achava que deveria me proteger, pois eu não passava de um fiapo de gente com aspecto pouco saudável.

— Considere feito. — Ele assentiu uma vez.

Estiquei-me no sofá branco para apertar seu antebraço com delicadeza. Ele sorriu de leve.

— Sabia que você não iria me decepcionar, Abel.

Sarina bufou.

— Só me explica por que tem que ser eu a dopar Bianca.

— Não é dopar — corrigi depressa. — É apenas induzir a um estado de relaxamento. E tem que ser você porque eu nunca servi nada pra aquela coisinha sem graça. Você pega comida pra ela o tempo todo, porque Bianca é tão preguiçosa que nem ao menos se dá ao trabalho de se levantar para comer. Ou você achou que eu não sabia dos seus serviços de garçonete, Sarina?

— Eu... eu só... não custa nada fazer um favor, Malvina.

— E custa agora? Quando o favor é pra mim, de repente é difícil demais, é isso?

— Não! Não é isso. É que... Ai, você está me confundindo toda.

— Apenas coloque o pó na comida dela. Eu mesma colocaria, se não corresse o risco de estrangular Bianca. E Henrique, onde quer que ele esteja, ficaria muito chateado comigo se isso acontecesse.

— Sua lealdade a ele é tocante! — falou Sarina com ironia.

— Não use esse tom com ela. — Abel a reprendeu, se endireitando. — Você não tem o direito, Sarina. *Ela* sabe ser grata. Sempre foi leal ao marido. Eu sei disso melhor que ninguém... — concluiu, com um pouco de desespero distorcendo sua voz.

Ah, meu fiel e leal Abel.

Mirei seus olhos castanhos, fazendo um agradecimento silencioso. Ele retribuiu o olhar, e uma quentura gostosa começou a se espalhar no meu peito. Desviei a atenção para Sarina antes que aquilo saísse de controle.

— Você não precisa fazer nada que não queira, Sarina... — comecei. — Apenas pensei que poderia me ajudar com esse probleminha. Achei que ficaria contente por poder retribuir a ajuda que eu te dei durante todos esses anos. Não se esqueça de que, se não fosse por mim, você estaria na rua agora, fazendo sabe-se Deus o que para sobreviver. Mas não faz mal. Posso encontrar alguém que entenda o significado da palavra gratidão.

— Ai, Malvina, sabe que sou grata a você. Sabe que eu te adoro! — Ela pressionou as têmporas, fazendo uma careta. — Argh! Tá certo, eu faço, coloco o remédio na comida dela. — Pegou o frasco da minha mão.

— Boa menina — elogiei.

— Quando colocaremos o plano em prática? — Ela quis saber.

— O mais rápido possível. — Abri a bolsa e peguei o celular novo que eu comprara especificamente para aquele fim. — Troque o celular de Bianca por este.

— Por quê?

— Porque se puderem contatá-la essa trabalheira toda não servirá de nada, Sari — explicou Abel pacientemente, se levantando e indo em direção à porta.

Abel, um sobrevivente como eu, tinha um raciocínio espetacular, sempre em sintonia com o meu. Uma pena que eu não pudesse me permitir sentir atração por ele. Lamentável, de fato.

— Exato — concordei. — Preciso ir a uma reunião na agência agora, depois Abel te deixará em casa. A coisinha deve estar em frente ao videogame. Logo que a droga fizer efeito, troque os aparelhos e me ligue, mas passe o telefone para Bianca. Enquanto ela estiver sob o efeito dessa fórmula, é importante que você não diga nada além de comandos simples, como entre no elevador, sente-se, essas coisas. O restante é comigo.

7

Mal consegui me concentrar na reunião, os olhos sempre se voltando para o celular em minhas mãos. Confesso que em geral não sou assim. Sou centrada, e pouquíssimos assuntos me abalam. Supus que aquela ansiedade toda fosse consequência do pavor de ver meu mundo perfeito ruir por causa de uma fedelha mimada. Só no fim da tarde, quando eu estava a caminho de um evento beneficente (em amparo a crianças abandonadas — você sinceramente acreditou que eu não faria algo por elas? Ah, certo. Me esqueci de mencionar que eu fui uma dessas crianças. Pois é.), o número do novo celular de Bianca por fim apareceu na tela. Atendi no primeiro toque.

— Bianca, querida.

— Fofadrasta — respondeu a voz pastosa.

— Nunca mais me chame assim.

— Tá bom, Malvina.

— Você está indo para a fazenda em Minas, é isso, querida?

— É... acho que estou.

— Excelente ideia. Peça a Abel para levá-la até lá. Você vai adorar a paisagem.

— Abel! — gritou ela. — Abeeeeel!

— Oi? — A voz grave dele soou um pouco abafada.

— Me leva pra Minas?

— É claro.

— Eu pedi — contou ela.

— Boa menina — elogiei. — Fique na fazenda e não volte até eu mandar.

— OK.

— Aproveite as férias para ler um pouco... e comer menos — adicionei por puro capricho.

— Tá bom.

— Boa viagem. Desligue agora.

Ela desligou.

Chamei um táxi e decidi fazer mais compras, meu ânimo subitamente renovado. Voltei para casa tarde, e nem sinal de Abel. Isso era bom.

Eu terminava de tomar um longo e revigorante banho de espuma quando o celular antigo de Bianca tocou. Analisei o número desconhecido, limpei a garganta e me sentei em frente ao espelho da minha suíte.

— Alô?

— Bianca? — arriscou a voz masculina.

Eu a reconheci no mesmo instante. Era Fernando.

— Este número não é dela.

— Malvina...? Oi, é o Fernando.

— Fernando...? — Óbvio que eu não me lembraria dele. Um conselho: se quer que um homem rasteje aos seus pés, não faça isso primeiro.

— O cara que acertou a porta do banheiro na sua cabeça — adicionou.

— Ah, oi. Como conseguiu meu número?

— Eu... pensei que fosse da Bianca.

Soltei um dramático suspiro.

— Ah, não. Ela fez isso de novo? Toda vez que ela tenta se livrar de um cara, dá meu número para ele. É tão cansativo e embaraçoso...

— Ela... faz isso com frequência? — questionou ele, soando muito chocado.

— O tempo todo! — Suspirei outra vez. — Eu até chamaria ela pra você, mas ela está na casa do namorado. Um deles. Não lembro qual.

— Ela tem mais de um?!

Mordi o lábio para não rir.

— Ah... Humm... Eu não... — gaguejei como uma colegial. — Ah, meu Deus, eu não deveria...

— Ela tem mais de um. — Ele expirou com força. — Cara, como pude me enganar tanto? Ela parecia um anjo.

— Eu... — Baixei a voz até que ela se tornasse um suave ronronar. — Não sei o que dizer, Fernando, além de "lamento muito".

— Eu, não. — Seu tom magoado se tornou ofendido. — Se você não tivesse me contado, eu jamais saberia. Tá cheio de garotas desse tipo por aí, com cara de inocente, mas que na verdade são... Que idiota eu fui! Ela deve ter rido muito às minhas custas.

— Não seja tão severo. Todos somos iludidos em algum momento da vida. Acontece! Eu mesma descobri que... O que estou fazendo? Você não quer ouvir isso.

— Quero, sim. Seria... muito esquisito se eu te chamasse para sair?

Deixei que o silêncio acentuasse minha pausa.

— Ser usada para ferir Bianca não me é muito atraente. Desculpa.

— Não é nada disso! — Ele se apressou. — Eu jamais faria algo assim. Apenas... me deixei levar por causa da carinha de anjo e aquela voz... Deus, como fui estúpido. Tendo uma mulher como você, como pude olhar para qualquer outra pessoa?

Eu me fazia a mesma pergunta desde o ocorrido.

— Sério — prosseguiu. — Eu quero te ver. Sua irmã... ela me deixou tonto com aquela beleza delicada, por cantar minha música e tudo mais, mas foi só isso. Você não. Você tem uma beleza perigosa que aguça algo dentro de mim, algo intenso, Malvina. Eu deveria ter te convidado pra sair no instante em que acertei sua cabeça.

— Eu não sei... Não quero magoar Bianca.

— Ela não vai ficar magoada. Não percebe? Ela nem queria sair comigo de verdade, já que deu seu número como se fosse o dela. E isso foi a coisa mais bacana que ela podia ter feito. Por favor, só um jantar. Sua irmã nem precisa ficar sabendo. Não conto nada, se você não contar.

— Onde?

— Uma mulher como você merece o melhor. Só que eu não posso pagar pelo melhor... ainda.

Dei risada.

— Mas eu posso, Fernando.

— De jeito nenhum! Acredite ou não, há um cavalheiro dentro deste roqueiro. Que tal se eu te levar numa cantina em que me amarro? Não é nada chique, mas a comida é muito boa.

Como se eu fosse comer alguma coisa. Meus jantares consistiam em nada além de uma vitamina.

— Podemos tentar... — comecei, fazendo uma excelente imitação de alguém em um momento de dúvida crucial.

— Tá combinado, então. Amanhã, às oito. — Ele se adiantou. — Posso passar na sua casa pra te pegar?

— Melhor não.

— Tudo bem, então anota o endereço do lugar. — Ele me passou as informações. — Te vejo amanhã, Malvina.

Desliguei. Um sorriso lento se abriu em meus lábios. Tudo voltava ao seu devido lugar.

Bom, ao menos era o que deveria ter acontecido, se isso fosse um conto de fadas e não a vida real.

8

— Pronta para a sobremesa? — perguntou Fernando.

— Claro, por que não? — Eu tinha muito o que comemorar. Podia lidar com as calorias extras mais tarde.

Jamais uma refeição tinha sido tão saborosa ou a companhia, mais agradável — bem, isso não era de todo verdade; Fernando era meio enfadonho, mas não importava. Não me lembro de ter desfrutado tanto de um dia quanto daquele, em que acordei e não precisei olhar para a cara aborrecida de Bianca.

Fernando se esforçou ao máximo para me manter interessada em sua conversa, embora sempre a levasse a assuntos banais. E com isso descobri que ele era daquele tipo de gente que acredita nas pessoas, um sonhador que almeja um futuro brilhante ao lado de alguém especial e blá-blá-blá. Você conhece o tipo.

Abel não havia voltado nem telefonado ainda, e deduzi que tudo corria conforme o planejado.

Sobremesa, com certeza!

— Malvina, eu... queria me desculpar. Não sei o que aconteceu quando vi sua irmã. Eu... — Ele correu uma das mãos pelos cabelos castanhos. — ... acho que me deixei levar pelo orgulho. Foi a primeira vez que ouvi alguém cantando uma das minhas músicas. Fiquei... lisonjeado pra cacete, foi uma sensação incrível. Acho que confundi as coisas.

— Tudo bem — falei, magnânima. — Eu compreendo mais do que qualquer outra pessoa o quanto o amor pelo trabalho pode influenciar a forma como enxergamos as coisas.

— Então tá tudo bem entre a gente?

— Existe um *a gente*? — Beberiquei meu champanhe.

Ele fixou o olhar em mim, e com um tom sedutor de fazer derreter as geleiras do Himalaia, soltou:

— Eu quero muito que exista.

Abaixei a cabeça e deixei um sorriso tímido surgir em meu rosto. Ele suspirou em resposta: exatamente a reação que eu esperava.

Fernando passou o restante do jantar tentando compensar seu erro. Eu, por consequência, fazia minha melhor interpretação de uma mulher tímida que não tem certeza de que está fazendo a coisa certa.

Ele fez questão de me acompanhar até em casa no fim da noite, e quando tentei recusar porque não queria dar trabalho, Fernando alegou que não podia permitir que uma dama como eu fosse para casa sem escolta e que voltaria de táxi para pegar a moto no estacionamento do restaurante. Achei muito fofo.

O trajeto até a cobertura foi curto, e ele passou boa parte do tempo me contando sobre sua banda. Deixei o carro na garagem subterrânea logo que chegamos, e Fernando me acompanhou até o elevador, para ir até o térreo.

Inesperadamente — ah, bem, nem tanto assim, afinal ele estava ao meu lado —, ele olhou para mim e algo cintilou em seus olhos ambarinos. Deu um passo à frente, uma das mãos se enroscando em minha cintura, e inclinou a cabeça.

As portas se abriram com um *plim*. O som despertou Fernando do encanto, e ele se afastou, corando. Tão bonitinho...

— Foi uma noite muito agradável. — Ele colocou a mão entre as portas para impedir que elas se fechassem.

— Foi, sim. Me diverti muito.

— Posso te ver de novo? — perguntou, ansioso.

Sorri de leve.

— Se prometer que estarei a salvo das portas.

Ele deu risada.

— Juro que será minha missão de vida. Proteger você delas. Eu te ligo.

Eu estava prestes a dizer que ele não tinha meu número quando me lembrei da mentirinha que tinha contado mais cedo.

— Boa noite, Fernando.

Ele saiu do elevador, mas ficou do lado de fora me encarando até que as portas metálicas se fecharam. Subi para a cobertura com um sorriso no rosto. O sabor do triunfo é muito, muito doce.

A porta larga e maciça se abriu antes que eu encaixasse a chave na fechadura.

Abel estava todo sujo, a camisa rasgada, diversos curativos no rosto e o braço numa tipoia.

— Abel! O que aconteceu? Você está bem? — Entrei em casa, o coração aos pulos.

— Um acidente. Um caminhão me jogou pra fora da pista. Não pude fazer nada. Capotei seu carro.

— Meu Deus! — Passei os braços em seu pescoço, abraçando-o com força. Ele gemeu e cambaleou. Soltei-o no mesmo instante. — Desculpa. Você está bem?

Ele fez uma careta, uma sombra encobria seu olhar sempre luminoso.

— Nada grave aconteceu comigo. Já fui examinado, apenas escoriações e um músculo distendido. Mas Bianca... — A voz dele falhou. Um arrepio gélido percorreu minha coluna de alto a baixo. — Ela sumiu. Não estava usando o cinto de segurança, e os peritos acham que foi arremessada para longe. Talvez tenha caído no rio ao lado da rodovia. Estão procurando por ela. Vão telefonar.

— Acham que ela está...

Ele aquiesceu uma vez, arrasado.

— Não tem como ela ter sobrevivido. Não tem como... ela estar viva. Eu a matei...

— Não! Não foi sua culpa. — Me aproximei e o abracei de novo, dessa vez com cuidado, descansando a cabeça em seu peito largo. O coração dele batia rápido, assustado. *Ah, Abel...* — Acidentes assim acontecem o tempo todo, não foi sua culpa. Não foi, está me ouvindo?

— Eu estava ao volante.

— E você não tem controle sobre quem está ao volante dos outros veículos. Você não é Deus, Abel. Vem, precisa descansar, vou cuidar de tudo.

Ele balançou a cabeça, concordando. Eu o ajudei a ir para o quarto, passando o braço em volta da cintura para tentar sustentar seu corpanzil e aliviar a dor na perna que ele mal conseguia arrastar. Abel se deitou na cama estreita, mas ficou me olhando com aqueles incríveis olhos castanhos, como se pedisse socorro. E eu lhe socorri. Peguei uma das fórmulas que tinha na *nécessaire* e, sob protestos, o obriguei a engolir um comprimido. Ele adormeceu em três minutos. Permaneci ali, olhando para ele por um longo tempo. Se algo grave tivesse acontecido a Abel, não sei ao certo o que teria sido de mim. Um mundo sem Abel não era um lugar bonito, não era um lugar onde eu conseguiria sobreviver.

Um pouco atordoada, fui para o quarto e me tranquei lá. Inspirei fundo ao me apoiar na porta.

Os olhos de Henrique, na foto sobre a mesa de cabeceira, pareciam me encarar. Devagar, atravessei o quarto e me sentei na cama, pegando o porta-retratos. Meu polegar acompanhou o sorriso canastrão do homem que me resgatara do inferno.

Fui a primeira a sair do abrigo e precisei me virar como podia para me sustentar e ter um teto sobre minha cabeça. Trabalhava como caixa em uma farmácia durante o dia e como frentista num posto de gasolina à noite para pagar o aluguel do quartinho minúsculo numa pensão não muito digna, em todos os sentidos.

Henrique apareceu em uma noite qualquer para encher o tanque do seu Bugatti Veyron, e eu me atrapalhei um pouco, pois nunca tinha visto um daqueles e não sabia onde ficava a boca do tanque de combustível. Henrique desceu do carro e me ajudou. Ele era dez anos mais velho que eu e, ainda assim, era o homem mais bonito e bem vestido que eu já tinha visto. E, apesar do uniforme e do boné, ele foi capaz de me ver. Realmente me ver. E gostou do que viu. Tanto que voltou ao posto de gasolina todas as noites, durante um mês inteiro. Então me convidou para jantar num restaurante tão luxuoso que eu nem imaginava que existia. Ele não riu quando eu confundi os talheres nem do meu vestido preto modesto comprado no camelô, com um defeito em uma das alças. Nem se aproveitou de uma garota pobre e sozinha no mundo. Em vez de tentar me levar para a cama, ele me levou ao teatro.

Henrique me ofereceu um mundo novo, com pessoas importantes e ricas, e sempre fazia questão de me deixar à vontade entre elas, abordando nas rodas de amigos apenas assuntos sobre os quais eu pudesse opinar. Foi ele quem me apresentou a Laís, a dona da agência de modelos, e também foi ele quem insistiu para que ela fizesse um teste fotográfico comigo. Apenas mais tarde, depois que consegui uma carreira sólida como modelo e aluguei um pequeno apartamento num bairro decente, é que ele me pediu em casamento.

— Eu não queria que você me aceitasse sem ter a chance de uma vida melhor de outra forma — dissera ele na época. — Agora você tem escolha. Tem uma carreira, e está se saindo muito bem. Sei que estou me arriscando — ele me mostrara aquele sorriso safado e ao mesmo tempo tão doce —, mas eu garanto, Malvina: se você se casar comigo, eu a farei muito feliz. Ninguém jamais vai te amar como eu.

Ele me amava, se preocupava comigo, me escolhera. Eu aceitei sem pensar duas vezes. E Henrique cumpriu sua promessa. Mesmo sem conseguir retribuir seu amor, fui muito feliz com ele. E ele comigo.

— Não era isso que eu pretendia — murmurei para o homem na foto. — Você sabe disso, não sabe?

Então você vê? As lágrimas indesejadas que inundaram meus olhos não eram por Bianca. Não, longe disso. Eram por mim, por ter decepcionado Henrique.

— A culpa é sua por ter morrido. Nada disso teria acontecido se você fosse mais prudente!

Arremessei o porta-retratos na parede. O vidro se estilhaçou, e minúsculos cacos cristalinos se amontoaram no rosto dele, bem embaixo dos olhos, dando a impressão sinistra de que o homem na foto, apesar do sorriso eternamente congelado, também chorava.

9

Se existe uma coisa na qual sou boa — bem, além de inúmeras outras, mas não estamos aqui para falar dos meus predicados — é superar assuntos desagradáveis.

A polícia apareceu, como era de se esperar, fez algumas perguntas a Abel e a mim, e ficou com meu número de telefone, caso as buscas dessem resultado. Abel sentia muitas dores e era um pé no saco como paciente, se recusando a tomar medicamentos ou qualquer uma de minhas fórmulas.

— Não vai ajudar. A dor não vai passar. — Pelo olhar vazio, suspeitei que ele não se referia à dor física, mas a que consumia sua alma. Ele se sentia culpado pela morte da menina, e nada do que eu dissesse o convenceria do contrário.

Paralelo a isso, meu jantar com Fernando estampou a maioria das capas das revistas de fofoca. A vida dele foi devassada, e do nada a Catarse tinha duas músicas entre as mais tocadas do país. Do dia para a noite, Fernando se tornou o Príncipe do Rock.

Sarina me ajudou a abafar o desaparecimento de Bianca, mas uma semana depois, quando as autoridades deram o caso por encerrado e a garota foi declarada morta, me vi obrigada a fazer o anúncio numa coletiva de imprensa — com um Valentino preto sóbrio e enormes óculos escuros na cara — sobre a morte dela. No entanto, Bianca não era uma pauta tão fascinante assim e, devido às chuvas torrenciais que causaram deslizamentos no sul do país, deixando centenas de pessoas desabrigadas, o assunto logo foi esquecido.

Mas não por todos.

A agência ficou sem chão, sobretudo por conta da campanha do perfume Menina Veneno. E, é claro, eles voltaram atrás e me quiseram de volta. Eu, magnanimamente, aceitei. Pelo triplo do valor do antigo contrato.

Fernando me ligou, se solidarizando, e desde então nos falávamos quase todos os dias.

Eu me sentia tão bem, tão feliz por tudo estar em seu devido lugar, que meu percentual no Divina Perfeição subiu para 98,7. Mesmo assim, decidi dar uma forcinha à natureza e passei aquela tarde de quinta-feira na cadeira de Jaqueline.

E lá estava eu, ouvindo minha esteticista discorrer sobre sua vida pouco interessante enquanto minha pele absorvia toda aquela química maravilhosa, quando as coisas começaram a mudar.

— Lamento tanto pela Bianca, Malvina. Você deve estar arrasada! Não sei o que eu faria se perdesse meu Enzo. Acho que minha vida acabaria.

— A gente precisa seguir em frente. — Blá-blá-blá.

— Ah, querida, é verdade! E você mais do que ninguém sabe disso, não é mesmo? Tão novinha e já viúva. A vida às vezes é tão injusta, não é mesmo? E incrivelmente frágil! Eu sempre falo para o Enzo tomar cuidado. Ele adora carros e abusa da velocidade de vez em quando, sabe? Eu perco a cabeça toda vez que chega uma multa. É tão difícil viver longe dos filhos... Te mostrei como ele está bonito? — Ela pegou o celular e correu o dedo pela tela. — Olha que homem lindo ele se tornou! — E enfiou o iPhone na minha cara.

Eu diria que Enzo não era de se jogar fora. O rapaz de cabelos claros e cheios sorria para a câmera. Um bando de garotos se espremia ao redor dele. Todos tinham um copo na mão. E foi ali, com o rosto coberto de ácido, que eu a vi. No fundo da sala, uma inconfundível cabeleira longa e despenteada. Fones de ouvido brancos estavam plugados às orelhas. Ela estava de costas, mas mesmo assim...

— Quando essa foto foi tirada? — perguntei.

— Anteontem — respondeu Jaqueline. — Ele não é lindo?

— Um espetáculo. — Devolvi o aparelho à mulher e tentei não surtar. — Onde ele estuda mesmo?

— No interior de Minas, ao sul. Ele cursa engenharia de automação. Meu menino é um gênio.

Era possível que aquela garota na foto fosse Bianca? O que ela estava fazendo no sul de Minas? E por que raios não estava morta?

Eu precisava descobrir, e só havia um jeito.

Liguei para Sarina e pedi para preparar minha mala; tão logo saí da clínica, segui direto para casa. Preparei uma *nécessaire* com algumas fórmulas de que eu eventualmente pudesse precisar.

Antes que sua imaginação viaje, não, nenhuma delas era veneno. Fórmulas e elixires para dor de cabeça e picadas de insetos, calmantes, estimulantes, essas coisas. Pedi a Sarina que acomodasse a bagagem no Bugatti Veyron de Henrique. Era o mais rápido dos sete carros na minha garagem.

Enquanto ela descia com as malas, fui até o quarto de Abel e bati na porta de leve.

Sua voz trovejante soou abafada:

— Entra.

Um pouco receosa, entrei. O cômodo modesto e arejado não era tão pequeno. Havia até um banheiro privativo. Eu mesma cuidei para que não faltasse nada a ele. Da TV à estante de livros no canto. Eu não toleraria que Abel tivesse menos que o aceitável.

— Como você está? — indaguei.

— Melhor. Já não dói tudo, só umas partes. — Mas sua expressão o contradizia.

Aproximei-me da cama de solteiro onde ele estava deitado. Abel se ajeitou no travesseiro com dificuldade por conta do braço machucado, se erguendo um pouco. Ele vestia apenas uma calça folgada preta, com a perna esquerda enrolada até o joelho, exibindo um longo curativo na panturrilha peluda. Os cabelos estavam bagunçados, e a barba, por fazer. Uma trilha escura de pelos dava ênfase à musculatura firme e bem delineada do dorso. A tatuagem ao lado esquerdo do peito era exatamente como eu me lembrava. Uma coleção de cacos quase unidos formavam um coração carmim. O nome Vitória se espremia entre os estilhaços, sendo o grande causador da ruptura. Abel fez aquela tatuagem cafona no dia em que contei a ele que me casaria com Henrique.

— Doeria menos se você aceitasse tomar alguma coisa — falei a ele, desviando o olhar para seu rosto bronzeado.

— Não começa.

— Passei pra ver como você está. Vou ficar fora uns dias.

— Pra onde você vai?

— Minas Gerais.

Ele franziu a testa, e uma pequena centelha de esperança se inflamou em seus olhos.

— Por quê? A polícia descobriu alguma coisa? — Ele se remexeu até conseguir se sentar. — Pensei que tivessem desistido das buscas.

— E desistiram. Mas encontrei... Talvez tenha encontrado... — corrigi — ... alguma coisa. Acho que Bianca está viva.

Aliviado, Abel soltou um longo suspiro e deixou a cabeça se recostar na cabeceira.

— Graças a Deus! Não suporto saber que a menina...

— Eu disse talvez, Abel — interrompi e abaixei o olhar. — Mas, se eu estiver certa... Bianca precisa continuar onde está.

— O quê?! Por quê?

Ergui a cabeça. Ele me fitava de olhos arregalados.

— Minha vida voltou aos trilhos, Abel. Não posso permitir que Bianca retorne e arruíne tudo o que construí com muito suor.

— Mas ela não tem culpa de nada! É a sua insegurança que estraga tudo.

— Não sou insegura! — rebati, furiosa por ele estar defendendo Bianca. Entre outras coisas.

— É sim, e do pior tipo. Aquele que finge indiferença a tudo e a todos, mas na verdade tudo o que deseja é ser aceita.

— Isso não é verdade!

— É, sim, e nós dois sabemos disso. Você pode fingir pro resto do mundo, mas não pra mim. Não pode esconder seu passado de mim. Eu estava lá, Vitória!

— Não me chame assim!

— É o seu nome! — gritou.

— Não mais! Eu não sou mais aquela garota indefesa que passou a vida inteira esperando ser notada.

— Eu sempre vi você! — explodiu ele.

— Você era o único! As pessoas me notam agora, me admiram, e não vai ser Bianca que vai tirar isso de mim.

— Ela não vai tirar nada de você, porque isso não é uma competição! Você não entende? Não tem que se comparar a ela, nem a ninguém. Olha só pra você, Vic. É tão linda, bem-sucedida. Você tem tudo! Carros, roupas, joias, sapatos, uma geladeira farta. Eu nunca me opus ao seu casamento porque era óbvio o bem que Henrique te fez, as oportunidades que ele te deu, mas desde que ele morreu você... mudou. Não é a mesma garota que dividia a sobremesa comigo no abrigo. Que foi me buscar quando fiz 18 anos e fui chutado pra rua, me oferecendo um emprego decente e um teto. Nem a mulher que sorria fácil por se ver na capa de uma revista. Você mudou, e não tenho certeza se gosto do resultado.

— Nunca pedi pra você gostar. — Eu me levantei da cama para sair dali, mas ele me segurou pelo pulso.

— Me deixa te ajudar, Vic. Eu quero te mostrar que de que você realmente precisa está bem aqui, na sua frente.

— É muita presunção da sua parte supor que eu preciso de você.

Ele expirou com força.

— Você precisa de amor. E eu amo você. Sempre amei. Te vi casar com outro cara e, ao mesmo tempo em que isso me matou, fiquei contente por finalmente te ver feliz. Agora não, você está infeliz e não sabe o que está fazendo.

— Eu sei o que estou fazendo! — Tentei me livrar de seus dedos, mas não consegui.

— Não sabe. E eu vou provar. — Com um puxão sutil, ele me levou para perto.

— Abel, não faz is...

Mas ele foi mais rápido, e seus lábios se colaram aos meus. Meus olhos se arregalaram conforme ele induzia minha boca a se abrir. Aquela não era a primeira vez em que Abel tentava alguma coisa. Mas foi a primeira em que ele me beijou como se eu fosse... uma mulher, e isso me pegou de surpresa.

Sua boca apertou a minha com loucura, mas havia uma doçura embutida em seus movimentos, como se nada no mundo lhe fosse mais precioso. Ou mais necessário.

Meus olhos se fecharam sem um comando consciente, e me vi correspondendo, me entregando àquele beijo como jamais me entregara a nada ou a ninguém. Nem mesmo a Henrique.

— Eu vou com você pra Minas — murmurou ele assim que libertou meus lábios, encostando a testa na minha.

— Você está todo machucado.

— Não importa. Vamos trazer Bianca pra casa. Ela logo fará 18 anos e você não vai mais precisar conviver com ela. Eu tenho um bom dinheiro guardado. Podemos nos arrumar em outro lugar. Você continua sendo a Malvina para o resto do mundo, e no fim do dia volta para casa a minha

Vic. — Acariciou meus cabelos. — Nós somos duas peças de um todo, Vitória. Sempre fomos.

Naquele momento, tudo o que me ocorreu foi que ele tinha razão. Seria fácil até, como espalhar hidratante.

No entanto, se eu aceitasse fazer o que Abel me pedia, abriria mão de tudo o que lutara tanto para conseguir. Bianca ficaria com tudo. Ela não merecia. A garota sem graça que nunca fizera nada da vida além de comer, resmungar e usufruir do bom e do melhor.

Ela não foi abandonada numa caixa de papelão numa pracinha qualquer quando só tinha alguns dias de vida, e um juiz idiota não escolheu seu nome, Vitória, porque sobrevivera duas noites ao relento. Ela não esperou, enquanto crescia, que um pai ou uma mãe viesse buscá-la. Não teve que se esforçar para ser uma boa menina — caso contrário ninguém nunca a levaria para casa — logo que percebeu que não havia papai nem mamãe para ela. E mais tarde, quando entendeu que ninguém a queria, que não era uma boa menina, esperou em vão que alguém apenas gostasse dela o suficiente para lhe dar um sobrenome. Ela não foi chutada do único lar que conhecia ao completar 18 anos, abandonada à própria sorte mais uma vez.

Não, eu não abriria mão de nada. Nem mesmo por Abel.

Afastei-me de seu toque.

— Esse é o problema, Abel. Eu não quero trazer a Vic de volta. Não há nada bom nela. Tudo o que quero é continuar sendo a Malvina.

— Estou cansado de te ver fazendo merda.

— Essa é a única maneira que encontrei de continuar existindo.

Eu me levantei e segui em direção à porta, mas parei com a mão na maçaneta quando ele me chamou.

— Se você fizer mal a Bianca, eu sairei da sua vida, Vitória. É um juramento.

Hesitei enquanto revia cada instante que havíamos compartilhado nos últimos 19 anos.

Diferente de mim, Abel tinha uma família; fora tirado das garras de um pai violento depois que a mãe foi espancada até a morte. Ele chegou ao abrigo numa confusão de hematomas, e fiquei fascinada pela força que emanava daquele moleque machucado. Eu queria ser forte também. Mas ele não falou comigo — nem com ninguém — no primeiro mês, até o dia em que colou chiclete no meu cabelo. Aí eu tive que cuspir no pão dele em retaliação e desde então nos tornamos inseparáveis. Ele arrumou confusão com as assistentes sociais diversas vezes apenas para desviar a atenção delas quando eu me metia em alguma encrenca.

Quatro anos mais tarde, uma tia dele apareceu querendo levar Abel embora. Ele tinha 13 anos na época, e diante do juiz chocou a todos dizendo que preferia viver no abrigo do que com a mulher que não fizera nada para salvar sua mãe. Depois disso, suas chances já quase inexistentes de ser adotado desapareceram. Abel teve seus momentos de revolta com a vida, mas seu coração bondoso sempre prevaleceu, e ele se tornou um homem bom, de caráter, e doeu — ainda dói — no fundo da minha alma contemplar aquela tatuagem, a prova concreta de que eu tinha partido seu coração. Nunca imaginei que um dia ele faria o mesmo com o meu.

— Não pretendo machucá-la, Abel, se é isso que o preocupa. — Abri a porta. — Mas gosto da minha vida como está. Vou garantir que Bianca continue como está. Morta.

E saí sem olhar para trás.

10

Estacionei o Bugatti vermelho do outro lado da rua do prédio amarelo de quatro andares, examinando a fachada. Peguei o telefone na bolsa.

Sarina atendeu no segundo toque.

— Tem certeza de que o endereço é esse? — perguntei. — Não parece uma república.

— Mas é. Encontrei o perfil do Enzo na internet. Está tudo OK, eu chequei.

— Certo.

— Malvina, toma cuidado com o que você vai...

— Preciso ir. — Desliguei.

Não foi difícil entrar no edifício, já que não havia porteiro. Subi as escadas externas — as únicas —, olhando em volta, tentando adivinhar em qual das oito portas sem números do segundo andar morava o filho de Jaqueline.

Por sorte, o destino resolveu me dar uma mãozinha.

Enzo descia as escadas apressado, duas caixas de papelão debaixo de cada braço, e quase me atropelou.

— Opa! Foi mal. — Então me viu, deu aquela conferida e abriu um sorriso lento. — Oooooi.

— Oi, estou procurando...

— Um cara bacana para consertar o encanamento da sua cozinha, eu espero.

Acabei rindo.

— Na verdade, meu carro. Ele morreu e não quer pegar — disse, de improviso. — Meu celular está sem sinal, aí eu vi o prédio e decidi pedir um telefone emprestado para chamar o guincho.

— Ah, você veio ao lugar certo. Entendo de carros. Posso dar uma olhada pra você.

— Sério? Isso seria bem legal.

— Deixa só eu deixar essas tralhas em casa primeiro. Vem comigo.

Eu o acompanhei até o andar de cima (talvez eu devesse dar um caderno de caligrafia a Sarina, seu 3 era muito parecido com o 2) e entrei no minúsculo apartamento. A ausência de mobília denunciava a falta de uma presença feminina, não fosse por uma vassoura deitada sobre o encosto de duas cadeiras, fazendo as vezes de varal, onde um conjunto de sutiã e calcinha estava pendurado. O mesmo cenário onde a foto que eu vi no celular de Jaqueline fora tirada.

Dois rapazes grandes (e quando digo grandes quero dizer imensos) estavam no sofá, a atenção na TV, os dedos correndo frenéticos sobre o controle do videogame.

— Você não ia levar as luzes, seu merda? — perguntou o de cabelos escuros e crespos na altura do queixo.

— Olha a boca que a gente tem visita — ralhou Enzo.

Os dois jovens me olharam de relance, e já voltavam a atenção para a tela quando algo — provavelmente minha beleza — fez com que largassem os controles e se levantassem, arrumado as camisetas.

— Ah... Oi — cumprimentou o de cabelos crespos, sorrindo.

— Nem tenta, Samamba. A moça tá com problemas. Vou dar uma saida. Leva as luzes pra mim. E, Lagartixa — ele se dirigiu ao outro, de cabelos loiros curtos e piercings no rosto —, vê se mexe essa bunda e acorda os caras. Tem muita coisa pra descer ainda.

— Pô, Canjica, você só sabe dar ordens — reclamou Lagartixa.

— Se cada um fizesse a sua parte, eu não precisaria. Vamos lá, coisa linda? — Enzo sorriu para mim.

— Vamos. — Assenti uma vez.

Acompanhei Enzo escada abaixo. Ele andava com confiança, os ombros eretos, a coluna esticada.

— Eles são seus colegas de alojamento? — soltei.

— Infelizmente, sim.

— Então você é o Canjica, é?

Enzo Canjica bufou.

— Graças à minha mãe. Logo na primeira visita ela trouxe um pote de canjica. Aí já viu. Mas Canjica ainda é melhor que filhinho da mamãe.

— Acho que é. Quantas pessoas moram com você? — perguntei, como quem não quer nada.

— Seis. Samambaia, Lagartixa, Zóião, Índio, Mancha e o Zodaque.

— Todo mundo tem apelidos?

— Menos o Zodaque, coitado. — Ele balançou a cabeça, se divertindo. — Ah, e agora tem a Bia.

Bia. Saco. Eu estava certa

— E essa Bia é namorada de algum de vocês?

— De nenhum de nós. De todos nós. É complicado.

E você pensando mal de mim, não é mesmo, meu bem?

— Parece mesmo — concordei.

Ele me fitou de relance, meio sem graça.

— É que a menina apareceu aqui com a cabeça zoada. A gente não sabe de onde ela veio, nem se tem alguém procurando por ela. O Índio ficou de ver se descobre alguma coisa na internet, mas o cara tá todo fod... cheio de trabalho pra entregar. Enquanto isso Bia fica com a gente. Quem sabe ela se lembra de alguma coisa uma hora dessas.

Não se eu pudesse evitar.

Estampei na cara meu sorriso mais estonteante.

— Sim, vou torcer para ela lembrar. É aquele vermelho ali. — Indiquei o outro lado da rua.

Ele avistou o carro e se deteve, o queixo quase atingiu o asfalto.

— Tá de brincadeira comigo? Você tem um Bugatti Veyron?

Dei de ombros, como que me desculpando.

— Uau! — Ele assobiou.

Enzo Canjica se enfiou na traseira do carro e ergueu o capô, apenas para se deparar com tubos cromados.

— Motor lacrado — resmungou, assentindo em aprovação. — Cara, esse carro é um tesão. — Ele fechou o capô. — Gata, acho que não vou poder ajudar muito no fim das contas. Quer tentar dar a partida e ver se ele pega?

Fiz um pequeno teatro ao me acomodar atrás do volante. Canjica gostou do espetáculo. Girei a chave. O Bugatti ganhou vida.

— Ei, olha, parece que está tudo normal! — Fiz minha melhor expressão de surpresa.

— Os caras não vão acreditar que eu encostei num Veyron. Posso tirar uma foto dele?

Temendo que Bianca visse a foto e reconhecesse o carro do pai, sugeri:

— Que tal se você se sentar ao volante e eu bater a foto pra você? Afinal, você se dispôs a me ajudar, né?

— Isso seria legal demais!

Sentando-se no banco do motorista, Enzo Canjica correu os dedos com delicadeza pelo painel e volante antes de pisar no pedal e acelerar de leve.

— Ah, cara, escuta só esse gemido!

Revirei os olhos. Garotos...

Enzo desceu do carro minutos depois, me olhando fixamente. Devolvi o celular a ele.

— Vai ter um festão hoje à noite, a galera da facul que organizou, mas é coisa fina, vai ter até bufê. Todo muito vai. Até Bia tá animada, e olha que tudo o que a menina faz é resmungar. Vai ser aqui do lado, naquele salão. — Ele apontou para um prédio azul. — Aparece.

— Eu adoraria, mas não posso. — Pisquei algumas vezes. Jaqueline me mataria se soubesse que eu estava flertando deliberadamente com seu filho apenas para conseguir informações. — Estou só de passagem, preciso seguir viagem.

— Que pena. Pensei que eu ainda ia te ver.

— Uma pena mesmo. Bem, obrigada pela ajuda, Canjica.

— De nada, hã... eu ainda não sei o seu nome.

— Vitória. — Entrei no carro, engatei a marcha. — Te vejo por aí.

Ele piscou um dos olhos, exibindo uma fileira de dentes brancos perfeitos, e saí de lá acelerando mais que o necessário em agradecimento.

Uma festa. Era perfeito. Dei um tapinha na bolsa jogada no banco do carona. Eu tinha algo especial para manter Bianca desmemoriada ali dentro. E sabia exatamente como alcançar meu objetivo. Só precisava de um disfarce.

Eu iria entrar naquela festa.

11

O som alto abafado pelas paredes grossas do salão fazia a atmosfera daquela noite pulsar com um ritmo próprio.

Entrar na festa não foi tão complicado; me infiltrar na equipe de garçons, menos ainda.

Você deve estar pensando que enlouqueci, não é? Camisa e calça pretas dificilmente podem ser consideradas disfarce. Deixe eu lhe dizer uma coisa: ninguém se lembra de pessoas de uniforme. É quase um traje de invisibilidade. Você pode até ver a pessoa na rua com roupas normais e achar que a conhece de algum lugar, mas não vai conseguir fazer a ligação. Acredite, sei do que estou falando.

Contudo, apenas por precaução, encaixei o boné com o logo do bufê no rabo de cavalo, deixando a aba meio abaixada, e retirei toda a maquiagem. Não me lembrava da última vez em que eu aparecera em público de cara lavada. Possivelmente pouco depois de conhecer Henrique. Meio que me senti nua.

Eu estava no fundo da cozinha improvisada, procurando a fórmula de que precisava dentro da bolsa quando fui interrompida. Fechei os dedos em torno de três pequenos frascos e os enfiei no bolso da calça.

— Aqui, leva isso. — O chefe da equipe empurrou uma bandeja pra cima de mim. — Circulando, anda, garota!

Entrei no salão lotado de estudantes equilibrando as bebidas. A bandeja ficou vazia em minutos. As luzes coloridas iluminavam parcamente o ambiente espaçoso tomado de corpos em movimento, facilitando que eu me misturasse. Perambulei um pouco enquanto checava o terreno. Nem sinal de Bianca e seus sete "amigos complicados".

Dei um tempo, ficando escondida em um canto, apenas observando. A banda que animava a festa deu início a uma nova canção. Uma bem ruim, mas que nos últimos tempos não parava de tocar no rádio.

— *Você é meu vício, meu maal, tipo uma heroína que me entorpece a cabeçaaaaa. Preciso cair fora da sua vidaaa, antes que eu me afunde nessa merda federal.*

A galera devolveu num coro de *Al. Al. Al. Federaaaaal...*

Olhei para o palco e avistei o rapaz esguio de cabelos castanhos e tatuagens negras ao longo do braço esquerdo. Fernando estava absorto em sua guitarra, os olhos fechados em êxtase, como se estivesse... você sabe.

— Só pode ser brincadeira — resmunguei, abaixando ainda mais o boné.

— Cê não foi paga pra ficar vendo show, não, garota! Se liga! — Uma das garçonetes me disse, me dando um encontrão.

Não olhei para ela. Minha finalidade era passar despercebida, e atrair atenção criando caso com aquela garota desagradável de manequim 46 era a última coisa de que eu precisava. Eu já me dirigia para a cozinha quando avistei Enzo.

E ele não estava sozinho: atrás dele, mais seis rapazes e uma garota. Bianca estava abraçada a dois, rindo feito uma hiena, o olhar vago como se estivesse meio alta. Na verdade, Bianca e seus sete "amigos complicados" pareciam compartilhar aquele estado de espírito, se é que você me entende.

Virei o rosto e passei por eles. Enchi outra bandeja na cozinha e voltei apressada. Nenhum deles prestou atenção em mim enquanto pegavam os copos. Não que isso fosse surpresa, vindo de Bianca.

— Cara, tô cheio de fome. Não vai ter nada pra comer? — perguntou um deles.

— Tô varado também.

— Somos dois. — Bianca riu.

— Eu trago alguma coisa para vocês — falei, mudando a voz para que Bianca não me reconhecesse, mesmo com toda aquela gritaria da Catarse ao fundo.

Voltei para a cozinha em busca de comida. Encontrei uns salgadinhos e enchi a bandeja. Olhei para eles e tentei adivinhar qual apeteceria Bianca. Qualquer um, decidi.

— Droga!

— O que está fazendo? Não pode amontoar tudo desse jeito! — repreendeu o chefe dos garçons, se aproximando e ajeitando os petiscos de modo que formassem o desenho de uma flor ridícula. Tão logo ele se satisfez, voltei para a festa e parei logo na entrada. Peguei um dos frascos que havia guardado no bolso e tentei identificar o conteúdo pela cor. O problema foi que, com aquela luz tremulante, todos pareciam iguais.

Deixe-me explicar. Sou uma mulher prevenida e sempre carrego diversas fórmulas, coisas de que uma mulher pode precisar. Nunca se sabe que tipo de imprevisto pode acontecer.

Uma delas me pareceu mais branca que as outras. Escolhi uma empada, afastei-a das demais e fiz um furo minúsculo na massa, derramando o pozinho dentro dela. Coloquei o frasco no bolso junto com os outros, endireitei os ombros e mirei Bianca.

Fiz o possível para parecer relaxada e evitar que o andar de passarela me dominasse.

Passar despercebida, entregar a empada, nublar a cabeça de Bianca e dar o fora. Simples, limpo e eficaz.

Bom, teria sido, se aqueles universitários não fossem uns mortos de fome.

Antes que eu pudesse chegar a cinco metros de Bianca, fui atacada por umas trinta pessoas que só não levaram a bandeja porque eu a segurei com força. Não consegui identificar qual delas havia pegado a empada batizada. Porém, não demorou muito para que um rapaz magrelo começasse a se abanar e do nada tirasse a roupa, se esfregando nas garotas mais próximas.

É, eu me enganei com a fórmula e acabei usando a da luxúria.

Eu poderia lhe dizer que não sei como aquilo foi parar na minha bolsa, mas nós dois sabemos que eu estaria mentindo, e essa não é a intenção. Às vezes uma garota, maior de idade e viúva, precisa dar uma mãozinha a certos assuntos. Não me julgue.

Um sorriso lento se espalhou por meu rosto. Aquele rapaz teria problemas. Iria arder até que aplacasse aquele fogo todo e, a julgar pelo jeito que as garotas o afastavam, suspeitei que ele teria uma longa noite insone.

Tive que começar tudo de novo, e dessa vez encontrei umas tortinhas de maçã, além de mais empadas. Bianca tinha verdadeira obsessão por tortas de maçã, então separei a mais bonita e me esgueirei pelas sombras. Peguei outro frasco e polvilhei a mistura sobre a gosma brilhante. A geleia absorveu o pó em instantes. Estava guardando os frascos no bolso quando um empurra-empurra vindo da pista de dança me fez recuar, mas não a tempo. Um dos vidrinhos caiu e se espatifou no chão. Aquele que ainda estava cheio. Tudo bem, eu não iria precisar dele.

Consegui sair do tumulto e me aproximar do grupinho patético. Mal endireitei a bandeja e várias mãos surgiram à minha frente. Bati de leve na que se atreveu a tocar na torta batizada.

— Esta eu trouxe especialmente para a menina — falei, com a voz animada. — É a mais suculenta.

— Nham! Adoro coisas suculentas. Obrigada, fofonete. — E pegou a torta.

Seja franco: mesmo se eu estivesse tentando envenenar Bianca, você não poderia me culpar, poderia?

Prendi o fôlego ao ver Bianca levar o doce a boca. A massa calórica estava a centímetros de seus lábios entreabertos. Só mais um pouquinho e...

Um dos sete idiotas — o moreno cor de cappuccino, ombros largos, mãos grandes — inesperadamente se lançou sobre Bianca, deu um beijo rápido na boca da garota, roubou a torta e correu.

— Não! — gritei.

— Zóião! — reprendeu ela, rindo.

Mas ele já enfiara tudo na boca.

Observei aquele idiota mastigar e engolir. Eu não tinha mais nada na bolsa. Não pensei que precisaria de mais de uma tentativa. E, por causa daquele estúpido esfomeado, minha vida toda iria para o ralo.

Ah, sim, Bianca logo recuperaria sua memória, se é que já não se lembrava de tudo. Ressurgiria das cinzas, como uma Fênix. A imprensa amaria.

"Modelo dada como morta está viva e bem, morando numa república com sete homens lindos."

Falariam dela por semanas. Bianca apareceria em todos os programas de TV. As revistas e jornais se estapeariam para conseguir uma exclusiva. Ela seria o rosto do Menina Veneno. Fernando descobriria que eu menti uma ou duas vezes e me daria um pé na bunda. A infelicidade liberaria centenas de toxinas em meu organismo, as células murchariam, e minha nota no Divina Proporção despencaria.

Maldita Bianca.

— Ainda bem que sobrou uma. — Bianca pegou a última torta.

Estarrecida, enraizada no piso, encarei o futuro decadente que me aguardava enquanto a pirralha dava uma mordida na torta de maçã.

E é aqui que eu queria chegar. Quero que preste bastante atenção nesta cena. Ela é crucial, e foi o que trouxe você até mim. Mais tarde vai se perguntar se eu não adicionei algo sem que tenha lhe contado — e não, eu não fiz isso. Relatei todos os meus passos, sem deixar nada a dizer. Quero apenas que você preste muita atenção.

Enquanto eu permanecia ali, assistindo à minha queda iminente, várias coisas aconteceram. Zóião colocou a mão na barriga e fez uma careta. Um homenzarrão, alguém que eu conhecia a vida toda, abriu espaço mancando entre as pessoas. Os olhos de Abel buscaram os meus, depois Bianca e um alívio desprezível inundou sua face. Porém logo foi substituído pelo completo horror. Voltei minha atenção para a garota, para saber o que o deixara tão perplexo. Bianca arfava, as mãos na garganta. O rosto sempre pálido ganhou um tom rosado, depois vermelho, até chegar ao roxo.

— O que foi, Bia? — questionou Enzo.

— Bia, cê tá legal? — O cara de cabelos de samambaia deu alguns tapinhas nas costas dela.

A menina não conseguia proferir um único som.

— Biaaaa! — gritou Zóião.

Bianca não respondeu, apenas continuou lutando por ar. Por um breve segundo, seu olhar se deteve no meu, e naquele instante ele se pareceu tanto com o de Henrique que algo dentro de mim se encolheu.

Bianca desistiu da briga. Seus olhos se reviraram. Então ela caiu no chão, morta.

12

Você já teve aquele sonho assustador em que não consegue se mover? Você quer gritar ou correr mas seus membros pesados e inertes simplesmente não respondem? Foi mais ou menos assim que me senti enquanto assistia a Bianca cair no chão.

Por quê?, eu me perguntava. Não que qualquer uma das minhas poções tivesse aquele efeito — bom, talvez uma, mas eu a havia deixado em casa —, no entanto, era surpreendente que ela tivesse morrido por causa de uma simples torta de maçã.

Os sete amigos complicados se agacharam, cada um tentando tocar em uma perna ou um braço da garota. Uns a sacudiam, outros esfregavam sua pele, e alguém gritou por socorro. A galera na pista levou um tempo para entender o que estava acontecendo e, quando todos pararam para observar, formando um paredão humano, me dei conta de que precisava me mandar dali.

Zóião se virou e me puxou pelo braço.

— O que você colocou na torta? — Ele me sacudiu, fazendo meus dentes baterem.

Abel se juntou aos rapazes, sem jamais olhar para mim.

— Nada — falei, tentando me livrar do aperto de Zóião.

— Colocou, sim! Pode ir abrindo o bico. — Ele me encarava como se soubesse que eu havia tentado fazer algo contra a garota. Ele não estava sob o efeito do meu especial "boa noite, Bianca Neves" agindo daquele jeito. Então o que ele ingerira foi...

— Ela não está respirando — falou Abel para Enzo, depois de checar os sinais vitais da menina.

— Alguém liga pra emergência! — berrou Enzo para ninguém em particular.

— Ah, cara, se fizerem exames vão saber o que ela andou usando...

— Cala a boca, Zodaque, e liga pra emergência, porra! — rugiu Enzo, esfregando um dos pulsos da garota pálida caída no chão.

Abel se livrou da tipoia e começou a fazer uma massagem cardíaca desajeitada.

— O que tá acontecendo? — perguntou alguém, surgindo por entre a muralha humana estarrecida. Fernando. Só então me dei conta de que a música havia cessado. — Bianca? — Ele se ajoelhou ao lado dela.

— Ela não tá respirando — falou um dos sete idiotas. — Ela tava de boa. Comeu essa torta e aí caiu do nada.

Fernando se agachou ao lado do corpo e tomou a mão de Bianca, abrindo os dedos. Pedaços de massa e maçã caíram no piso áspero.

— Deixa que eu faço isso — disse ele a Abel.

Abel concordou, abrindo espaço para o músico.

Os sete idiotas se entreolharam.

— Não fiquem aí parados, ela precisa de socorro! — Abel não perdeu tempo, sacou o celular. — Alô? Preciso de uma ambulância. É uma emergência...

Fernando se posicionou perto da cabeça de Bianca. Aproximou a orelha do nariz dela, depois sentiu o pulso.

— O coração está batendo, mas ela não tá respirando.

Bianca ainda estava viva. Não sei ao certo se senti alívio ou pesar com a notícia.

Fernando tapou o nariz da menina e a beijou.

Bom, não, não foi um beijo propriamente dito. As bochechas de Bianca se inflavam enquanto ele soprava ar para dentro.

— Não tá passando. Tem algo obstruindo a passagem de ar — avisou, levantando o tronco da menina e a abraçando por trás.

— Eu vou arrebentar sua cara se você machucar ela — resmungou Zodaque.

— *Nós* vamos — completou Zóião.

O roqueiro os ignorou e deu início à manobra de Heimlich.

— Vamos lá, vamos lá, menina — dizia ele, enquanto a apertava com vontade.

A cabeça de Bianca pendeu para a frente, os cabelos longos encobrindo o rosto pálido. Os ombros dela se agitaram, e um pedaço de massa gosmenta voou longe, atingindo o tênis do Samambaia.

Fernando a deitou de novo no chão. Ela continuava imóvel, os olhos fechados. Ele voltou a fazer respiração boca a boca insistentemente, só que dessa vez pareceu mesmo um beijo. Um beijo completo, como aquele que Abel havia... Não era hora de pensar em Abel.

Bianca inspirou uma grande lufada de ar, os olhos tremularam, mas ela continuou prostrada no chão.

— Consegue respirar? — questionou Fernando com gentileza.

Ela assentiu uma vez.

— A ambulância vai chegar logo, tá? Fica calma. — Ele afastou os cabelos dela para trás, e ela suspirou.

— O que aconteceu, Bianca? — quis saber Abel.

— Abel... — A voz dela saiu rouca. — Como você veio parar aqui?

— Não importa. O que aconteceu?

— A torta. Tinha amendoim. Senti o gosto.

O olhar de Abel se fixou em mim. Era frio, triste, decepcionado. Tentei me livrar da mão do Zóião, mas ele me segurou com mais força.

— E você é alérgica — concluiu Fernando por ela.

Ela balançou a cabeça, concordando de novo.

Parece piada, não? Pois é, eu já havia lhe dito que perspicácia não era o forte de Bianca. Se você é alérgico a algum tipo de alimento, deve perguntar do que é a comida antes de enfiar tudo na boca, certo?

— É provável que ela quase tenha entrado em choque anafilático — explicou Fernando a Abel. — O corpo deve ter impedido a passagem do alimento, o que foi a sorte. Se tivesse chegado ao estômago, não teria tempo de ser socorrida. Minha irmã também tem alergia alimentar. É complicado.

Bianca respirou fundo e mirou os olhos dele.

— Eu conheço você... — Ela sorriu para Fernando.

— Já nos vimos antes, sim.

— Você pediu meu número, mas nunca ligou. Achei que ia ligar, pensei que tivesse acontecido um lance diferente entre a gente, mas você não ligou.

— Eu liguei. Pergunte pra sua irmã; afinal, foi o número dela que você me deu. Você estava na casa de um dos seus namorados. — Ele olhou para os sete amigos complicados. Um por um. Incluindo Abel, que não percebeu porque ainda me encarava.

— Eu não tenho irmã — afirmou Bianca.

— É claro que tem. Você estava na academia com ela.

E lá vamos nós...

— Quem... Ah! Aquela era a Malvina. Ela não é minha irmã, é minha madrasta.

— O quê? — Fernando engasgou.

— Malvina era a mulher do meu pai. Abel pode confirmar. Ele é motorista dela.

Fernando olhou para Abel, que concordou, assentindo apenas uma vez, aquele olhar fixo em mim agora furioso.

— Mas por que ela mentiria? — indagou Fernando.

— Provavelmente porque ela estava a fim de você. Malvina sempre desejou tudo o que é meu.

Vê como ela distorce a verdade? Percebe como manipula os fatos para que seja a vítima? Fernando nunca foi dela. Eu o vi primeiro. Ela é quem sempre desejou tudo o que era meu, e isso incluía Henrique. Bianca nunca se conformou por ter que viver com a mãe depois do divórcio dos pais, até a mulher acabar morrendo durante uma lipo e Bianca poder se mudar para a casa do Henrique, afinal.

Sim, você está certo, eu fervilhei de raiva naquele momento, mas aquele maldito moleque ainda me segurava e eu não queria que ninguém me reconhecesse, por isso fiquei quieta.

— Ela disse que você estava na casa de um dos seus namorados — contou Fernando.

Bianca espiou os sete amigos complicados e desviou os olhos.

— Nunca tive namorado.

Os caras da faculdade se puseram a olhar para o outro lado, para o teto, o chão ou as unhas.

Abel se levantou. Não sei bem no que ele estava pensando, mas era nítido que algo dentro dele havia se apagado. Com o coração doendo, percebi que era seu amor por mim.

— Ela me enganou, então — murmurou Fernando. — Não acredito.

— Malvina é ótima nisso — falou Bianca com raiva. — Minha mãe sempre dizia que ela não tinha caráter. Nem poderia, já que passou a vida toda num orfanato. Conviver com ela me mostrou que mamãe estava certa. Malvina sempre quis tirar tudo o que era meu. Minha mãe tinha medo de que ela convencesse meu pai a passar tudo o que tinha para o nome dela e que depois ela desse um fim nele.

Ah, enfim você começa a ver a verdadeira Bianca Neves.

Espera. Vai ficar ainda melhor.

Apenas para sua informação, Henrique e eu nunca discutíamos sobre dinheiro. Ele não pretendia morrer, sabe? E eu jamais faria qualquer coisa que o deixasse infeliz. Era o mínimo que eu podia fazer em retribuição a tudo o que ele fizera por mim, já que eu não consegui me apaixonar por ele.

Agora voltemos a Bianca e sua carinha de vítima.

— Ela me fazia passar fome! Nunca tinha nada em casa além de frutas e legumes, ou sopa. Muitas vezes fui dormir com o estômago roncando.

— Nossa! — Fernando franziu a testa.

— Pois é. Ela é perversa. Ela... Não, você não vai acreditar em mim.

— Ela o quê?

— Ela pretendia me matar. Sempre desconfiei disso. Malvina tem um quarto secreto. Uma vez entrei lá sem que ela soubesse. Ela tem um laboratório clandestino. Acho que ia me envenenar para ficar com tudo.

— Meu Deus! Isso é muito grave!

Abel despertou do seu transe e começou a se afastar.

— Abel, por favor, espera! — chamei, e naquele momento, perturbada com as mentiras de Bianca e com a situação em que eu me encontrava, me esqueci de disfarçar a voz.

— Vitória...? — perguntou Enzo do nada, me encarando.

É, eu sei. Você já entendeu que vou me dar mal. Vamos terminar logo com isso.

Abel continuou andando. Algumas cabeças se viraram em minha direção. Inclusive as de Bianca e Fernando. O roqueiro deu um pulo.

— Malvina!

— Eu sabia! — exclamou Bianca, o rosto contorcido pela raiva. — Sabia que você tinha alguma coisa a ver com isso. Você tentou me matar com amendoim!

— Não seja ridícula! Eu nem sabia que você era a alérgica a amendoim — retruquei.

— Você tentou me matar! Você me envenenou!

Revirei os olhos.

— Ah, por favor! Se eu tivesse a intenção de te matar, a essa altura você já estaria morta. Oportunidades não me faltaram.

— O que colocou na comida dela? — Fernando exigiu saber, assumindo uma postura protetora. Sabe, pensando bem, aquele cara não tinha nada de especial.

— Na dela... nada. — E abri um sorriso enorme. Eu sei reconhecer quando estou ferrada, então não havia razão para não me divertir.

Zóião, que ainda me segurava, levou a mão livre à barriga.

— Tem alguma coisa errada comigo. Puta que pariu! Ela me envenenou! — O garoto foi ficando meio verde e cambaleou. — Ah, cara, minha vida tá passando diante dos meus olhos...

Aproveitei a distração e me livrei dele. Disparei em direção à saída. Se eu chegasse até o carro, poderia sair dali e nenhum deles conseguiria provar nada. O portão de ferro estava aberto, e eu acelerei. Um corpo surgiu do nada e colidiu comigo.

Enzo me segurou pelos ombros. Perdi o equilíbrio e caí. Ele se aproveitou disso, se jogando em cima de mim e me prendendo ao chão.

— Me deixa sair. Eu não fiz nada! — pedi, me contorcendo sob ele.

— Fez, sim, senão não estaria fugindo.

— Juro que não tentei matar ninguém. Era só laxante. Seu amigo vai ter uma baita dor de barriga e só. Me deixa sair.

— Você queria machucar Bia. — Seu semblante continha raiva e algo mais.

— Ah, qual é? Para de bancar o namoradinho dela. Acha mesmo que tem alguma chance com Bianca? Qualquer um de vocês? Olha pra ela, cara. Repara no jeito como ela se derreteu para aquele músico. Ela vai dar as costas pra vocês e nem vai se dar ao trabalho de dizer um tchauzinho. Ela vai te descartar pra ficar com o cara rico.

— Ela não é assim.

— Então senta e assiste — desafiei. Meu peito subia e descia rápido demais.

O olhar dele se deteve nos movimentos da minha caixa torácica. Ou em outras partes da minha anatomia, para ser mais exata.

Bem...

— Vem comigo, Canjica. — Eu me remexi embaixo dele devagar. Homens daquela idade eram tão fáceis de ludibriar. — Só quero sair daqui, a gente pode conversar com calma num lugar mais sossegado. Eu deixo você dirigir o Veyron!

Os olhos dele cintilaram. Se pela oferta do carro ou meu convite despudorado, não tenho certeza. Ele estava estudando a proposta, percebi, já que seus dedos se contraiam e relaxavam de leve em meus punhos presos ao chão.

É como eu disse logo no começo. Todo mundo tem um lado bom, e outro não tão bom assim. Você só precisa identificar qual é o predominante e aproveitar o momento certo.

Infelizmente, nunca vou saber qual era o lado predominante do Enzo.

Mãos grandes seguraram o rapaz pelo colarinho e o jogaram longe.

Abel me ajudou a levantar.

— Eu sabia que você não me abandonaria — falei, agradecida.

— Você está errada, Vitória — sentenciou ele numa voz apática.

Sirenes altas ecoaram do lado de fora do salão, a luz vermelha piscante refletida no mar de rostos estarrecidos. Meu coração bateu rápido dentro do peito.

— Não tentei matá-la, Abel. Só quis fazer com que ela continuasse sem memória!

Uma expressão de dor profunda atravessou seu rosto.

— Isso é ainda pior, Vic. Você quer esquecer quem você é, mas, para a maioria das pessoas, isso é pior que a morte. Esquecer o que viveu, quem conheceu, as experiências que compartilhou. É como perder sua alma. Foi assim que você perdeu a sua.

— Abel...

— Não temos tempo pra isso. — Ele sacudiu a cabeça, impaciente. — Você não pode esperar. É melhor fugir agora, enquanto ainda há tempo. Ouvi um daqueles caras ligando pra polícia.

Naquele momento, uma maca passou zunindo ao nosso lado. Outra sirene, mais alta e mais estridente, se aproximava.

— Vai, Vitória! — ordenou Abel, me empurrando em direção à saída de emergência na lateral esquerda.

— Eu só queria manter minha vida como era antes — resmunguei.

— E eu só queria que você me amasse. A vida é injusta. Você já deveria saber. Agora corre. A polícia vai querer falar com você. É melhor aparecer só quando a poeira baixar.

Avistei policiais conversando com um dos sete amigos complicados na calçada.

Parei de andar. Abel me arrastou alguns metros, mas por fim desistiu, bufando.

— Você veio por ela, não foi?

— Não.

Alívio varreu meu corpo.

— Por que está fazendo isso, Abel? Por que está me deixando ir?

Ele tocou minha bochecha com as costas da mão.

— Me magoa muito que você ainda precise perguntar isso. Eu te amei tanto, Vic. Amei mais do que qualquer um poderia amar. Por um segundo, cheguei a pensar que um dia você se daria conta de que me amava também. Quando eu a beijei, pensei que tudo mudaria, como nos contos de fadas que você lia pra mim no abrigo. — Ele deixou a mão cair. — Eu já deveria saber que não seria assim com você.

A maca passou à toda, levando Bianca. Fernando corria ao lado dela. Segurando sua mão. Não estávamos longe, e pude ouvir ela questionar, interessada como nunca:

— ... uma Hayabuza, é?

— Branca.

— Legal.

Enzo se aproximou da dupla.

— Vou com você, Bia.

— Não precisa. O Fernando vai me acompanhar.

— Mas...

— Você disse que fechou contrato com uma gravadora grande? — perguntou ela ao músico, ignorando Enzo.

Enzo derrapou no piso, enrijecendo os ombros, e assistiu ao casal desaparecer pelas portas duplas com o choque evidente em seu rosto.

Um policial entrou no salão, o olhar atento percorrendo o ambiente, procurando.

— Não desista de mim ainda, Abel — falei, em pânico. Eu não suportaria perdê-lo. Todo o resto eu poderia encarar, mas Abel... Não, ele era meu porto seguro, era meu... meu... Era meu. Sempre foi. — Olha, eu posso tentar ser boa. Posso fazer você deixar de me odiar. Eu posso...

Ele me impediu de continuar, colocando o indicador nos meus lábios.

— Você não é má, Vic. Apenas faz péssimas escolhas. Eu bem que gostaria de ser capaz de te odiar. — O dedo deslizou preguiçoso por meu lábio inferior. Seu olhar grudou em minha boca. Meu batimento acelerou tanto que eu temi sofrer uma parada cardíaca. Mas então ele balançou a cabeça e quebrou o contato. — Mas você foi longe demais dessa vez. Tão longe que eu não consigo mais alcançá-la.

Em desespero, fiz a única coisa que me ocorreu naquele momento. Eu o beijei. E se por um momento você pensou que Abel estava tão magoado a ponto de não corresponder, sinto informar, você acertou.

Eu o soltei, dilacerada por sua indiferença. Ele manteve os olhos fechados, o cenho encrespado, lutando contra algo que eu não era capaz de ver. Até que por fim os abriu. Não gostei do que vi.

— Adeus. Se cuida... Malvina.

Ouvir o nome que eu escolhera em seus lábios fez lágrimas gordas escorrerem por minhas bochechas.

— Não me chame assim. Nunca me chame assim — sussurrei, pegando-o de surpresa.

— Vamos lá, moça, parece que a senhorita tem algumas explicações a dar. — Um policial colocou a mão no meu ombro, me virando.

Algemas surgiram. Abel deu um passo à frente, mas eu balancei a cabeça. Ele hesitou e pareceu disposto a ignorar minha ordem.

— Está tudo bem. Eu não fiz nada de errado. — Olhei uma última vez para Abel, esperando que ele lesse em meus olhos tudo aquilo que eu não conseguia explicar. Tudo aquilo que eu sempre senti e era dele, só dele e de mais ninguém. Acho que ele entendeu, porque um gemido angustiado escapou de sua garganta.

— O delegado vai gostar de ouvir sua história — resmungou o policial.

Então eu fiz o que sei fazer melhor. Coloquei uma expressão inocente na cara e dei início ao show.

— Ah, não sei, não — respondi ao policial —, sobretudo se eu contar sobre esses seus modos poucos cavalheirescos. — Sacudi os ombros e a cabeça. O boné, já meio solto por causa da batalha com Enzo (e do beijo com Abel) caiu, revelando meu rosto.

O homem fardado arregalou os olhos.

— Uau! Você não é aquela modelo supergata? A Menina Veneno?

— Sou, sim. — Sorri para ele.

— Nossa! Uau! Eu sou um grande fã seu. Não acredito que você está usando minha algema! Posso tirar uma foto? — Ele pegou o celular no bolso.

— É claro, meu bem. — Pisquei algumas vezes, acompanhando-o porta afora sem olhar para trás.

— Minha mãe não vai acreditar — continuou o homem. — Ela também te adora, sabia? Pode posar em frente à viatura? E fazer aquele olhar de Menina Veneno?

— Qual, esse?

Ele perdeu o fôlego.

— Ah, cara. Você é ainda mais perfeita pessoalmente... Com todo o respeito, é claro.

O que era muito lisonjeiro, já que eu estava sem maquiagem.

Fiz umas poses, e depois que o policial se satisfez, ele me ajudou a entrar na viatura. Olhei para Abel, paralisado no mesmo lugar onde eu o deixara, me assistindo de longe. Sorri desanimada para ele, ajeitando os ombros. Ele não retribuiu. Então examinei as pessoas que se aglomeravam em torno do carro e fiz uma pequena mesura, agradecendo a audiência, antes que os holofotes da minha vida glamorosa se apagassem.

13

O restante da história você já deve ter ouvido. Saiu em todos os jornais.

"Madrasta tenta envenenar enteada morta."

O fato de o delegado ter encontrado dois frascos suspeitos no bolso da minha calça depois que fui levada para a delegacia complicou as coisas. Expliquei a ele que não eram venenos, mas mesmo assim as embalagens foram enviadas para análise. Também foi feita uma busca na cobertura e meu pequeno laboratório foi encontrado.

A imprensa se deleitou com tudo isso, mas se *esqueceu* de divulgar os resultados das amostras, que apontavam apenas substâncias inofensivas: um laxante e um "revigorante". Cá entre nós, o delegado se interessou muito por esse último, mas vamos deixar isso para lá.

Por causa de toda a exposição negativa, minha carreira foi para o ralo. Nenhuma marca queria seu nome vinculado ao meu, de modo que todos os meus contratos foram cancelados. Até com a agência.

Bianca abriu um processo contra mim, alegando tentativa de homicídio. Todos os meus bens foram bloqueados até que o caso fosse julgado, e é por isso que estou trabalhando aqui nesta lanchonete gordurosa. Um emprego fixo ajudará a me inocentar, meu advogado afirma, por isso tratei de aceitar a primeira coisa que me ofereceram.

Ah, esqueci de mencionar que Bianca e Fernando estão morando juntos. Soube que Enzo e os outros rapazes tentaram entrar em contato com ela, mas ela fingiu que não os conhecia. Também perdi minha esteticista. Jaqueline ficou bem furiosa comigo, ainda mais porque o filho parece ter desenvolvido uma paixonite por mim — ou pelo Veyron.

Estou morando no apartamento da Sarina, por enquanto. Ela ficou do meu lado o tempo todo, e em momento algum duvidou da minha palavra, o que não me isentou de levar um esporro no maior estilo dramalhão mexicano. Acho que ter uma família deve ser parecido com isso.

Quanto a Abel... Sim, aquele homem lindo sentado ali no fundo, me olhando fixamente enquanto come... Abel cumpriu sua promessa. Saiu da minha vida, nunca mais falou comigo.

Bom, mais ou menos.

Ele arranjou outro emprego como motorista de um velho rico que quase nunca sai de casa, então agora tem bastante tempo livre. E o aproveita vindo nesta lanchonete decadente. Todo santo dia, na hora do almoço, faça chuva ou sol.

Ele sempre espera na fila do meu caixa, mesmo que outros estejam livres. Porém, nunca trocamos mais que poucas palavras, todas relacionadas ao pedido. *Com ou sem catchup? Com mais dois reais você leva a batata grande, não quer aproveitar?*

Eu sinto muita falta dele.

Apenas uma vez Abel não me respondeu com um simples sim ou não. Foi ontem, depois que dei o troco a ele. Eu perguntei se ele queria que eu levasse o pedido na mesa, pois a lanchonete estava cheia.

— Não estou com pressa. — Ele deu de ombros. — Posso esperar aqui.

Aí eu disse:

— Tudo bem.

— Está mesmo, Vic? — E, por um instante, desejei que o tempo voltasse.

Mas o tempo não volta, assim como nossas atitudes, e tudo que se pode fazer é aprender a conviver com nossas escolhas.

Então eu sorri e respondi:

— Vou ficar. Sou uma sobrevivente, lembra?

Um dos cantos de seus lábios bem desenhados se ergueu de leve, num meio sorriso que eu conhecia a vida toda. Mas ele se recompôs depressa como se tivesse feito algo errado e decidiu esperar na mesa, ficando de costas para mim.

Hoje voltamos ao padrão *com ou sem catchup*. Mas, sei lá, pode ser que um dia ele me perdoe e volte a pelo menos ser meu amigo.

E, sabe, estou bem mesmo. Juro. A verdade é que fui abandonada por quem deveria ter me protegido e ensinado o jeito certo de se levar a vida. Tive que descobrir tudo sozinha. Se errei ou acertei, não é a questão. Eu consegui. Eu sobrevivi. Eu venci.

E depois perdi. Mas a vida é assim, certo? Às vezes a gente ganha, às vezes perde. É como diz o ditado. Não há nem tristeza nem felicidade que dure para sempre. Estou por baixo agora, como você pode ver — eu sei, este uniforme não cai bem nem em mim, e isso diz muita coisa —, mas esta situação também é temporária. Vou recuperar meus bens e meu status em breve. Você pode apostar sua vida nisso: vou voltar ao topo. Até já tenho um plano...

... Mas isso vai ter que ficar para outra hora. Meu horário de almoço terminou. Lamento.

Fico feliz que você tenha vindo aqui para termos esta conversa. Foi quase divertido. Volte outras vezes, se quiser. A gente pode conversar mais, só que agora eu realmente tenho que voltar. Mas, antes de ir, tem certeza de que não quer que eu sirva alguma coisa para você? É por conta da casa. Uma tortinha de maçã, talvez?

Quanto mais afiado o espinho

Diana Peterfreund

As histórias mudam à medida que envelhecem, como trepadeiras subindo por uma parede, enroscando-se, dando nós e se misturando, até que não se pode mais saber onde começam ou terminam, ou que partes verdadeiramente lhe pertencem. Você acha que conhece a minha, mas não é verdade.

As pessoas chamam nossas semelhantes de bruxas há tanto tempo que paramos de recusar o título, embora nunca tenhamos feito nada parecido com magia, negra ou qualquer outra. Antigamente, incendiavam nossos corpos e nos enterravam em covas de indigente. Não fazem mais isso.

Agora são os cochichos e as fofocas que nos queimam, o desdém e o desprezo que nos fazem apodrecer de dentro para fora. As pessoas desta comunidade não vivem sem nós, mas não deixam que os outros saibam o que fazemos por elas na calada da noite. Nossa casa fica coberta de ovos, nossos gatos são mortos e, no tempo em que a vovó ainda estava por aqui e minha mãe saía de casa, arranhavam nossos carros e cuspiam na calçada quando entrávamos nas lojas do bairro.

Ainda assim, noite após noite, ano após ano, entram furtivamente no nosso jardim e pedem nossa ajuda, pagando em dinheiro, comida ou até em favores. Mas nunca com respeito. Somos bruxas, e as bruxas são odiadas aonde quer que vão.

Eu jamais serei uma bruxa.

Minha mãe pode se esconder em nossa casa caindo aos pedaços, com os cantos apinhados do que eu chamo de lixo, e ela, de sabedoria de gerações. Ela pode cuidar de seu jardim secreto, de suas ervas de propósito duvidoso escondidas atrás de antigos muros de pedra esfarelada, das sebes de roseiras que cercam nosso quintal e rastejam por treliças em arco que sobem pelo muro como centopeias. Ela pode misturar seus venenos e criar suas panaceias e cuidar de seus pacientes na calada da noite. Eu não quero nada disso.

Colei nas paredes rachadas de meu quarto pôsteres de boy bands e programas de televisão. Leio atentamente revistas de moda e pinto as unhas de rosa-shocking. Aliso meu cabelo rebelde em vez de trançar meus cachos com barbantes e ossos, como minha mãe, minha avó e todas antes de mim.

Minha mãe me flagra me arrumando na frente do espelho, puxando um short jeans desfiado por cima do meu novo maiô preto.

— Vai usar isso para ir à escola? — pergunta ela. Eu insisti em ir ao colégio neste outono. Fizemos um acordo, minha mãe e eu. Se ela me deixar fazer o ensino médio, estudarei sua sabedoria à noite e nos fins de semana. A mamãe sempre cumpre seus acordos. É o jeito das bruxas.

— Não — respondo. Shorts tão curtos não são permitidos na escola. Por quatorze anos, observei as garotas passarem por nossa casa, indo e voltando da escola do bairro. Em poucos meses, eu seria uma delas.

— Malena — diz minha mãe, e meu nome é um suspiro em sua boca —, você agora é uma mulher. Não sei como deixei isso passar.

Ela não deixou passar. Aconteceu no inverno passado, perto do solstício. Enterramos os panos ensanguentados à luz de uma lua cheia, como se isso fizesse alguma diferença. Empino o quadril e faço um biquinho. Não sei do que ela está falando. Meu peito ainda é reto, meu corpo ainda é plano como uma tábua. Outras meninas podem preencher seus maiôs, mas eu ainda não.

Pego minha toalha no gancho ao lado da porta.

— Vou à piscina — digo.

A piscina comunitária está abarrotada, um mar de corpos e lycra de cores vivas derretendo-se juntos sob o sol de verão. Encontro um trecho vago na grama e estendo minha toalha, embora não precise me bronzear. Sou morena de nascença. Tenho óculos de sol, um refrigerante e uma revista, mas são as pessoas que vim observar.

Em especial aquelas três ali, na beira da água, juntas como um ramalhete de flores coloridas em seus biquínis vermelho, azul e verde vivo. Elas vêm aqui todo dia, riem, jogam água e brincam com o cabelo umas das outras. E todo dia estendo minha toalha um pouco mais perto e absorvo tudo o que têm a dizer — desde quem é o cantor mais gato nas bandas que eu devo ouvir até o professor que quero ter na escola ano que vem. Hoje, estou mais perto do que nunca. Há apenas algumas toalhas entre mim e as meninas.

— Ai! — A de vermelho bate na de azul. — Você está arrancando meu cabelo pelas raízes.

Azul cutuca o couro cabeludo da amiga.

— Desculpe. Da próxima vez, experimente usar condicionador. — Ela volta a trançar o cabelo da Vermelho, mas depois de mais alguns gritinhos da menina, joga as mãos para o alto, em desespero. — Desisto. Não dá para fazer nada com esse ninho de rato.

A de biquíni verde vira uma página da revista.

— Você fritou seu cabelo quando descoloriu, Flo.

Flo faz beicinho, cruzando os braços por cima do biquíni vermelho.

— Não é verdade.

— Posso dar um jeito nisso. — As palavras explodem da minha boca como o suco de uma fruta madura. — Minha mãe faz um condicionador caseiro. Ele consegue ressuscitar qualquer coisa.

Três pares de olhos viram-se para mim.

— E quem te perguntou alguma coisa? — diz Azul.

— Cala a boca, Marie. — Flo bate no joelho da amiga e estende a mão para mim. — Oi, meu nome é Florence, mas todo mundo me chama de Flo.

— Oi. — Aperto sua mão, feliz por ter me dado ao trabalho de pintar as unhas. As de Flo estão carmim. — Meu nome é Malena.

— Você é nova?

— Sim — minto. — Entro mês que vem na escola.

— Legal. — Ela aponta para trás. — Estas são Marie e Fawn. Então, me fala desse condicionador mágico da sua mãe.

— Não é mágico — explico o mais rápido possível. Melhor não seguir por esse caminho. — São só óleos essenciais e essas coisas. É muito bom para cabelo com química. Eu mesma uso. — Passo a mão pelas minhas mechas macias e alisadas.

— Parece ótimo — diz Flo. — Quanto custa?

Fico perplexa. Não estou aqui para fazer negócio. Elas podem procurar minha mãe para isso.

— Ah, não — digo. — Posso dar um pote para você.

— Mas você é um amor! — diz Flo. Ela olha o chão em volta de sua canga. — Sabe de uma coisa, acho que tem espaço aqui para sua toalha, se quiser ficar conosco.

E eu quero.

É fácil assim fazer amigas. Levo um pouco do condicionador para Flo, e ele cumpre o prometido. Seu cabelo com mechas loiras vai de seco como palha a sedoso como cetim. Conquisto Marie com uma pomada que elimina as sardas de seu nariz, e Fawn nunca mais reclama de dores de cabeça depois que passa a preparar seu chá gelado com a mistura especial da minha mãe.

Não escapa à mamãe que seus produtos estão sumindo.

— Malena, minha filha — avisa ela. — Você colhe o que semeia. Não pode comprar a amizade.

É melhor comprar amizade, penso, do que desdém, que é o que estivemos traficando por gerações. Talvez as mulheres de minha família só pensem que todos as odeiam porque partilham sua sabedoria com gente detestável. Mas Flo, Fawn e Marie são incríveis. Vamos à piscina, pintamos as unhas umas das outras e conversamos sobre como a escola será ótima. Flo sabe tudo sobre todo mundo porque sua irmã acaba de se formar, Fawn é mais legal do que o Natal e Marie tem um senso de humor ferino, e eu estou muito, muito feliz por minha mãe me deixar ir à escola. Acho que talvez, se tivesse amigas como as minhas, ela sairia de vez em quando.

— E então, onde você mora, Malena? — pergunta Flo numa tarde enquanto tomamos sol. Passei esse tempo todo perto da piscina e não acho que minha natação tenha melhorado nem um pouco.

Engulo em seco antes de responder.

— Na Honeysuckle Way.

— No bairro antigo — dizem todas em resposta.

Balanço a cabeça, concordando.

— É. Todas as casas estão meio caindo aos pedaços.

— Pelo menos são casas — diz Marie. — As paredes do meu apartamento são tão finas que ouço sempre que o vizinho vai ao banheiro. O que ele faz tipo cinco vezes por noite.

Fawn torce o nariz.

— Eca.

Marie ri.

— É sério. Acho que ele tem algum problema de saúde.

— Pelo menos não são tão finas a ponto de você sentir o cheiro — diz Flo. — Quando minha mãe, Tris e eu ainda morávamos no trailer, os peidos pareciam se acumular ali.

— Que nojo, Flo! — exclama Fawn.

— É verdade! — insiste ela. Pelo que pude compreender sobre Flo, sua mãe arrumou um marido novo na primavera passada e as coisas estão melhorando. Tem um irmão a caminho, e o padrasto está construindo uma casa para a família em um daqueles novos condomínios onde antigamente não havia nada além de pântano.

Ela olha para mim.

— Tem alguma erva para peido velho, Malena?

— Não — digo alegremente. — São incuráveis.

— Atenção. — Fawn indica a piscina com a cabeça. — Onda de calor às doze horas.

Como um pequeno bando de leoas, todas olhamos. O salva-vidas do período da tarde está chegando ao serviço. É por isso, pelo que descobri, que as meninas ficam aqui. Pierce vai estar no último ano no próximo outono, mas isso não diminui em nada nossas esperanças. Ele é alto e forte, e eu ainda não o vi com camisa. Seu cabelo está cada vez mais claro, e a pele, cada vez mais escura ao longo do verão. Logo ele estará de um dourado-fulvo da cabeça aos pés.

Sua sombra cobre nossa canga.

— Senhoras — diz ele com uma voz arrastada.

— Oi, Pierce. — Flo joga o rabo de cavalo no ombro. — E aí?

Pierce olha diretamente para mim, sorrindo como se conhecesse meu segredo.

— Ah, Flo — cumprimenta ele. — Pensei que você soubesse que era pra me avisar sobre todas as gatas novas que vão entrar na escola no outono que vem.

Entro em pânico. Ele sabe. Sabe que na verdade não sou nova, que minha família mora aqui desde quando esta área era lar principalmente de crocodilos.

— Esta é Malena — diz ela, obediente.

O foco daqueles olhos castanhos percorre meu corpo até meu decote, descendo por minhas pernas nuas e subindo todo o caminho de volta. Estremeço e torço para que ninguém note.

— Malena. Biquíni bonito.

— Obrigada.

— Te vejo na escola. — Pierce segue para sua cadeira.

— *Te vejo na escola?* — repete Fawn algumas oitavas mais alto. — Ele gostou de você, Malena.

Flo recosta-se na toalha e ajeita os óculos escuros.

— Não consigo acreditar em como você fica calma perto dele — diz Marie a Flo, que dá de ombros.

— Ele conhece Tris há séculos — explica ela. — Sou tipo uma irmã mais nova para ele. — Mas ela o observa subir a escada e se acomodar na cadeira. Não a culpo. Aquela sunga de salva-vidas não deixa muito para a imaginação.

Durante a tarde inteira, percebo meu olhar vagando até a cadeira do salva-vidas, e sempre que olho, Pierce também está olhando para mim. Minha pele parece apertada demais, um casulo preparando-se para estourar e derramar minha nova vida no mundo.

— Você fede a cloro — diz mamãe ao pôr do sol. — Está passando tempo demais naquela piscina.

Dou uma fungada e não sinto nada, o que faz sentido, porque quase nunca entro na piscina mesmo.

— Não entendo o que você faz lá o dia inteiro. Todo aquele barulho, toda aquela gente. — Ela estala a língua.

— É por isso que adoro ficar lá — digo. — É o mundo real.

Ela afasta uma das tranças do rosto.

— E o que é isto, então?

Lanço um olhar pela sala: livros mofados e frascos de vidro com sedimentos não identificados pelas laterais das prateleiras abarrotadas. Guirlandas de poejo e ageratina secas se balançam sobre as portas e janelas como cortinas para um mundo onírico. Real? Acho que não.

Está escuro aqui e não tem cheiro de cloro, não mesmo. Tem um cheiro úmido e terroso, que algumas pessoas considerariam como o cheiro de coisas mortas, mas que meu povo considera como a própria essência da vida. Esta é a única magia verdadeira, e não é de forma alguma bruxaria. São os mortos e a morte que fazem as plantas brotarem, as flores desabrocharem, as frutas crescerem. Quando se come um animal morto, ele se torna você, vivo e ativo. Quando enterra um corpo, ele torna um pouco mais verde a grama que cresce por cima. Tudo o que minha mãe vê são as ligações — o que matar para avivar algo além.

Ela quer manter viva a tradição, mas me recuso a morrer por isso. Quero o sol, a luz e o ar livre, e não esta tumba úmida.

— Só estou tentando conhecer o pessoal da escola — digo.

Ela ri.

— Já os conheço. Os tempos mudam, Malena, mas as pessoas não. Com o que fazemos... você conhecerá melhor essa gente do que sentada com eles em uma sala de aula ou fofocando numa toalha ao lado da piscina.

Isso não é verdade. Nunca fiz amigas como Flo e as meninas. Nunca um garoto olhou para mim como Pierce faz. E não importa o que minha mãe pense a respeito de como passo meu tempo livre — acordo é acordo, e estou fazendo minha parte. Na segunda-feira, troco de vaso o pé de erva-moura e na terça colho os espinhos das roseiras vermelhas. Na quarta-feira, ajudo-a a triturar impingem em pó. A quinta é o primeiro dia de lua cheia, e minha mãe e eu colhemos amor-perfeito à meia-noite e angélica ao amanhecer. A hora do dia não deveria importar, pois é a dose que faz o veneno, mas isso também é tradição.

Na noite de sexta-feira, eu vou a uma festa.

A música está tão alta que preciso gritar no ouvido das outras, e as coisas que gritamos são fúteis.

— Ele é tão gato! — berra Marie e, como não sei a quem ela está se referindo entre a meia dúzia de meninos ao nosso redor, limito-me a balançar a cabeça, concordando. Todos eles são gatos. Todos têm sorrisos rápidos e hálito de cerveja, e cercam-nos como mariposas em torno da luz, nos convidam para dançar e querem saber meu nome, e nenhum deles zomba de mim, aponta ou finge que não me vê. Todos eles me veem, e eu adoro que gostem do que estão vendo. Adoro ser Malena, a garota nova.

Perto dos alto-falantes tem um menino que a mamãe pegou botando fogo na nossa varanda. Aquele que pegou copos de cerveja para nós já quebrou a janela da frente da nossa casa com uma pedra.

— Onde você mora? — pergunta o primeiro com quem dancei. Seu nome é Shaun.

— Honeysuckle Way? — Sai como uma pergunta, como se talvez ele não tivesse ouvido, embora eu saiba que sim. Eu também conheço esse garoto. A mãe dele visita a nossa casa pelo menos algumas vezes por ano. Sempre que o homem dela pula a cerca, as ervas de minha mãe dão uma lição nele.

Ele se curva para mim.

— Cuidado lá — cochicha ele, e é um sussurro, não um grito. Sinto mais as agitações no lóbulo da orelha do que ouço as palavras, reverberações que fazem meu sangue disparar. — É lá que moram as bruxas.

Penso que Malena, a garota nova, perguntaria "que bruxas?", mas uma coisa é mentir, outra é só não dizer nada. Escolho a última opção, sorrio como se ele tivesse feito uma piada e danço mais intensamente, desejando que ele sussurre na minha orelha de novo. Nem mesmo quero que esta noite termine.

Flo, Fawn e Marie dançam em um círculo, e depois que Shaun e eu dançamos uma música, me junto a elas, me mexendo e balançando até que me sinto mais viva do que qualquer planta no meu jardim.

— Olha só quem é! A princesa da piscina. — Sinto mãos na minha cintura e viro o corpo, encontrando uma muralha de camiseta marrom desbotada cobrindo um peito masculino familiar. Então Pierce se veste de vez em quando, sim. Suas mãos apertam minha cintura enquanto ergo o olhar para ele. Seu sorriso só alcança parte da boca, não seus olhos, e me atravessa.

— Oi, garota nova.

— Malena.

— Malena — repete ele, lentamente, e apesar de não estar sussurrando em meu ouvido, é o que parece, porque sua voz dizendo meu nome cria um turbilhão a minha volta e cala fundo. — Dance comigo.

Já estou dançando, mexendo os quadris como ele quer que eu faça, cada vez mais perto, até que nossas pernas se entrelaçam, as barrigas se tocam e uma das mãos dele aperta minhas costas, com os dedos bem abertos, enquanto a outra oscila indolente ao lado do corpo. Deixo a cabeça cair para trás, meu cabelo se sacudindo e balançando como nossos corpos.

— Você sabe se mexer, garota — diz Pierce, e seu sorriso agora é verdadeiro. — Veja só, fazendo a galera toda olhar.

Tento me endireitar, mas as mãos dele me mantêm ali, nossas pernas e quadris presos no ritmo.

— Não, não se preocupe — diz ele. — Eu gosto.

Meus olhos se arregalam, mas ele apenas ri, fazendo meu rosto queimar por baixo da pele. Não quero fazê-lo rir de novo.

— Vem cá. — Então ficamos ainda mais próximos, e não sinto cheiro de cerveja, mas de sol, suor e do sabão em pó que a mãe de Pierce usa, que é artificial, e não de lavanda e alecrim, como o da minha mãe. É maravilhoso.

Não sei para onde as outras meninas foram ou quanto tempo fiquei dançando com Pierce em um nó de braços e pernas, com o cerne em chamas, mas quando me afasto percebo que estamos do outro lado da sala, onde há sombras, sofás e gente se agarrando.

— Vamos descansar — sugere ele, embora eu saiba que não é o que ele pretende fazer. Os sofás são velhos, e sinto a armação quando caímos neles. Pierce pega umas cervejas para nós e se aproxima.

— Esta festa está meio careta, né? — comenta ele.

E eu estava pensando que era a melhor noite da minha vida.

— É? É minha primeira festa.

Ele se vira para mim, boquiaberto.

— Tá brincando? Seus pais são rigorosos?

— Minha mãe não gosta que eu saia. — Ainda é a verdade.

— A pequena rebelde — diz ele e me puxa pela cintura. Gosto disso. Também gosto do jeito como Pierce me apresenta aos garotos que passam. Eles batem as mãos depois os punhos, e ele assente e sorri, dizendo que vão se ver quando as aulas começarem em algumas semanas.

— Esta é Malena — diz ele para um garoto. — Ela é nova.

— Legal — comenta o garoto para mim. Legal me conhecer? Ele se vira para Pierce. — O que arrumou hoje?

Ele dá de ombros.

— Nada, cara. Mas me fala aí se tiver.

— Pode deixar.

Eles estão falando de drogas?

— O que você está procurando?

O outro garoto se vira para mim, mas Pierce só ri de novo e acaricia meu cabelo.

— Não preocupe sua linda cabecinha.

Então, drogas. Mordo o lábio. E ele acha que sou inocente demais para entender. Se soubesse que posso deixá-lo na lua...

Quando estamos a sós de novo, ele põe a cerveja de lado.

— E aí, Malena, me fale de você.

Eu posso criar fogo a partir do coração de uma flor. Posso colocar um homem para dormir com uma gota em sua bebida. Conheço todas as fases da lua e sei dizer quando a primavera está chegando só de olhar os ossos de uma ave.

Mas, para Pierce, apenas rio e respondo:

— Estou feliz por estar aqui esta noite, isso eu posso dizer.

Ele agora está perto, o suficiente para que seu rosto seja um lindo borrão dourado.

— É só o que preciso saber.

Quando seus lábios tocam os meus, parece natural como o nascer do sol, e abro a boca para tragá-lo. Em casa, fico olhando os pôsteres na parede e imagino aqueles meninos me beijando, mas não é nada parecido com isso. Pierce me cerca, derrama-se em mim, todo respiração, língua e lábios. De repente, ele para.

— Tudo bem?

— O quê? — Ofego. — Tudo.

— Você não está se mexendo.

Pisco para ele, confusa.

— O quê?

Ele abre um largo sorriso.

— Ah, meu Deus, você é mesmo a garota nova, hein? Já beijou um cara antes?

O calor arde em meu rosto e me afasto, mas ele segura meu queixo e traz seu rosto ao meu.

— Não, não, tudo bem. É só fazer o que faço. Você vai pegar o jeito.

Sua boca cobre a minha de novo, e desta vez faço o que ele diz, imitando seus movimentos, exatamente como quando dançamos. Seu corpo aperta o meu contra o encosto do sofá e seus lábios queimam uma trilha pelo meu queixo, descendo pelo pescoço.

— Viu só? — Ele respira contra minha pele, e eu estremeço com a sensação. — Você aprende rápido, garota nova.

Quero que ele me chame de Malena de novo. Me remexo no sofá, empinando o corpo quando suas mãos descobrem novos lugares para tocar.

— Não pensei que uma garota que dança como você não soubesse o que fazer com um cara — diz ele ao correr os dedos por dentro da minha blusa.

— Eu sei o que fazer — respondo. Só estava ocupada demais observando o que ele fazia.

— Ah, é? — Sua outra mão desliza pela parte de trás da minha calça. — Me mostre.

Coloco a mão em seu peito e o empurro, depois passo uma das pernas pelo colo, montando nele. Pierce abre um sorriso largo, que eu arranco de sua cara com um beijo. Minha língua dispara como uma serpente e lambe seus lábios até que ele me deixe entrar. Mas mal ficamos nisso por um ou dois minutos quando...

— Ei, Pierce, cara. Arrumei algum.

Pierce me empurra do seu colo para as almofadas. Abre um sorriso radiante para o garoto, como uma flor encarando o sol.

— Demais. Vamos nessa.

Eu me sento ereta.

— Posso ir?

Ele me dá um tapinha na coxa.

— Vá com calma, garota nova.

Então eles somem. Trocada por um baseado? Eu riria se não estivesse tão chocada. Se soubesse que era só disso que eu precisava para chamar a atenção dos meninos, não teria desperdiçado tanto tempo com meu cabelo.

Encontro minhas amigas na escada da varanda. Marie fuma um cigarro e me olha de cima a baixo.

— Até onde você foi?

Fawn dá um tapa em seu braço.

— Para com isso. Ah, meu Deus, Malena, você ficou tão fofa com ele. Precisa me ensinar a dançar daquele jeito.

É fácil. Só o que precisa fazer é deixar que seu coração entorne para os braços e pernas.

Marie passa o cigarro a Flo, que sopra um anel de fumaça.

— Então — diz ela, dando de ombros. — Até onde vocês foram?

— A gente se beijou — confessei, contraindo os ombros. Está quente hoje. O ar é pesado e úmido, mas minha pele evapora qualquer gota de suor no segundo em que ela brota.

Ela dá outra tragada.

— Faz sentido. Pierce sempre gosta das garotas novas.

— Não — argumenta Fawn. — Ele gosta de Malena.

— Ela é nova — diz Marie.

Flo revira os olhos.

— Não se preocupe com isso, Malena. Só aproveite. Ele gosta de você. Quer dizer, não se apaixone nem nada disso, mas não é um jeito ruim de começar o ano, com um cara como Pierce perseguindo você pela escola.

Eu me junto a ela no degrau e pego o cigarro. É um cilindro perfeito e tem gosto de alcatrão, não de ervas, mas minha avó me ensinou a fumar na primeira vez em que peguei uma gripe. Sopro anéis dentro de anéis e vejo os olhos de Flo se arregalarem, e até Marie manifesta seu espanto. Fumar é fácil. Quando solto o ar mais uma vez, faço uma cobra.

Se ficar com Pierce é uma boa maneira de começar o ano, então é o que farei. E, da próxima vez, vou cuidar para que ele não fuja justo quando as coisas começam a ficar boas.

Tris, a irmã de Flo, nos busca na festa para nos levar para casa. Ela se formou no ano passado e vai para a faculdade no outono. Seu carro é muito velho e o ar-condicionado não funciona, mas, depois que ela pega a estrada e o vento balança nossos cabelos, ela aumenta o volume do rádio e a sensação fica no nível certo de calor. Paramos em um posto de gasolina para comprar frango, fritas e refrigerantes e fazemos um piquenique no estacionamento. O cascalho deixa marcas e pedrinhas grudadas nas nossas coxas e o ar está cheio de mosquitos, mas eu adoro. Todo mundo está rindo e fumando, e as luzes alaranjadas de vapor de sódio renunciam em favor da lua nascente. Minha bebida é de um rosa brilhante e supostamente tem sabor de morango, mas o gosto não é como o de nenhum morango que eu já tenha provado.

— A festa foi boa? — pergunta Tris, virando uma garrafa de bebida verde como lagartas de primavera.

— Malena ficou com Pierce — responde Marie.

Tris comemora e assente para mim.

— Pegou o príncipe, hein?

— Você conhece Pierce — diz Flo, na defensiva. — Ele sempre gosta das garotas novas.

— É verdade — concorda Tris. — Mas isso não quer dizer que elas gostem dele também. Você gosta dele, Malena?

— Gosto — respondo, mas isso não parece muito correto. Gosto de Pierce como gosto de Flo, Fawn e Marie, e do açúcar com sabor de não morango que cobre minha língua. — Ele é bonitinho e parece legal.

Tris reflete sobre isso.

— Considerando os garotos da escola, você podia se dar pior.

Flo joga a cabeça para trás e ri.

— Não ligue para ela, Malena. Ela tem um lance contra os garotos da escola.

— Gosto de homens — anuncia Tris. — Homens *adultos.*

— Que bom que você vai para faculdade, então — diz Fawn.

— Os únicos adultos na faculdade são os professores — fala Marie.

Tris não fala absolutamente nada. Flo termina suas batatas e amassa o saco, jogando no ar e pegando.

— Vai nessa, Flo — exclama Fawn. — Acerta na lua!

E então nós quatro estamos de pé, jogando o lixo para o céu e gritando para a lua gorda e branca, dançando de novo, mas desta vez não é para nenhum menino. E embora mal nos tocássemos, talvez o roçar da ponta dos dedos ou o toque de um quadril enquanto rodamos e pulamos no estacionamento, meu sangue dispara e meus gritos de alegria queimam a noite. Nós quatro somos fogo, terra, chuva e vento; dançamos, cantamos, e Tris ri e tira fotos.

— Vocês todas parecem um coven de bruxas dançando sob a lua.

Dou um passo em falso, e Fawn me segura.

— Bruxas, não — discorda ela. — Somos fadas.

— Ah. — Tris ri. — Fadas. Foi mal.

Abrimos os braços como asas e adejamos em círculos. Fadas, florescendo com magia, esvoaçando ao luar. Adoro a ideia das fadas. Por que os feitiços são bons quando vêm das fadas e maus quando são das bruxas? Isso não parece certo.

— Quando a onda de açúcar passar, que tal irmos para casa? — Tris indica com um gesto o balconista da loja, que nos encara, boquiaberto. — Estamos angariando testemunhas.

Não é uma onda de açúcar. É muito mais do que isso. Eu disse para minha mãe que o luar não significa nada, mas estava enganada. Aqui, com minhas amigas, é a cola que une nossas almas. É melhor do que tomar banho de sol, melhor do que beijar.

Terminamos nossos lanches e voltamos ao carro.

— Você vai ter que me explicar onde mora, Malena — diz Tris ao ligar a ignição.

Eu não havia pensado bem nisso.

— Ah, pode me deixar perto da piscina. — Foi onde encontrei as meninas mais cedo.

— Não tem problema nenhum.

Meus braços e o pescoço pinicam como se formigas rastejassem por minha pele. Elas não podem me levar para casa. Não podem.

— Ela mora na Honeysuckle Way. — Flo se manifesta.

Não. Não. Não. Luto para pensar em números na rua bem distantes da minha casa.

— Eu... Hmmm... Por favor, não me deixe em casa. Eu fugi. Minha mãe não sabe que saí e não quero que ela ouça o carro parando.

— Malena! — exclama Flo, fingindo choque. — Sua safadinha.

Marie bufa.

— Sem essa, Flo, você a viu dançar. Ela precisa aproveitar ao máximo.

Concordo com a cabeça.

— É. Esta pode ser a única chance que tenho... se me pegarem. — Me inclino para a frente. — Por favor, só me deixa na esquina.

Tris franze o cenho, mas faz o que peço, e eu só sigo para casa quando o brilho vermelho de suas lanternas traseiras some de vista.

No entanto, não ando. Depois da noite que tive, estou voando.

~

Alguns dias antes do início das aulas, acordo com o sino tocando, depois da meia-noite. Isso não é incomum; as pessoas esperam para vir à nossa casa quando têm certeza de que ninguém está olhando. Ouço minha mãe abrir a porta, depois vozes baixas flutuam para cima. Esfrego os olhos e pondero se devo me levantar agora ou esperar que ela grite por mim da escada. Isso também faz parte do acordo. Eu tenho que ajudar.

Esta noite, não estou a fim de ouvi-la gritar, então rolo da cama e visto um short. Meu cabelo está todo desgrenhado, apontando para todos os lados, mas acho que não preciso me arrumar para nossas visitas. Provavelmente eles querem que eu pareça o mais bruxa possível. Na metade da escada, consigo distinguir as palavras.

— ... Tem certeza? Sabem o que dizem dessa gente.

— Tem alguma ideia melhor? Quer falar com a mamãe? — Meus passos vacilam. Conheço aquela voz.

— Não posso contar para a mamãe.

— Por que não?

— Só não posso, Flo. Tá legal?

Me aperto contra a parede. Flo e Tris estão na minha casa. Vieram ver minha mãe. Precisam de nossa ajuda.

Minha mãe as conduz à sala de visitas, e desço a escada de mansinho, grudada nas sombras junto à parede.

— Antes de começarmos — diz mamãe —, quero ter certeza de que você pensou bem no assunto.

— Pensei, senhora. — Tris parece sem vida e imóvel como uma poça num pântano.

— Muito bem, então — prossegue minha mãe. Ouvi seu discurso dezenas de vezes. Conheço de cor. — Quanto tempo tem?

— Algumas semanas.

Conheço a cara que minha mãe está fazendo. Ela consegue ver através de você.

— Não minta, criança, ou não vou poder ajudá-la. Preciso saber a verdade.

Tris fica em silêncio por um minuto.

— Pelo menos dois meses.

— Tris! — Flo parece mais chorona do que pensei que pudesse ser.

— Achei que ia sair sozinho. Às vezes acontece.

Espio pelo canto a tempo de ver mamãe colocar a mão no braço de Tris.

— Isso nunca acontece quando se deseja. Muitas mulheres vêm aqui procurando ajuda para fazê-los pegar.

— O quê? — rebate Flo. — Não pode fazer uma magia de troca?

Os olhos de minha mãe resvalam para minha amiga, mas ela não diz nada, só a encara até que abaixe a cabeça.

Elas falam um pouco sobre dinheiro e sobre como tudo isso funciona enquanto procuro ao máximo me misturar entre as listras do papel de parede descascado. Sei de que ervas ela precisa. Vou pegar os vidros, minha mente disparando pelas opções. Será que elas suspeitariam de uma bruxa com um véu? Será que posso correr para o jardim e me esconder?

— Malena? — O som do meu nome despedaça todo o meu verão. Um vento gelado sopra pela casa. — Onde você está, menina?

— Já vou. — Minha voz parece emanar de outro lugar. Não sei de quem são as mãos que colocam os vidros num saco, de quem são os pés que me carregam para a sala. Não sei para quem Tris olha fixamente, com os olhos arregalados, enquanto pega o saco nas mãos trêmulas.

Mas sei quem Flo vê. Em seu olhar há cacos do verão, cortando fundo. Não é meramente raiva. É ódio. Minha garganta se escancara, meu peito desaba, minha respiração se transforma em tragos desesperados. Afogo-me em meu próprio sangue. Se ao menos eu tivesse passado mais tempo aprendendo a nadar neste verão, talvez conseguisse sobreviver. Mas agora é tarde demais para isso.

A qualquer segundo, ela vai gritar. Posso sentir o grito se formando dentro dela, como o ar antes de uma trovoada. Praticamente corro da sala, o maremoto de sangue em meus ouvidos o único som que escuto até que a porta se feche e a casa seja mais uma vez nossa. Encontro mamãe na sala, olhando o jardim pela janela. A treliça de rosas agora está nua, seus arcos espinhosos cravando-se no céu noturno.

— Amigas suas? — pergunta ela.

— Não. — Agora é a verdade.

Ela balança a cabeça.

— Eu tentei lhe dizer. Acha que não sei como é? Acha que eu nunca quis sair?

Para ser franca, não achava. Ela me teve aos 16 anos, só um pouco mais velha do que sou agora. Se quisesse sair, não deveria ter engravidado na adolescência. E, evidentemente, ela não precisava ter levado isso adiante.

Isso nunca acontece quando se deseja...

Engulo em seco, venço bolos e decepções.

— Ela está chateada porque menti para ela — digo, enrijecendo o queixo para não tremer. Faz sentido. Amigas não devem mentir. Este deve ter sido o meu erro. — Está zangada por que agora ela sabe.

Minha mãe se vira para mim e está com a mesma expressão com que costumava me olhar quando eu era pequena e caía das árvores.

— Ah, Malena. Ah, querida, não. Ela está zangada porque *você* sabe.

Morro de medo de que ela tenha razão.

Fico longe da piscina nos próximos dias, depois as aulas começam. Planejamos ir juntas, as meninas e eu. Cada detalhe: que roupa usaríamos e onde nos encontraríamos antes de entrar. Estou com a roupa toda separada — uma saia e uma blusa preta bonita, com mangas bufantes. Como uma fada. Só que agora não sei se as outras estarão lá.

Não estão, e espero por elas até quase me atrasar para a aula, tendo que correr cinco quadras para chegar antes que o sinal toque. Minha blusa murcha e gruda na minha pele com o calor de agosto, e a raíz de meus cabelos começa a frisar, apesar das poções da minha mãe. Depois de passar pelos detectores de metal e revistarem minha bolsa, não tenho tempo para encontrar o armário, então só corro para o auditório.

E é ali que as vejo — as três — em um círculo, como um buquê no meio da sala. Não há nenhuma cadeira por perto. Aceno para elas. Flo nem olha, Marie franze os lábios e Fawn finge que o quadro com o nome do professor é a coisa mais fascinante do mundo.

Depois da chamada, espero por elas junto da porta. Flo passa rapidamente por mim, Marie esbarra no meu ombro e reage como se não tivesse feito nada, e eu paro Fawn.

— Oi — digo, casualmente. — Onde vocês estavam esta manhã?

Fawn bate a ponta do pé no chão e olha para todos os lados, menos para mim.

— Flo nos contou que você mentiu quando disse que era nova. Você mora mesmo com as bruxas na Honeysuckle?

— Eu sou nova — insisto, embora as palavras estalem como agulhas de pinheiro na minha boca. — Este é meu primeiro dia na escola.

Fawn balança a cabeça, ainda olhando para o outro lado.

— Por que você mentiu?

Porque ela diz coisas como, *Você mora mesmo com as bruxas?*.

Fawn então se afasta em meio à correria louca de alunos que inunda os corredores. Me mantenho nas sombras, perto da parede, e me arrasto às cegas de uma sala de aula a outra.

Na hora do almoço, no pátio, os alunos se espremem em faixas estreitas de sombra sob os beirais ou se agrupam em volta dos troncos de carvalhos barbados de musgo. Reconheço alguns da festa, me aproximo dos arredores da conversa e acomodo meu almoço. Um olhar, um gesto de cabeça, e eles voltam a falar. Escuto, como fiz na piscina. Não sei onde moram ou o que seus pais fazem. Isso deve bastar para qualquer um.

Uma bolota de carvalho acerta minha têmpora, e deixo cair o sanduíche, aninhando a cabeça nas mãos.

— Ei! — De onde isso veio? — Pssst!

Os alunos mais perto de mim olham, curiosos.

— É verdade que você é uma bruxa? — Agora estou vendo. Alguns meninos, agachados em umas raízes nodosas, os sorrisos brilhando como crescentes lunares por baixo dos bonés. Um deles é Shaun, com quem dancei na festa. Shaun, que me avisou sobre as bruxas. Shaun, cuja mãe costuma procurar a minha.

Os garotos perto de mim me olham novamente. Pego meu sanduíche e dou outra mordida, mastigando lenta e deliberadamente, agindo como se tivessem perguntado a outra pessoa.

— Ela parece uma bruxa, toda de preto, com o cabelo espigado.

Minha mão quase voa à cabeça para alisar o cabelo, depois lembro que não estão falando de mim.

Outra bolota zune perto da minha orelha.

— Ei! Bruxa! Fala comigo.

Não sei o que a mãe de Shaun faz para viver. Não ligo. Por que isso importa?

A garota mais perto de mim faz uma careta.

— Qual é o problema deles?

Dou de ombros.

— Um bando de arruaceiros.

Então eu as vejo, as três — não, quatro. Flo, Fawn e Marie passam pelo gramado com uma quarta menina, e parece que todos os ventos sopram para ela. Todos no pátio olham, até aqueles meninos, esquecendo bolotas e bruxas. É uma garota nova — uma garota nova de verdade. Seu cabelo é comprido, exuberante e da cor de fios de ouro, e ela anda como se tivesse estudado para isso.

— Aquela é Rory LeBeau — cochicha a garota mais perto de mim para outra. — O pai dela é dono de todos os condomínios novos pela via expressa.

Então, às vezes isso importa. Importa que o pai de Rory LeBeau seja dono de metade da cidade e de todas aquelas casas novas lindas. Pergunto-me se foi assim que Flo a conheceu. As quatro se sentam separadas de todos os outros, arrumadas na grama como um buquê de flores do campo. Ninguém parou de olhar, e todos de repente se viram para elas. Uma parte de mim fica aliviada. Ninguém presta mais atenção em mim.

A linda risada de Rory LeBeau trina pelo pátio. Seu cabelo dança. Ela veste branco e rosa, e a sujeira não se atreve a grudar em suas calças. Aposto que ela tem cheiro de rosas.

Uma chuva de bolotas de carvalho acerta minhas pernas e minha comida.

— Ei! Garota bruxa!

Decido que o almoço acabou.

~

Rory é da minha turma de economia doméstica. Eles nos ensinam a passar calças a ferro e controlar saldos bancários, a preparar ovos cozidos e fazer orçamentos. Não sei quem chegou a essa altura da vida sem saber fazer ovos cozidos e não creio que um dia eu vá usar calças que precisem ser passadas a ferro. Cortamos cebolas com colheres na boca, mas isso não impede ninguém de chorar. Sou uma mixórdia de olhos vermelhos, mas, quando olho para Rory, gotas de água borbulham de suas pálpebras como uma linda e perfeita fonte.

— Oi, princesa — diz Shaun. Ele agora está sem boné, mas a linha da aba ainda marca seu cabelo. Ele se curva sobre a mesa e pega a metade da cebola que ela não cortou. — Olha só isso. — Shaun a morde e a tritura ruidosamente, sorrindo enquanto pedaços da cebola mastigada deslizam por entre seus dentes.

— Que nojo. — Mas Rory ri mesmo assim.

Há uma pilha de cebola cortada diante de mim. Picar não é uma habilidade que eu precise aprender. O truque da colher também é absurdo. O que funciona é acender vela de cera. Mantenha uma acesa perto de você enquanto estiver cortando e não vai chorar nunca, porque o fogo devora os vapores. Mas não nos deixam usar fósforos na escola.

Pelo visto, o uso seguro do fogo não faz parte da economia doméstica.

Shaun vem gingando até minha mesa. Olha nos meus olhos, curva-se e cospe uma massa imensa de polpa de cebola por cima de minha pilha arrumada de cebola picada. Aquilo escorrega sobre meu trabalho como molho em purê de batatas.

Há um coro de *eeeeeca* pela sala. Algo se enrosca em volta do meu coração e aperta até que chego a pensar que ele vai estourar.

— Tá fazendo o quê, bruxa? — pergunta ele enquanto minha visão se tolda. — Não sabe cortar uma cebola? — Ele se afasta da mesa, e está mais uma vez debruçado sobre seu trabalho quando a professora vem olhar.

Com a lateral da faca, raspo toda a sujeira para a lixeira e recomeço, desejando intensamente uma vela que cesse minhas lágrimas.

~

Fica ainda pior no dia seguinte. Flo, Fawn e Marie foram transferidas para outra sala pelo que o assistente da diretoria que deu a notícia ao professor chamou de "motivos pessoais" enquanto olhava diretamente para mim. As meninas do almoço, que toleraram minha presença na véspera, deram as costas quando me aproximei. Ouvi "bruxa" sendo cochichado pelos corredores. A notícia havia se espalhado.

Quando volto da educação física, descubro que alguém trocou meu almoço por um saco cheio de cocô de cachorro. Olho em volta e todos dão risadinhas idênticas. Nem dá para saber quem fez isso.

Ando pelos corredores de cabeça baixa e ouvidos atentos, e a única coisa que ouço com mais frequência do que a palavra com B é o nome da nova amiga de Flo. Depois da escola, vejo Rory entrando em um grande 4x4 branco com Flo, Fawn e Marie atrás dela.

— Ei, bruxa! — Um elástico estala em minha nuca. — Ei, bruxa!

Preciso de todo o meu controle para não cobrir o ponto com a mão. Eu não senti. Não aconteceu.

Em casa, olho meu guarda-roupa e separo cada blusa preta que tenho. Preto, não. Enfio tudo num saco de lixo e levo escada abaixo.

— O que vai fazer com isso? — pergunta minha mãe.

— São roupas velhas que não cabem mais. Vou jogar fora.

— Deixa eu ver. — Ela estende a mão para o saco, mas eu recuo. Ela semicerra os olhos. — Malena, você pediu para comprar roupas novas para você. Não as desperdice só porque não estão na moda na escola. — Ela tira o saco de mim e olha seu conteúdo. — São suas coisas novas.

— Não são, não. — Nem todas. Tenho roupas pretas velhas também.

Ela olha através de mim até que me encolho, depois carrega o saco.

No dia seguinte, para a escola, uso um vestido de verão violeta-claro e prendo meu cabelo no alto, bem-arrumado. Viro em frente ao espelho antes de sair, girando como fizemos na noite em que éramos fadas no estacionamento. Eu pareço outra flor no buquê.

A uma quadra da escola, vejo Pierce andando com amigos. Sua mochila é prateada, com lateral dura, e faísca sob o sol.

— Ei, garota nova! — Ele acena e sorri. A coisa enrolada em meu coração se afrouxa alguns centímetros.

— Oi, Pierce.

— Vestido bonito. — Ele corre para se juntar a mim na calçada. — E aí, para onde você fugiu na outra noite?

Reviro os olhos.

— Foram vocês que fugiram.

Ele passa os dedos na minha cintura, por cima das camadas de linho.

— Não é assim que eu lembro. O que vai fazer nesse fim de semana?

— Pierce, cara! — Alguém o chama antes que eu possa responder, e ele corre de volta aos amigos. Vejo que olham para o meu lado. Um dos meninos gesticula para mim e balança a cabeça, e Pierce sorri e dá de ombros. Não volta.

Eu o vejo novamente depois da aula, esperando perto da cerca, sua mochila prateada pendurada na ponta dos dedos.

— Oi — digo. Meus quadris rebolam um pouco, mas o vestido murchou depois de um dia de calor, então não faz diferença. Alguns meninos no almoço deram petelecos com o garfo na minha direção, respingando molho de salada e sementes de papoula no tecido. Mas Pierce parece não notar quando levanta a cabeça e me olha.

— Oi, e aí, Malena. O que tá rolando?

Paro ao lado dele na cerca.

— Nada de mais. Como você está?

— Bem. — Ele não diz mais nada.

Eu me recosto na cerca, como ele. Nossos ombros se tocam.

— Nunca vejo você na escola.

— É mesmo? — Ele me olha. — Eu vejo você.

Minha boca se abre, mas as palavras morrem nos meus lábios. Se ele me vê, por que está falando comigo?

— Não deveria deixar aquela galera te incomodar.

— Que galera? — Baixo os olhos para meus sapatos. Se ele me vê, por que não está falando com *eles*?

Pierce ri e passa o braço ao redor da minha cintura, puxando-me para ele. É um abraço e não é um abraço, tudo ao mesmo tempo.

— É isso aí. Eles não são ninguém. — Suas mãos deslizam para baixo, acompanhando a linha de minha calcinha por cima do vestido.

— E então, hmm — tento dizer, perguntando-me se deveria dizer alguma coisa sobre seus dedos. — O que você ia me dizer hoje de manhã? Sobre o fim de semana?

— Nada. — Sua voz fica baixa. Ele passa o nariz em minha orelha. Sua mão alcança a bainha da minha saia e a palma segura a parte de trás de minha coxa.

Não era isso que parecia que ele queria dizer antes.

— Você me perguntou o que eu ia fazer — pressionei.

— Ah, sim. — Ele dá de ombros com o braço livre. — Alguma festa chata. — Ele esfrega minha perna, mas não sobe mais.

Respiro fundo. Não quero que ele vá embora de novo.

— Porque, se você quer se divertir, posso ajudar.

Ele se ilumina e sua mão volta a subir.

— É? Uau, você é mesmo cheia de surpresas.

Sorrio, apesar das sementes de papoula e das manchas. Meu coração está disparado quando seus dedos encontram de novo minha calcinha.

— O que você tem?

Fazemos planos. Ele não para de me tocar o tempo todo.

~

Minha mãe está dormindo quando entro de mansinho em seu armário de suprimentos. Ela tem cogumelos, cápsulas, tinturas e cigarros de palha. Pego um pouco de cada coisa, coloco numa sacola e a escondo em uma sebe da cerca da escola. A sacola some à tarde, e quando vejo Pierce indo a pé para casa, ele dá uma piscadela para mim e acena, mas não se aproxima.

~

Está escuro na piscina e estou com uma saia curta que torna muito difícil pular a cerca, então só fico do lado de fora e espero por Pierce. E espero. E espero. Os grilos estão gritando esta noite, seu canto em um coro de *você-devia-sabeeeeer*. Quando ele por fim aparece, tem cheiro de suor, cerveja e fumaça de tabaco, e o preto em seus olhos engoliu todo o resto.

Não consigo evitar a acusação em minha voz.

— Você já foi à festa.

— Estava tão chata, Malena. — Ele pega uma chave e destranca o portão enquanto me levanto. — Te livrei dessa.

— Eu queria ir. — Eu queria ir de braços dados com Pierce e me sentir como na primeira vez, naquela primeira festa, onde o mundo todo se abria diante de mim como um piquenique.

— E ficar com aqueles manés? — Ele puxa o ar pelos dentes. — Fala sério. Uma casa grande e idiota, ainda com cheiro de tinta. Uma piscina idiota. Você quer uma piscina? Podemos nadar agora mesmo. Não tem ninguém aqui, só nós.

Cruzo os braços. A coisa em volta do meu coração aperta novamente, e agora sei o que é. É uma serpente, espremendo a vida de mim, da mesma forma como esmagou o coração da minha mãe quando tinha minha idade.

— Não vou nadar com um salva-vidas chapado.

— E o que você *vai fazer* com ele? — Ele ergue as sobrancelhas para mim e se joga em uma espreguiçadeira de plástico. — Vem cá, linda. — Ele me puxa para seu lado e passa as mãos em minhas costas. — Nenhuma garota na festa era mais gostosa do que você.

Nossas bocas se encontram para um beijo molhado, Pierce me puxa para cima dele e, de repente, está tudo bem. Todas aquelas pessoas da escola não são nada. O que importa é Pierce, e ele ainda gosta de mim. Ele veio me procurar. Deixou uma festa cheia daquela gente e veio atrás de mim. Engole essa, Flo, Fawn, Marie, Shaun e todos os outros que me atormentaram na escola. Pierce gosta de mim e Pierce é melhor do que todo mundo.

A serpente em meu íntimo se solta e sai deslizando, e só ficamos eu, Pierce e o som da água batendo no concreto. Estou montada nele, meus joelhos escavando as ripas da cadeira, e ele esfrega os quadris nos meus enquanto solta meu arremedo de sutiã. Está acontecendo. Agora. Esta noite.

— Você tomou alguma coisa enquanto esperava por mim? — Suas mãos migram para o sul.

— Não.

— Não parece justo. — Seus dedos separam meus lábios e um comprimido bate em meus dentes. Cuspo-o na palma da mão.

— Esse não é dos meus. — É cor de lavanda à luz da lua.

— Não. Achei que ia gostar de um presente também. Você vai adorar.

Coloco o comprimido no bolso.

— Não quero. Quero prestar atenção nisto. — É melhor assim. Certo. É metade do meu antigo mundo, com grama, o ar noturno e grilos, e metade do novo, com Pierce, o hálito de cerveja e o cheiro de cloro. Me inclino para cima dele de novo.

Pierce não protesta e dorme antes de chegarmos à metade. Não sei o que fazer. Ele tem razão, sou uma novata. Ajeito sua calça, puxo outra espreguiçadeira para perto e me enrosco ao lado dele ouvindo o coro de grilos, que parecem todos gritar seu nome. É assim que adormeço e, quando acordo, a noite assumiu um tom de roxo-claro como um hematoma e Pierce se foi.

Tenho que pular a cerca sozinha.

Minha mãe está mexendo no jardim quando passo pelos arcos ao subir a calçada. Ela canta para as flores uma música que não é bem em inglês, mas em uma língua que eu já compreendia muito antes de saber falar.

— É melhor trocar de roupa antes de vir aqui me ajudar.

Fiquei a noite toda fora, quero dizer. *Você não se importa?*

Mas ela não se importa. Ela só quer que eu a ajude com o mato e a colheita. Foi esse nosso acordo. E fui eu que o propus.

Tiro a saia e a blusa, mas não tomo banho. Quero ficar com o cheiro de Pierce o máximo possível.

Minha mãe já começou uma nova fila quando me junto a ela. Trabalhamos em silêncio por um tempo.

— Tem cenoura silvestre no armário — diz por fim.

Meus dedos ainda seguram os caules, e quase pulo nos braços dela. Sei o que faz a semente de cenoura silvestre e como ajuda meninas que tiveram noites como a minha. Fui uma tola por pensar que ela não se importava. As bruxas sabem de tudo e amam com um amor que parece outra coisa.

— Obrigada. — É só o que consigo dizer.

— Tenha cuidado, criança.

— Terei.

— Se você quer essa história de escola, não se meta em problemas, como eu me meti. — Levanto os olhos, mas ela está novamente curvada sobre as plantas, cantarolando aquela música. Imito seu gesto e canto junto, em harmonia, adulando cada semente que queremos que germine e arrancando o resto.

Pierce espera por mim na frente da escola na manhã de segunda-feira.

— Ei, desculpe por ter saído. — Ele dá de ombros. — Minha mãe ia pirar se eu não estivesse em casa ao amanhecer.

— Não, está tudo bem. — Embora ele tenha se metido em muito mais problemas no início da noite do que depois. O amor útil da minha mãe funciona melhor do que todos os surtos da mãe de Pierce. Começo a andar ao lado dele. É nesta parte em que ele se oferece para carregar meus livros?

— Você *é* legal. — Ele esbarra em meu ombro, depois segue em frente, e continuo sozinha, sorrindo, mesmo a contragosto. *Eu sou legal eu sou legal eu sou legal.*

Dentro da escola, passo por um grupo de alunos que estão falando da festa, que foi em uma das casas grandes no novo condomínio. De acordo com eles, a polícia deu uma batida e encerrou tudo cedo. Então foi bom que Pierce tenha ido embora. Eu não queria que a polícia o pegasse com suas iguarias.

— E aí, bruxa. — Eu me encolho, mas Shaun me persegue de qualquer maneira. — Oi, bruxa. Estou falando com você. Olhe para mim. Qual é o seu problema, sua puta metida à besta?

Essa é nova. Como posso ser as duas coisas? Passo por ele e vou para o meu armário, mas Shaun não desiste.

— Ouvi dizer que você gosta de se divertir, bruxa — diz ele, curvando-se para mim quando alcanço o armário. Eu me abaixo com cuidado, tornando meu corpo o menor possível, e abro a porta. Ele inclina o corpo e encosta na porta. Não consigo fechá-la, e não posso me mexer até que ele saia.

— É verdade?

Balanço um pouquinho a cabeça, negando.

— Você gosta, sim — retruca ele. — Todo mundo sabe onde Pierce conseguiu aquelas coisas semana passada. Você gosta de diversão? Por que não se diverte comigo?

— Vá embora — sussurro.

— Que isso — insiste ele, curvando-se mais de modo que, se eu quiser sair, praticamente teria que subir no meu armário. — Me dê alguma coisinha. Eu posso te retribuir com outra coisinha. — Ele segura a virilha e enfia os quadris na minha cara. — Soube que você gosta disso também.

A serpente desliza de volta, enrolando-se em faixas apertadas no meu peito a ponto de eu não conseguir respirar. Olho as sombras dentro de meu armário. Ele não está ali. Ele não está ali. De algum lugar muito, muito distante, ouço o sino.

Então estou sozinha no corredor, onde minha esperança pode escapar pelas rachaduras do piso.

Agora, novas palavras se uniram aos sussurros que me assombram pelos corredores da escola. Ouço-os no vestiário de educação física, no pátio na hora do almoço, zunindo como elásticos pela sala de aula sempre que os professores dão as costas.

Saio da escola às pressas e corro até encontrar uma mochila prateada cintilando no sol.

— Ei! — Atiro-me para ele na calçada, onde todo mundo pode ver. — O que você andou falando sobre mim?

Pierce se vira de olhos arregalados.

— Nada.

— Você tinha que ouvir as pessoas. — Minha voz está aguda e assustada. A qualquer minuto vou soluçar. Não consigo respirar; a serpente é forte. — Estão me chamando de puta. Disseram que dormi com dez caras na semana passada.

— Meu Deus. — Ele se retrai. — É verdade?

Minha mão se mexe sozinha, ferroando sua cara como a cauda de um escorpião.

— Como você se atreve!

Ele me segura pelos ombros e me empurra para o meio dos arbustos.

— Malena, calma.

Se ele acredita numa mentira dessas — nada mais pode ser calmo, nunca mais. Sinto a serpente arrancando cada última gota de mim, sibilando, triunfante. Não existe chama aqui para devorar minhas lágrimas. Sombras mosqueiam o chão, e os espinhos da sebe se prendem em meu cabelo e espetam meus braços. Estamos protegidos do sol e não consigo inspirar o suficiente para falar.

Depois de um minuto, Pierce fala mais uma vez:

— Eu não disse nada. Quem está falando?

Arrisco um olhar para seu rosto, com a marca da minha mão, vermelha e surpreendentemente pequena.

— Um cara. Shaun.

— Eu nem conheço nenhum Shaun. — Ele balança a cabeça. — Isso não tem nada a ver comigo.

— Mas...

Ele parece tão perdido que eu esqueço o que ia dizer.

— Não acredito que você me bateu.

— Desculpe.

— Pensei que você fosse legal — diz ele, desnorteado.

— Eu sou — insisto. Imploro.

— Não gosto de garotas que ficam de drama.

Baixo os olhos de novo.

— Desculpe. Eu... — Procuro por alguma ideia. Qualquer coisa que dê sentido ao dia de hoje. Que explique como pude ir de beijar Pierce a bater nele. — Talvez tenha sido aquela festa, antes das aulas começarem. As pessoas viram a gente ficando. — Flo e as outras sabiam sobre aquilo tudo.

Ele me observa.

— É. As pessoas inventam muitas coisas.

Mais drama. Não posso deixar que a raiva de Flo estrague a única coisa boa que me restou. Estendo a mão para o seu rosto, e ele se retrai.

— Pierce, mil desculpas. Eu deveria ter percebido...

Ele tenta sair, mas aqui, nos arbustos, somos só nós dois.

— Acho que isso significa que precisamos ser mais reservados com o que fazemos — sugiro.

Ele se retrai sob o meu toque e olha para o céu como se não quisesse estar ali. Eu não posso estragar isso também.

— Por favor, Pierce. — Agarro-me a sua camisa, esfrego meu peito contra o dele até que ele me olhe. — Me deixe compensar isso para você.

Ele é a única coisa que faz a serpente se afrouxar.

Quando abro meu armário na manhã seguinte, chove um enxame de mariposas mortas, secas, de asas esfarrapadas e corpos quebradiços, como uma praga divina. Grito e dou um pulo para trás, batendo infrutiferamente em meu cabelo e nas roupas enquanto suas patas pegajosas e carapaças queimadas estalam e deslizam pela minha pele. Alguém esvaziou a luminária da varanda no meu armário.

— Juntando ingredientes para suas poções? — A voz atrás de mim é familiar demais. Viro e vejo Flo me olhando com superioridade. A mão de Marie cobre a boca e seus ombros se sacodem de tanto rir. Fawn limita-se a olhar, seus livros erguidos como um escudo à frente do peito.

— Foi você que fez isso? — grito, sem ar, enquanto o aperto da serpente aumenta. Tenho mariposas nas mãos e tento jogá-las em Flo, mas elas não a alcançam. Pedaços de asas quebradas e poeira cinzenta flutuam entre nós, e ela faz uma careta de nojo.

— Eca, não. Isso é coisa do demônio. Não lido com ele, é você quem faz isso.

— Mentirosa! — sibilo para ela. Ou talvez seja a serpente. Não sei mais.

Seus olhos estão duros como pedra.

— Cala sua boca, bruxa. — Ela empurra meu ombro com a palma da mão, e caio para trás no armário. — Volte para o buraco de onde veio. — Ela me empurra de novo, e sinto a porta de metal machucando minhas omoplatas. — Está me ouvindo?

Teria sido fácil gritar seus segredos, ser o monstro que ela pensa que sou. É disso que ela tem medo, não? Por isso me detesta. Mas não faria nenhuma diferença. Não faria isto parar.

Olho em seus olhos e mal os reconheço. Mas outras coisas são mais familiares.

— Seu cabelo está muito bonito hoje, Flo.

Ela cospe na minha cara. Eu nem mesmo pisco, mas levanto o dedo e toco o cuspe, raspando-o para a palma da mão.

— Vou guardar isso, sabia? Colocarei na sua bonequinha vodu.

— Malena! — exclama Fawn, quase chocada.

— Não se preocupe — diz Flo. — Ela é só garganta. — Mas não sou nem mesmo isso.

E lá vão elas, pelo corredor. Queria poder fazer uma boneca de vodu. Eu enrolaria Flo em pele de cobra e apertaria seu coração.

~

Vou à escola todo dia sob uma chuva de cochichos que nunca passa. Aprendo a amar o silêncio do jardim de nossa casa. As ervas não pensam que sou uma bruxa, as flores nunca cospem na minha comida. Deve ter sido isso que aconteceu com minha mãe. Um saco de lixo com roupas pretas aparece em meu quarto. Minha mãe as guardou para mim, e agora eu as uso como uma armadura. O preto esconde melhor as manchas, de qualquer modo.

A única coisa boa na escola é Pierce. Ele deixa bilhetes em meu armário; eu coloco pacotes com agrados na sua mochila. Nos dias em que ele não tem treino de natação ou sessões de estudo, nos encontramos em lugares escondidos — salas de aula vazias, embaixo das arquibancadas, nos arbustos depois da cerca. Eu só queria que tivéssemos mais tempo. Nem minha mãe e sua sabedoria antiga me deixam tão ocupada quanto ele com seus compromissos. Seus beijos me fazem flutuar pela aula de educação física, onde escondo minhas roupas para que não sejam destruídas no vestiário. Seus carinhos me mantêm respirando pelo almoço, onde me escondo para não me submeter aos olhares. Odeio Flo pelas coisas que ela faz e Fawn e Marie pelas coisas que não fazem, mas elas me levaram a Pierce, então tudo bem.

Em economia doméstica, praticamos costurar botões. Considerando o que pensam ser adequado ensinar para adolescentes nesta matéria, tenho todo um novo apreço pelo que a mamãe me ensina em casa. Posso fazer uma blusa inteira no tempo que eles levam para pregar seus pequenos discos de plástico.

Rory pode saber andar, vestir-se e dar festas elegantes, mas é péssima na costura. Parece um macaco enfiando um graveto num buraco de cupim, pelo modo como apunhala o botão com a agulha e a linha. Eu a olho com um fascínio amargo. Isto vai acabar mal.

A agulha escorrega em seus dedos e ela grita. O vermelho borbulha e mancha o tecido em suas mãos.

A professora olha.

— Fique aí, Srta. LeBeau, vou chamar a enfermeira. — A lei diz que os professores não podem nos tocar, só devem apertar o botão do interfone para chamar a equipe de primeiros socorros. Rory geme e mantém o dedo afastado.

Eu não sabia que uma agulha podia machucar tanto. Parece que ela abriu o polegar.

— Pelo menos faça pressão — diz minha boca, o que é estranho, porque quase nunca falo.

— Cala a boca, bruxa. — De novo Shaun.

A professora cruza as mãos à frente do corpo para não estendê-las. Isso é loucura. Vamos ficar sentados aqui, vendo Rory sangrar?

Rory me olha com a cara contorcida pela dor.

— Feche a mão em punho. Aperte — falo.

Rory olha o sangue. Seu rosto empalidece, e ela cai da banqueta como uma pedra.

— Veja o que você fez! — vocifera a professora para mim. Suspira e aperta de novo o interfone. — A aluna agora desmaiou.

Todos na escola falam da ambulância, embora Rory tenha voltado a si muito antes de o carro aparecer. Ela está com um Band-Aid no polegar e um saco de gelo na cabeça, mas a levaram ao hospital mesmo assim. Também é a lei.

Em casa, ajudo minha mãe a preparar elixir de sabugueiro, porque está chegando a temporada de gripe. Ralo gengibre e esfarelo milefólio, e penso que qualquer lei que diga que devemos deixar uma menina prostrada naquele chão sujo de linóleo vai contra a natureza. Então praticamente caio da cadeira, porque é exatamente o tipo de coisa que minha mãe diria.

No dia seguinte, todos na escola mantêm distância como a relva ao redor de uma acácia, com medo dos monstros à espreita sob a cortiça. Quando entro no banheiro, as outras meninas fogem.

Ouço cochichos quando elas correm dali:

— ... disse a ela para fechar a mão, e foi quando ela desmaiou. Tipo magia.

Reviro os olhos e bato a porta de um reservado. Eu só disse para ela fazer pressão. Estremeço ao pensar no que Shaun está falando.

Estou lavando as mãos quando Rory entra. Ela se aproxima e para na pia ao lado.

— Oi — diz ela para meu reflexo. Nem mesmo olha diretamente para mim.

Fecho a torneira.

— Eu me sinto uma idiota. Todo mundo está fazendo tanto estardalhaço.

Viro e pego uma toalha no dispenser. Quando todos estão com vontade de fazer estardalhaço, é fácil se permitir ser a causa.

— Desmaiar só de ver sangue — continua ela, dando de ombros para si mesma no espelho. — De qualquer forma, estou dizendo a todo mundo que você não teve nada a ver com aquilo.

Jogo o papel na lixeira e me viro de frente para ela.

— Suas amigas gostam de ouvir isso?

— Ah! — exclama ela suavemente. — Elas... Elas são meio supersticiosas, né?

Encaro-a. A verdadeira Rory. Ela é tão bonita; tem o tipo de beleza que não se encontra por aqui. Ela se retrai sob meu olhar penetrante. É uma arma que eu não sabia que tinha.

— Não — digo por fim. — Elas só são horríveis. Aposto que eu as conheço melhor do que você. — Bem como minha mãe teria dito.

— De qualquer forma — diz Rory. — Só queria agradecer. Por tentar. Foi mais do que qualquer um naquela sala fez. — Ela checa a maquiagem no espelho. — Meu namorado está sempre dizendo que você não tem nada a ver com o que dizem. Fico feliz de saber que é verdade.

Minha pele se arrepia com as antenas de centenas de baratas querendo sair do miolo escuro e podre daquelas palavras.

— Seu namorado?

Ela sorri sonhadoramente ao próprio reflexo.

— É. Ele é do último ano. Você não deve conhecê-lo.

Balanço a cabeça. Não, claramente não o conheço nem um pouco.

— Mas ele me conhece.

Ela dá de ombros.

— Ele diz que sim. Pierce Wakely?

Você conhece Pierce. Ele sempre gosta das garotas novas...

A serpente dentro de mim aperta e aperta, até que não resta nada de Malena.

Depois que sei o que procurar, é fácil ver o que me passou despercebido. Estive me escondendo durante o almoço para evitar Flo, Fawn e Marie. Mas agora, quando olho o pátio, vejo que Pierce fica com elas, com Rory no colo. Pensei que ele estivesse em sessões de estudo, no entanto, quando espero depois da aula, eu o vejo entrando no grande 4x4 branco de Rory. Não sei a que festas ele vai nos fins de semana, mas devem ser na casa dela. Em seu grande palácio, bonito e exuberante, com piscinas, jardins bem cuidados e confortáveis camas de baldaquino.

Sei de tudo isso porque passei a ouvir as conversas de Rory na aula de economia doméstica. Eu podia ter percebido há muito tempo, se tivesse aberto os olhos à sua tagarelice incessante. Não é como se eu precisasse prestar atenção ao tempo que uma panela de água leva para ferver. Ela fala de nadar com as amigas Flo, Fawn e Marie. Odeio todas elas. Ela fala de jantares com o namorado, Pierce. Odeio os dois. Ela fala da linda festa de 16 anos que o pai vai dar, sobre como tudo será azul, rosa e dourado, e que haverá um vestido, uma banda, centenas de presentes e milhares de balões. Os outros alunos olham para ela, boquiabertos. Minha boca se escancara também. Se eu deslocasse a mandíbula, poderia engoli-la inteira.

Eu a odeio. Odeio Rory LeBleu, a garota nova que é tudo que não sou e tem tudo que não tenho. Eu me esforcei tanto. Fiz tudo que eles pediram — Flo, Fawn e Marie... e Pierce. Fui a amiga que elas queriam, a garota que ele queria. Mas eles me odeiam, e amam esta *coisa* dourada e brilhosa.

Ela é tão idiota que nem mesmo vê os animais que eles são. Ela é tão ingênua que não sabe o que Pierce realmente quer.

É, eu ouvi tudo isso também. Todo mundo ouviu. Rory tem grandes planos para ela e Pierce em sua linda festa de 16 anos. É assim que fico sabendo de sua linda cama de baldaquino idiota, com almofadas de coração cor-de-rosa e renda.

Sou eu quem sabe o que Pierce quer. Sou eu quem conhece o gosto de sua pele e o som de seus suspiros. E, se ele me quer, o que pode ver nela? Não faz sentido.

Quando Pierce deixa o próximo bilhete no meu armário, eu ignoro. Passo pela piscina comunitária e não olho por cima da cerca. Não deixo sacos com agrados sob a sebe, puxo para cima o capuz de meu moletom preto e entro e saio às pressas da escola com minha visão periférica coberta feito um cavalo de corrida.

Agora sei por que minha mãe se esconde em seu jardim. Não somos bruxas de verdade. Não conseguimos voar por cima das multidões desdenhosas, nem andar invisíveis por entre seus risos de escárnio. Nossa magia tem força suficiente para nos tornar odiadas, mas é fraca demais para fazer com que nos temam.

Mas eu não vou usar magia, porque não sou uma bruxa.

Economia doméstica é uma chatice, e a professora não se importa. Ela só está ali para ter certeza de que não vamos cortar, queimar ou matar ninguém. Rory passa o tempo planejando a festa, e eu passo o tempo planejando a vingança.

Na noite da festa de 16 anos de Rory, vou para a varanda e olho o jardim. É uma noite de lua nova, que segundo a sabedoria da mamãe é um tempo de colocar novos planos em ação. Também é tempo de plantar sementes de batata.

Deixarei minha mãe cuidar das batatas.

As rosas estão a poucos dias de brotar, seus botões apertados parecendo espinhos mais gordos em meio aos arcos nodosos. Este é um segredo que ninguém conhece — os espinhos de rosa estão mais afiados quando as flores brotam, porque é quando eles têm algo a proteger. Se eu estender minha mão agora, ela voltará ensanguentada.

Estou com um vestido preto e longo. Devo aceitar o papel, é claro. O papel de convidada adolescente da festa. O papel da mulher desprezada. Tenho um presente, mas não está embrulhado. Ouvi dizer que traz má sorte repassar presentes, e espero que seja verdade. Espero que Rory tenha uma sorte terrível esta noite. Espero que sua linda festa de 16 anos seja terrível.

Carrego uma bolsinha cintilante e felpuda de plumas, e nela estão meus brindes. Meu presente a Rory, minhas lembrancinhas aos outros. Esta será uma festa que ninguém jamais esquecerá.

A casa dela fica do outro lado da cidade e não tenho carro, então calço sapatos sem salto e começo minha caminhada. Eu devia tirar uma foto ali na rua — a bruxa com seu vestido preto e comprido, uma sombra na noite. Só preciso de uma vassoura e um corvo, e a ilusão será completa.

Não há dúvida de que casa no condomínio pertence a Rory. É imensa e iluminada como uma cidade. As paredes brancas dançam com clarões cor-de-rosa, as sebes esféricas tremem com a batida da música. O lugar está apinhado de alunos de várias escolas e adultos de toda a cidade. Todo mundo que sabe o que importa veio à festa da menina LeBeau.

Não fui convidada porque não faço diferença. Ninguém liga para o que foi destruído a fim de que chegassem até aqui.

Eu me esgueiro pela multidão. Taças de cristal ressoam e pessoas riem, mas nada disso é para mim. Ajeito o vestido, que é justo e brilhante, sabendo que estou bonita, mas os olhos delas passam direto por mim. Elas não nos percebem até precisarem de nós, e aí nos odeiam quando isso acontece.

Minha mão agarra a bolsa que guarda meus presentes. Subo uma escadaria larga até um hall branco e dourado. Ali a multidão é mais jovem, da minha idade, e sei que estou no caminho certo.

Há portas duplas bem no fim do hall, e as pessoas se reúnem do lado de fora. Ela se abre e Fawn sai. Está com um vestido de festa verde e seu cabelo é uma escultura na cabeça.

— Vou pegar champanhe — grita ela lá para dentro e passa em disparada pela multidão, deixando as portas entreabertas.

Dou uma espiada lá dentro. Vejo a cama de baldaquino e a lareira, iluminada com velas. Ali, na frente de um espelho alto e dourado, está Rory, numa roupa branca de baile que parece um vestido de noiva. Flo e Marie voejam em volta dela, ajustando aqui, enroscando ali, arrulhando para ela como se fosse uma princesa.

— Acham que ele vai gostar? — pergunta Rory, de olhos arregalados e temerosos no espelho.

— Ele vai gostar de você — repreende Flo, puxando para cima as mangas vermelhas de seu vestido. — Pare de se preocupar.

Houve um tempo em que eu pensei que podia ficar com elas, nos arrumando juntas, rindo, bebendo, todas produzidas. Mas isso não seria apenas outra vida. Seria outra história da raça humana, um mundo diferente, onde as leis do universo não são as que conhecemos.

— A festa está boa, não é? — pergunta Rory a Marie, que está toda de azul.

— A melhor! — exclama Marie. — Parece um conto de fadas. Tudo aqui está perfeito.

Era uma vez em que dançamos como fadas sob a lua. Mas agora essa estação acabou. É isto o que nós somos.

Rory está tirando todo o batom cor-de-rosa ao morder os lábios cheios.

— Estou tão nervosa. Cadê a Fawn com aquelas bebidas?

Ela está nervosa, é? Posso ajudar nisso. Vou acalmar seus nervos para dormir... E apagar todo o resto também.

— Malena? — A voz surge atrás de mim. — O que está fazendo aqui?

Viro o corpo e vejo Fawn, parada com uma bandeja de taças cheias de espumante dourado. Ela me olha, enojada, como se eu fosse uma coisa que se varre de um canteiro de flores.

— Fawn. — Engulo em seco. Foi para isso que vim aqui. Não posso falhar quando estou tão perto. — Soube que tinha uma festa...

— E entrou de penetra? — Ela baixa a bandeja na mesa do hall. — Sabe o que Flo faria se visse você?

— A festa não é de Flo, pelo que eu soube — respondo. As pessoas ao redor recuaram. Agora elas me notam e não gostam do que veem. Minha pele parece feita de escamas, bloqueando seus olhares. Não há nada que possa me ferir neste momento.

— Não foi o que eu quis dizer, e você sabe disso.

Com uma torção sinuosa do pulso, abro a bolsa. Não haverá oportunidade melhor. Posso pegar todos eles de uma vez.

— Rory não te convidou...

— Não depois do que vocês disseram a ela, não — digo e gesticulo para o quarto atrás de mim. Fawn olha a porta, porém rápido demais para o meu gosto. — Só que ela me contou o que vocês dizem. O que vocês dizem de mim.

— *Todo mundo* diz essas coisas. — Fawn cruza as mãos no peito. — E você sabe que é verdade. Até o verão passado, você estava...

— O quê? — pressiono.

Ela baixa a voz.

— Você estava *mentindo*. E, na festa, depois de dançar com vários meninos, você desapareceu para fazer Deus sabe o quê... Achei que te conhecia, Malena, mas era tudo um truque.

— Um truque de magia — repito, minha voz oca como pele de cobra.

— Não acredito nessas coisas. E, se você está com raiva, não deveria ter raiva de mim. Nunca fiz nada para você.

— E quem está mentindo agora? Sempre que você passa por mim como se eu não estivesse ali ou não faz nada enquanto os outros me atacam, você faz alguma coisa.

— Não é verdade! — rebate ela. — Eu sou *legal*. É por isso que tenho amigos. Você deveria tentar.

Eu tentei. Agora estou tentando outra coisa.

— Ninguém aqui é legal — digo, me curvando para a frente. — Eu, muito menos. Olhe lá, Fawn. Olhe aquelas meninas. Você faz coisas para elas, como eu fiz. E quando elas encontraram algo de que gostavam mais, me rejeitaram. Elas vão rejeitar você também.

Minhas palavras se torcem em volta dela, e Fawn se encolhe sob a verdade nelas, mas não há como escapar. Ela observa o quarto de Rory, o grupo de meninas dando gritinhos e se preparando para a festa enquanto mandam Fawn pegar as bebidas. Foi por este momento que estive esperando.

Na minha bolsa há cinco comprimidos. Guardei aquele que Pierce me deu na piscina. Não é um dos da minha mãe, mas sei o que faz. Dizem que deixa você louco, porém, na realidade, o faz esquecer. Eu o triturei em meu pequeno pilão e acrescentei um pouco de minhas próprias misturas, preparando cinco presentes para os meus cinco piores inimigos.

Eles vão dormir por todo esse tempo. Não haverá noite especial para Rory, nem outra conquista para Pierce. Não haverá festa pródiga para minhas ex-amigas. Nada disso é bruxaria. É justiça.

Coloco um por um nas quatro taças da bandeja de Fawn. Ela se volta para mim, de olhos arregalados e lacrimosos.

— Você é venenosa, Malena. Como se atreve a dizer isso das minhas amigas?

Dou de ombros enquanto os comprimidos borbulham até desaparecer. Coloquei açúcar também, para disfarçar o sabor. Minha mãe me ensinou bem a ter sabedoria, e eu sou muito, muito sábia.

— Foi só um conselho.

— Tenho um conselho para você — diz ela, e pega a bandeja. — Saia daqui antes que eu mande a segurança expulsá-la. — Ela vira o corpo e anda com passos pesados para o quarto. Olho a porta por mais um instante. Finjo que posso ouvi-las brindando e bebendo. Imagino-as caindo no sono onde estão, quatro trouxinhas de tafetá, seda e renda — amassadas como pétalas sob os meus pés.

Em seguida, Pierce.

Procuro um bom tempo por ele. Tem que estar aqui. Sua família não é rica como as outras na festa, mas ele é namorado de Rory. Ele tem que estar aqui.

Por fim, eu o localizo parado no alto da escada, parecendo estranhamente deslocado. Trocou as camisetas por um smoking mal cortado e está inflexivelmente posicionado ao lado da balaustrada, como se isto fosse fazê-lo parecer o príncipe que ele pensa que é.

— Malena? — Ele estica ainda mais a coluna. — Não pensei que você fosse vir.

Olho em seus olhos. Claros e firmes. Nenhum sinal de entorpecentes esta noite. Imagino que seu suprimento tenha se esgotado quando eu desapareci.

— Tenho certeza de que não.

— Como está? Não vejo você há um tempão.

— Não, você não vê.

Ele pisca para mim, duas vezes, como se eu fosse uma miragem cuja aparição não se cristaliza em realidade.

— Malena... Está com raiva de mim?

— Por que eu ficaria com raiva de você, Pierce? Porque você namorava Rory pelas minhas costas durante todo o tempo em que a gente ficou junto?

Ele hesita.

— Eu e você... A gente nunca disse que...

— Não, não disse. — É menos uma conversa e mais um cântico. — Nós nunca dissemos o que estávamos fazendo. O que torna muito mais fácil para mim dormir com todos aqueles garotos, como a escola toda pensa.

Pierce franze a testa.

— Isso é verdade, Malena? — Ele me olha fixamente, e então percebo que não está perguntando por curiosidade. Está pedindo confirmação. Acredita naquelas mentiras nojentas. Sempre acreditou. É acreditar nelas que o permite pensar que não tem problema fazer o que fez comigo em particular e me ignorar em público. Ele nunca faria isso com Rory. A perfeita e pura Rory, toda de branco.

Balanço a cabeça lentamente.

— Não, Pierce. Foi sempre só você.

Só ele me mantinha coesa quando o resto do mundo tentava me dilacerar. Pensei que nos escondíamos para proteger minha reputação, mas era minha reputação que permitia que ele se escondesse.

— Soube que você e Rory têm planos especiais para esta noite. — A bile sobe junto com as palavras. Foi nisto que me transformei: uma garota que estraga as noites especiais das outras porque a dela foi uma grande mentira.

— Malena — pede ele, e há medo em seus olhos. — Não faça nada esquisito...

Dou uma risada que mais parece um silvo.

— O que quer dizer? Só estou aqui para me divertir. Olha, até trouxe um presente para você. — Estendo o último comprimido.

Ele o examina, depois balança a cabeça.

— Obrigado. É só que... É uma noite importante, sabe como é. Quero prestar atenção nela.

Eu nem sei se ele está ouvindo o que diz. Tenho quase certeza de que não lembra que eu disse isso primeiro. Eu nem sei se ele se lembra daquela noite. Da *nossa* primeira noite. Minha primeira...

— Quer dizer... — Ele dá de ombros e olha em volta, o leve balançar do lustre e o fulgor do que deviam ser mais de mil balões. — Olhe este lugar. Né?

— Que bom que você gosta — sussurro. — Rory estava com medo de que você não fosse gostar. — Como eu, Rory acha que ele se importa. Eu a odiava como se ela estivesse tirando Pierce de mim, mas ele nunca foi meu, e a verdade é que também não é dela. Rory também fez acordos com todos eles, só que os dela são feitos à base de roupas de grife, caronas em carrões e festas elegantes. E ela nem mesmo sabe disso.

— Você entende, não é? — pergunta ele com seriedade. — Entende por que tem que ser assim?

Eu entendo. Entendo muito melhor do que Pierce como é querer uma vida que não pertence a você. Fawn também tem razão. Estive vivendo uma mentira. Minha pele parece prestes a explodir. Mas não há borboleta dentro de meu casulo, tampouco há uma serpente.

A coisa dentro de mim é uma bruxa.

Lanço as mãos para a frente, minha fúria como raios saindo em arco da ponta dos dedos, acertando o peito dele. Por um segundo, seus braços giram no espaço, depois ele sai voando, tombando em solavancos espasmódicos pela escada até o andar de baixo.

Gritos e reclamações enchem o ar, mas não me importo. Dou meia-volta e retorno ao quarto de Rory. Talvez não seja tarde demais. Posso fazê-la vomitar. Ela não precisa perder sua festa, e eu ainda posso salvá-la de cometer um enorme erro com Pierce.

Alguém para na minha frente. Mãos seguram meus braços com força.

— Por aqui, senhorita. Nada de perturbações esta noite.

— Espere — digo. — Você não entende...

Os seguranças me empurram, passando por Pierce. Está sentado no primeiro degrau, esfregando a cabeça, irritado.

— Parem! Preciso falar com Rory...

Eles não me expulsam da casa simplesmente. Me fazem sentar em um carrinho de golfe e me levam até os limites do condomínio. O portão se fecha às minhas costas. Suplico ao homem da guarita.

— Por favor, é importante...

— Acha que não sei quem você é? — responde ele. Está de uniforme, mas não mora num lugar tão bonito. Ele é do nosso lado da cidade. — Vá para casa, sua bruxa.

Ele está certo... sobre tudo. Sabe quem sou, e eu sei que não há escapatória. A noite está escura e sem lua, e meus planos criaram raízes.

~

Fico em casa por uma semana inteira. Minha mãe não se importa; há muito aprendeu a lição que só agora começo a compreender. Pensei que a escola ajudaria a me libertar, mas somente iluminou melhor as grades de minha jaula. Jamais serei nada além de uma bruxa nesta cidade.

Quando volto, é só para pegar minhas coisas. Tudo na escola me deixa enjoada, especialmente as fofocas nos corredores. Rory LeBleu não apareceu em sua própria festa. Dizem que ela ficou bêbada e desmaiou antes até de sair do quarto, e seu pai ficou tão constrangido que expulsou todos e trancou a porta.

Há outros boatos também. Como o que diz que o pai dela a encontrou nua com um menino na cama durante a festa e, o mais louco de todos, que ela estava nua com outras três meninas.

As histórias crescem com tanta rapidez, não é mesmo? Nunca se sabe que parte é verdadeira. Corro de volta para casa antes que possa ouvir mais alguma coisa.

Agora sei por que minha mãe se esconde — e não é só porque as pessoas a odeiam. É porque o mundo está cheio de coisas que ela fez e coisas que ela desfez, e elas lhe atiram pedras sempre que ela se arrisca do lado de fora do portão.

Cuido dos jardins e preparo minhas fórmulas, bem como a mamãe me ensina. Decidi fazer alguns cursos a distância das matérias úteis que aprendi na escola. Não economia doméstica, mas matemática, história e inglês. Eles não me derrotaram. Eu não vou deixar. Vou economizar para um futuro muito além dos confins dos muros deste jardim, muito além desta cidadezinha. Eu conheço as pessoas daqui, e elas me conhecem, e este é o problema. Se sou uma bruxa, então serei uma bruxa que voa para uma terra em que ninguém nunca ouviu falar de bruxas.

As roseiras em arco agora estão totalmente desabrochadas, buquês redondos e pesados de vermelho, branco, roxo e preto chovendo sobre os visitantes; uma sarça de flores que acena dia e noite. A lua enche, some e enche novamente e, em uma meia-noite, o sino toca.

Desta vez sou eu que atendo a porta. Não tem mais sentido me esconder.

Na varanda está Flo, e a seu lado, Rory, com a cabeça caída, parecendo mais pesada do que qualquer rosa madura. Os braços circundam o tronco, os olhos estão mortos. Mais além, na calçada, Fawn e Marie pairam como se temessem que, caso chegassem mais perto, eu as transformasse em sapos.

E, um dia, talvez eu tivesse feito essa ameaça. Um dia, talvez eu tivesse batido a porta. Mas abri mão de meu direito de fazer isso naquela noite em que coloquei comprimidos na bebida daquelas meninas.

— Boa noite — digo.

Flo franze os lábios e olha além de mim.

— Malena, eu... — Ela vacila, e Rory coloca a mão em seu pulso.

— Não sei o que houve — interrompe Rory, com a voz clara e vazia — na noite da festa. Mas deve ter sido lá que aconteceu.

Pisco para ela, como se de algum modo isso fosse ajudar a dar sentido àquelas palavras. Quando o que aconteceu? Só o que fiz foi colocá-la para dormir. *Só o que fiz foi colocá-la para dormir.*

— Ela disse... — Rory engole em seco. — Ela me falou que você vai precisar saber quanto tempo faz.

Suas palavras cravam espinhos em minha garganta quando percebo qual das histórias sobre aquela noite era verdadeira. E é claro que Flo trouxe Rory aqui. Ela sabia como podíamos ajudar. De algum modo, consigo resmungar uma resposta.

— Sim. Entrem.

Enquanto as conduzo para dentro, ela fala:

— Eu posso pagar.

Balanço a cabeça. Embora tenha sido eu que a fizera dormir, Pierce não tomou nada meu naquela noite. Se ele procurou Rory, estava bem acordado. Eu não fiz isso, mas possibilitei que acontecesse. Queria roubar sua noite especial, mas desejos são coisas afiadas e espinhosas, e não percebi quão fundo os meus poderiam ferir. Ela já perdeu o bastante. Não vou tirar seu dinheiro também.

— Por aqui. — Não acordarei minha mãe. Posso fazer isso sozinha.

— Obrigada — diz Rory, e sinto seus dedos em meu braço, mais macios do que as pétalas de uma rosa vermelha.

— Sim, obrigada — diz Flo. — Não pensei que depois de tudo o que fizemos...

— Venham para a sala de visitas. — Minha voz interrompe suas desculpas. Não quero desculpas, e não quero pedi-las, também. Sei o que fazer para ajudá-las, e é só isso que importa. Não preciso do seu dinheiro, da sua gentileza ou da sua amizade.

Ficarei com seu respeito.

A Menina e o Lobo

Fábio Yabu

I — O fim novamente

"... e todos foram felizes para sempre."

Seis palavras que ecoavam tal qual uma canção satânica e pegajosa em sua mente. Enquanto reverberavam, ao redor ele ouvia passos e galopes apressados, vozes familiares tagarelando sobre assuntos mundanos, gargalhando e entoando estrofes rimadas. Vozes cujos donos ele conhecia de longa data, mas que ignoravam por completo sua presença no chão.

Ele sentiu a grama embaixo de si, penetrando por entre os pelos e roçando-lhe a pele. Abriu os olhos e, uma vez mais, lamentou estar vivo. Percebeu a familiar sensação de peso no ventre, tocou o abdômen com a leveza de quem acaricia um bebê e sentiu o ardor do corte recém-fechado. Como os lobos fazem quando invocam os deuses, ele uivou, pedindo por clemência. Seu grito percorreu todo aquele Reino, das florestas sombrias aos palácios encantados nas montanhas e no fundo do mar, passou pelas nuvens onde um pé de feijão atrevido invadia os domínios de um gigante e enfim chegou aos ouvidos do soberano de tudo aquilo que o sol toca: o Narrador. Não fora Ele quem criara aquele mundo, mas era Seu desígnio divino cuidar para que as histórias permanecessem para sempre encantadas. Onisciente, onipotente, onipresente, ele era o Alfa e o Ômega, o início e o fim de todas as histórias.

E Ele amava a todos os Contos de Fadas, de João e Maria a Rumpelstiltskin, e até mesmo o Lobo Mau.

Conforme o lobo recuperava a consciência e suas conexões neurais eram reestabelecidas, o ultraje pelo qual seu corpo passara era traduzido ao cérebro na única linguagem que este era capaz de compreender: dor. A dor de ter a pele dilacerada por uma lâmina e os órgãos internos esmagados por pedras pontiagudas como dentes de um gigante. Dor suficiente para fazer gerações inteiras desistirem de encarnar. Dor que ultrapassa adjetivos: excruciante, lancinante, faretrada, nefrálgica.

Mas, acima de tudo — e isso era o que mais lhe causava indignação —, era a dor que matava o sagrado que existia dentro dele, um mistério que em todo o Reino somente ele e o próprio Narrador conheciam. Nem a menina do chapeuzinho vermelho, nem sua avó (contra as quais ele não tinha nada) faziam ideia de quem ele realmente era. Os três já se conheciam havia um bocado de séculos, mas no intervalo de suas histórias, nos raros momentos em que podiam sentar e relaxar, jamais trocaram mais do que um erguer de sobrancelhas. Para Chapeuzinho e todas as crianças, ele era uma besta ignóbil, o mal escondido na floresta, um glutão que só sabia satisfazer seus próprios anseios carnívoros. Como seu inverso, havia o Caçador, um herói virtuoso e abnegado, a figura paterna que protegia a Chapeuzinho, Branca de Neve e outras mocinhas indefesas. Era trabalho do Caçador atirar o Lobo nos braços da Morte, mas, como em todos os Contos de Fadas, a dama sombria jamais o abraçara: o final de cada história era tão somente um estágio transitório num ciclo infinito de fortuna e tragédia no qual somente o segundo quinhão era cabido ao Lobo. Impedido de morrer, ele era sempre ignorado pelo Narrador quando suplicava pelo Esquecimento. Afinal, como ficariam os Contos de Fada sem um de seus principais antagonistas? Como ficariam Chapeuzinho, Pedro, os Três Porquinhos e todos os que habitavam os domínios de Esopo? Por mais que o Narrador, infinitamente sábio e misericordioso, amasse o Lobo, não havia nada que Ele pudesse fazer.

Em toda a história dos Contos de Fadas, somente um personagem conseguira o feito de ser esquecido. Nem seu nome era sabido, e, ainda que fosse, jamais poderia ser pronunciado. Especulava-se que ele havia cometido um crime tão atroz que aos deuses não restou alternativa senão apagá-lo dos livros. Mas as pessoas falam demais. As circunstâncias do desaparecimento do "Inominável", bem como os motivos que levaram ao oblívio, só cabem ao Narrador, em Sua gloriosa sabedoria, conhecer.

Muito longe dali, havia outro mundo, alheio a tudo que acontecia depois do "felizes para sempre". Um mundo sem magia, árido e quebradiço, onde o chão era preto e as árvores estavam mortas. Era povoado por pequenos seres chamados humanos, que tinham dia certo para nascer e morrer, e cujas existências seriam ainda mais vazias e desesperadas não fossem os Contos de Fadas. À noite, os humanos contavam histórias do Reino para seus filhotes, sem imaginar o que se passava além do véu que separava os mundos. Era isso o que fazia o desígnio do Narrador tão abençoado: graças a Ele, toda história começava e terminava de maneira tão certa quanto, para os humanos, o sol nasce e se põe. Tudo estava bem.

Quando os pais fechavam os livros e os filhos fechavam os olhos, os Contos de Fadas estavam livres para fazer o que quisessem: a Vovó pediu cigarros, e foi prontamente atendida por um troll. Chapeuzinho tirou o abafado capuz vermelho que lhe fazia coçar o couro cabeludo. Já o Caçador ergueu os braços como um escravo alforriado, fazendo estalar os ossos que já nasceram adultos, para então limpar o sangue do Lobo de seu facão.

— Eu poderia fazer isso pelo resto da vida... se tivesse uma. — Todos riram, exceto o Lobo. O sangue era real.

Ele ainda estava deitado no chão. Todos aqueles seres mágicos circulavam, agitados. Trolls, duendes e animais carregavam móveis e tábuas, passando por cima dele e, vez por outra, pisoteando seu corpo ferido.

— Queira escusar-me, senhor! — disse um troll, curvando-se respeitosamente, mas apertando o passo.

Nem todo Conto de Fadas fora criado da mesma forma. Quanto maior a popularidade no "Outro Reino", maiores eram as bênçãos derramadas pelo Narrador. O panteão de princesas, liderado por Branca de Neve, era de todos o mais poderoso e respeitado, já que muitas crianças no Outro Reino requisitavam suas histórias constantemente. Até mesmo a Rainha Má tinha suas regalias, e gostava de receber em seu castelo a famosa enteada, o marido dela, o príncipe, e até mesmo os sete anões para longas conversas regadas a vinho e queijos feitos com o leite das quimeras.

Em ocasiões raras e muito festejadas, os habitantes do Reino tinham a sorte de presenciar o nascimento de novos Contos de Fadas, como acontecera com Merida, Elsa e Anna: elas se tornaram tão populares no "Outro Reino", inspiraram tamanha devoção e carinho nas crianças, que acabaram se materializando naquele lugar mágico para caminhar lado a lado com Cinderela, Bela e a Pequena Sereia, eternamente abençoadas pelo Narrador.

Mas do Lobo, ninguém gostava.

Caído no chão, ele viu meia dúzia de trolls carregando doces e toalhas brancas. Queriam agradar ao visitante que passava por lá, um grande e espalhafatoso cisne branco que outrora fora conhecido como Patinho Feio. O Lobo bufou e fechou os olhos, antecipando as sensações que se avizinhavam. Com sua garra afiada, abriu o corte ardente em seu ventre cauterizado pela lâmina em brasa do Caçador. Mergulhou a pata inteira na própria carne, fazendo jorrar bolhas de sangue escuro e coagulado. Tirou as pedras, uma a uma, experimentando todas as nuances daquela dor sem fim, que só fazia aumentar enquanto os órgãos internos se regeneravam e se realinhavam. Os rins se deslocaram, irradiando dor para as costas, o que o fez se contorcer como se estivesse possuído. Enojado e incomodado pelo barulho, o Patinho Feio pediu para ser carregado para longe dali. Os trolls obedeceram, colocando-o numa almofada emperolada e partindo.

A cada pedra extraída, o estômago do Lobo se enchia de ar, empurrando carne, pedriscos e ossos quebrados que lhe perfuravam os pulmões acima e os intestinos abaixo. Era como ser esfaqueado por dentro. Ah, as veias. Como as veias doíam enquanto se reconstruíam e penetravam os músculos como agulhas geladas, formando pequenos túneis virgens prestes a ser inundados por uma enxurrada de sangue quente bombeado pelo pistão desregulado do coração. Havia algum alento em seu sofrimento? Nenhum. Mas, ao menos, o processo ocorria relativamente rápido. Naquele reino, o tempo era fluido.

Em menos de uma hora, ele estava pronto para se levantar. Ainda assim, não encontrou motivos para tal. Todos os Contos de Fada já haviam partido. O Lobo estava sozinho novamente naquele vasto Reino, como a última folha a cair no outono. O vazio lhe empalava como a lança de um cavaleiro errante. Como um cachorro que apanha sem saber o motivo, ele uivou e chorou, queria fugir dali como a sanidade, mas sentia-se preso como um alfinete num pedaço de...

— Você não ODEIA essas comparações? — perguntou-lhe uma voz.

11 — O Oitavo Anão

Os olhos do Lobo se arregalaram. A figura de pé à sua frente parecia um tanto familiar. Era humana, mas mesmo para aquele mundo suas proporções eram toscas, bizarras, com um rosto longo e angular acima do tronco curto, que não tinha mais que duas vezes o tamanho da cabeça. Os braços eram tão pequenos que, quando erguidos, não ultrapassavam a altura dos olhos. Nos pés, usava botas inapropriadas para a sua estatura, cobrindo as coxas até a virilha.

— Sério, você não odeia as comparações? Acho que me irritam tanto quanto os adjetivos exagerados. "Faretrada", "nefrálgica". — Ele levantou a voz como se quisesse ser ouvido: — Pedante prolixo do inferno. Humpf.

Parecia muito preocupado com as horas. A cada instante, checava um relógio de bolso, cujos ponteiros nunca giravam na mesma velocidade, chegando a parar algumas vezes por dias ou meses. Com uma voz estridente e nasalada, típica dos anões devido ao encurtamento da laringe, disse:

— Que bom, temos algum tempo, mas não podemos abusar. Muito prazer, eu sou o Oitavo Anão. Ouvi falar muito de você. — Ele esticou a mão, mas o Lobo apenas acompanhou o curto movimento com os olhos. — Está me ouvindo? Ou será que eles fizeram algo com sua cabeça também? — Ele apontou a própria testa, incapaz de tocá-la com seu braço diminuto.

O Lobo balançou a cabeça. Sua voz de pouco lhe serviria. Ao contrário da maioria dos Contos de Fadas, nem mesmo fora das histórias lhe era permitido dizer nada senão as frases escritas em seus Livros Sagrados. Como um Buda maldito, só podia repetir mantras como "Abra esta porta e deixe-me entrar", "Então vou inchar, vou soprar...", "É pra te comer melhor", entre outros. Já sua cabeça era diferente: era como um pequeno jardim dentro de sua prisão, um lugar onde ele podia cultivar poesias e colher um milhão de palavras chulas em idiomas interditos sem a interferência do Narrador. Como nenhuma delas poderia escorregar de sua mente para a boca furiosa, tudo o que ele pôde fazer naquele instante foi fechar os olhos devagar. Uma lágrima se libertou, escorreu por seus pelos pretos e caiu no chão, espalhando sentimentos de ódio e liberdade que ninguém jamais ouviria.

— OK, não precisa responder. Eu sei o que está pensando. Como seria bom fugir daqui, não? Muita gente tentou antes de você, mas com "Ele" — apontou para cima — de olho em tudo, você nunca vai conseguir.

A presença daquele ser diminuto não dava ao Lobo motivos para ficar ali parado. Ele nunca soubera se o Oitavo Anão era mesmo real, mas, se ele estava à sua frente, suas intenções não poderiam ser mascaradas do Narrador. O Lobo se levantou e agitou todo o corpo, deixando espirrar o restante do sangue coagulado que lhe cobria os pelos. Fez algo que os lobos jamais fazem: deu as costas para o estranho e pôs-se a caminhar, com a cabeça baixa e os olhos atentos, avançando no vazio como uma nuvem carregada.

— Eu sei que você está com medo — disse o anão. — Mas e se eu lhe dissesse que existe um jeito... de escapar?

O que quer que ele tivesse a dizer seria loucura. Afinal, era impossível fazer qualquer coisa que escapasse ao olhar inquisidor do Narrador. Como um deus vingativo e mimado, Ele observava cada ação de cada ser naquele Reino e, caso algum de seus mandamentos fosse violado, podia castigá-los da maneira que bem quisesse, descrevendo-a em sua pedante e enfastiosa narrativa.

Por outro lado, o que o Lobo tinha a perder? Tudo o que mais queria na vida era quebrar aquele ciclo infindável de sofrimento.

O Lobo parou e virou-se para trás. O anão se sentou, mas era tão pequeno que tanto fazia se suas pernas estivessem dobradas ou não. O animal repetiu o gesto. Suas patas eretas em frente ao corpo eram toras capazes de sustentar um mundo. Seus pelos pretos e grossos como espinhos se eriçaram, suas orelhas se ergueram. Ele queria ouvir.

III — O plano

— Você já ouviu falar sobre o "Outro Reino", não é? Conhece o homem do espelho? — O Lobo balançou a cabeça. — Não? Todo mundo o conhece. Os espelhos costumavam ser janelas para outros mundos, mas quando os Contos de Fada começaram a ficar curiosos demais, o Narrador mandou quebrar todos. Antes, havia um em cada casa; hoje, só resta aquele no porão da bruxa, guardado por um espírito. Ele é o homem do espelho, e o Narrador proíbe qualquer um de olhar para ele.

O Lobo virou o rosto.

— Deixa pra lá. Mesmo que você não o conheça, já deve ter sonhado com o Outro Reino algumas vezes. É o mundo que precisa do nosso para sonhar. Tudo o que fazemos aqui se reflete lá, mas, ao contrário das nossas vidas, as daquele mundo são finitas. Os seres, ou ao menos a maior parte deles, nascem e morrem apenas uma vez. Consegue imaginar isso? A princípio pode ser meio assustador pensar no assunto, mas ao mesmo tempo é excitante, não? Entre o momento em que nascem e morrem, os seres de lá são livres para decidir sobre o próprio destino. Você pode imaginar a empolgação de ser capaz de comer e falar o que quiser? Ser livre para correr, procriar, até mesmo amar e, ao final de tudo, com o último ar que resta nos pulmões, narrar a própria vida em primeira pessoa?

As palavras do anão despertavam sentimentos que o Lobo sequer sabia que tinha. Pela primeira vez em sua existência, ele contemplou o intransponível muro azul da esperança, procurando em sua vastidão uma corda, uma escada, uma mera fenda que pudesse escalar. Ainda que não tivesse encontrado nada, a sensação era boa. Mas, antes que ficasse empolgado demais, arregalou os olhos e apontou o focinho para o alto.

— Não se preocupe com o Narrador. Eu sei que ele está ouvindo tudo, mas o fato é que esse velho maldito precisa de mim; do contrário, não haveria nenhuma história aqui. Eu sou o "conflito", entende? Sou a dúvida que aparece na cabeça da Chapeuzinho, sou a vontade que os porquinhos têm de brincar antes de construir suas casas. Sem conflito não tem história. Além do mais, Ele é muito precavido. Antes, havia portais escondidos por onde se podia ir e vir, como o buraco do coelho. Os mundos se comunicavam o tempo todo; eles aprendiam conosco, e nós, com eles. Eu mesmo fui para lá várias vezes. É tão bonito e diferente... Bem, depende um pouco do "onde" e do "quando" você sai. Lá o tempo é uma linha reta. Não é como aqui. Você sabe o que é um trem? É, é como se fosse uma linha de trem, em que você pode descer em vários lugares diferentes. Uma dica, não tente descer na Europa durante a Segunda Guerra. Ou na época da Peste Negra. Eu, por exemplo, gostava de visitar o Renascimento.

— Bem, um dia — continuou ele —, os portais começaram a ser fechados. Ninguém entendeu, todos acharam ruim, mas quem teria coragem de reclamar de alguma coisa? Você, dentre todos os Contos de Fadas, é o que melhor sabe do que Ele é capaz. O Narrador acha que nos venceu e nos trancou aqui para sempre, mas eu sou mais esperto do que ele. Sabe qual era o meu apelido de anão? Gênio. Fui o primeiro líder, ensinei ao Mestre tudo o que ele sabe, só para aquele idiota virar uma marionete sem alma.

A atenção do Lobo ia baixando junto com suas orelhas. Ele estava se cansando.

— Enfim, vamos ao que interessa. Vagando pelo Reino, eu descobri uma maneira de escapar daqui. Um último portal.

As orelhas do Lobo se levantaram novamente.

— Um portal que vai te levar embora, lobinho. Você só tem que atravessá-lo e pronto. O único problema... Sempre tem um problema, não? É que o portal só abre de tempos em tempos, em éons específicos. Além disso, você precisa chegar ao último portal sem que o Narrador veja. Você deve estar se perguntando como isso é possível.

O Lobo assentiu.

— É o que vou te mostrar agora. Bem, como eu disse, os espelhos são proibidos neste reino. Somente a Rainha Má e o Narrador podem chegar perto do homem do Espelho, certo?

Ele não esperou a resposta do Lobo.

— Errado. Eu vou te mostrar como se esconder do Narrador. Aprendi esse truque com Rumpelstiltskin após ganhar uma aposta dele. Preste atenção porque só vou explicar uma vez: o Narrador tem um *ponto cego*. — Olhou seu relógio. — É um momento específico no tempo, com intervalos indefinidos, em que a realidade fica paralisada para Ele, mas continua fluindo para nós. Em resumo, podemos fazer o que quisermos nesse período, sem medo de sermos punidos. Graças ao ponto cego, você tem uma chance. Quer ver só?

Ele queria.

IV — O ponto cego

O sol tingia o céu azul e as nuvens brancas de amarelo e laranja no... dia seguinte?

O Oitavo Anão gargalhava no chão. Se pudesse, o Lobo também o faria. Ele não se lembrava da última vez em que tivera alguma emoção em sua vida. De fato, talvez aquela fosse a primeira.

— Hahaha, você viu a cara dela? — O anão ria. — "Vocês não podem entrar aqui, blá-blá-blá!" Pois entramos e olhamos na cara daquele espelho idiota.

Ele olhou as horas.

— Foi divertido. Pena que não dá mais tempo. A essa altura, a velha bruxa já deve ter contado para Ele o que fizemos. Então precisamos ser rápidos. Você viu, no espelho, onde deve ir depois que passar pelo portal, certo? Precisa ser aquele lugar específico, nenhum outro.

O Lobo assentiu, e, em seu âmago, começou a escalar o muro da esperança. Pobre Lobo. Fora vítima do discurso desvairado do Oitavo Anão, uma alma infeliz que se afogara no balde da própria pequenez, incapaz de enxergar as vicissitudes da vida como parte do desígnio divino do

Narrador. Certo de sua punição, o anão aguardava, a qualquer momento, sentir sua pele se infestar de cogumelos fétidos enquanto sua carne se transformava em madeira podre. Ou então a agonia de sentir larvas carnívoras eclodirem bem atrás de seus olhos, consumindo pouco a pouco os globos oculares numa coceira tão agonizante que faria qualquer um tentar arrancá-los com as unhas.

O que tanto o Lobo quanto o anão falhavam em compreender era que o Narrador amava todos os Contos de Fadas de maneira igual. Tortura, infecção, inundação eram sempre últimos recursos em seu vasto repertório de atos de amor. Mas seu santo nome não poderia ser negado, e não faltavam naquele Reino os dispostos a morrer por Ele.

— Irmão, pare com isso!

Havia séculos que o Oitavo Anão não ouvia aquela voz, mas ele a reconheceu de imediato. Virou-se e viu ex-companheiros com os quais lutara em guerras e descobrira tesouros, seres que um dia ele amara como irmãos: os sete anões.

— Rá. Irônico ele mandar vocês aqui para me matarem. — O Oitavo Anão riu.

O Lobo mostrou seus dentes e rosnou. Ele estava tão perto. Não se entregaria sem lutar.

— Não estamos aqui para matá-los, Gênio — disse o Mestre. — Viemos para machucar. Digo, para conversar. O Narrador resolveu lhes dar uma segunda chance. Não é mesmo, rapazes?

Os anões se limitaram a balançar a cabeça. Apenas Feliz sorria. Soneca fazia jus ao nome, alheio a tudo o que se passava à sua volta.

Zzzzzz..

O Oitavo Anão deu um passo para trás, tentando ganhar tempo.

— Sei. Como ele fez com o Dunga. Será que vocês se esqueceram de como ele era? — Dunga olhou para o chão. Dengoso pôs a mão em seu ombro.

— Dunga, você tinha uma voz! — gritou o Oitavo Anão, apontando para ele. — Uma linda voz, com a qual nos alegrava com as mais belas canções. Mas bastou questionar o Narrador para ele usurpar para sempre seu dom. E você ainda trabalha para Ele?

— O Narrador escreve certo por linhas tortas — rebateu o Dengoso. — Dunga é muito feliz hoje.

— Vocês estão loucos! ISSO é felicidade?

Os olhos de Dunga estavam marejados.

— Felicidade é algo difícil de definir. Acredite, eu sei disso — afirmou Feliz, entre dentes. Por dentro, ele gritava.

— O passado não importa, Gênio. Especialmente neste lugar. Venha conosco, deixe o Lobo em paz, e o Narrador prometeu ser misericordioso. Você não será torturado, nem esquecido. Palavras Dele.

— Se eu não vou ser esquecido nem torturado, quer dizer que ele encontrou um jeito de me matar. — Ele já se preparava para fugir, conduzindo o Lobo para uma passagem entre as árvores, sem nem imaginar que toda a área já estava cercada por trolls e animais escondidos, com ordens para persegui-los e dilacerá-los a qualquer movimento suspeito.

Zangado bufava enquanto arranhava o chão com a ponta de sua picareta.

— Vamos acabar logo com isso, eu nunca gostei desse cara mesmo!

— Zangado, espere! — gritou, em vão, o Mestre.

O mais impaciente dos anões avançou contra o ex-colega, desferindo golpes de picareta que zuniam bem perto da orelha do Oitavo Anão.

— Não há motivo para violência! — exclamou Dengoso.

Assustado, Soneca acordou com a gritaria.

— O que está acontecendo?

— Por que se importar, ele não pode morrer mesmo! — Zangado queria sangue. — Eu quero me divertir pelo menos!

O Lobo deu um passo adiante. Sua pata poderosa bateu no chão com um estrondo retumbante, levantando uma nuvem de poeira. Para ele, seria fácil encerrar aquela briga. Pelo menos, assim pensava.

— Fique fora disso, por favor. É uma questão familiar — disse um dos anões. O Lobo não conseguia lembrar o nome. — Sabe, de certa forma, acho que somos semelhantes, por isso eu odiaria ter que machucar você.

Por dentro, o Lobo riu. Não havia nada que qualquer um dos sete anões pudesse fazer contra ele. Mesmo imortais, não passavam de anciões de estatura diminuta. Já ele, desde que surgira, era uma força da natureza, antigo como a sombra, poderoso como o vento. Foi então tomado por uma epifania: em tantos anos de histórias, ele jamais havia testado seus próprios limites. Seria capaz de derrubar uma casa de tijolos se realmente tentasse? Ou então aquele mundo inteiro? Aquela era a hora de descobrir.

Ele inspirou com vontade. O vento mudou de direção, como se mergulhasse para dentro de suas narinas, arrastando árvores, folhas e pedras pelo caminho. O que sobreviveria ao seu sopro? A floresta talvez ficasse no lugar. Enquanto os pulmões se enchiam, tentou escavar em sua mente o nome de seu oponente. Para não ser arrastado pelo vento, o anão fincou a picareta no chão e agarrou-se a ela com firmeza.

O Lobo reconhecera o Mestre, Dunga, Feliz. Inchou a ponto de seus poderosos pulmões racharem com o esforço. Zangado. Dengoso. Soneca. Quando não podia mais aguentar, soprou como se quisesse apagar o fogo do inferno. Foi então que se lembrou do nome do anão à sua frente, mas já era tarde demais.

— *Atchim*!

O choque das duas correntes de ar foi tão poderoso que formou um pequeno tufão. Por sete léguas, nuvens de poeira viajaram, arrancando do chão árvores e casas.

A poeira ainda assentava quando o Lobo recuperou os sentidos. Em meio à cratera deixada pela explosão, ele viu pedaços de corpos e, ao tentar se levantar, percebeu que tinha sido atravessado por um galho. Uivou de dor quando sentiu alguém pegar em suas patas.

— Precisamos... cof... tirar você daqui, rápido.

O Oitavo Anão tentava puxá-lo, mas ele mesmo estava ferido. Um galho perfurara seu ombro e, para alguém de sua estatura, qualquer ferimento ali era uma sentença de morte. A tentativa de remoção causava ainda mais dor ao Lobo.

— Droga. Está… preso.

Foi então que outro par de mãos diminutas agarrou sua pata direita. Em meio à nuvem de poeira, o Oitavo Anão viu o vulto de seu irmão caçula.

— Dunga!

O anão mudo apenas abaixou a cabeça, ciente que dessa vez sua insurgência lhe custaria muito mais do que a própria voz. Com o pouco de força que lhes restava, os irmãos puxaram o Lobo, que emitiu um grito gutural enquanto o galho terminava de rasgá-lo por dentro. Tão logo ele se viu livre, o buraco em seu peito começou a se fechar, mas não havia mais tempo a perder.

— Você tem que ir — disse o Oitavo Anão. — Espere pelo ponto cego, então faça o que tem que fazer. Lembre-se, ele não é medido em minutos. Este relógio vai te ajudar a saber quando é o próximo. Pode ficar com ele.

Estava amarrando o relógio à pata do Lobo quando ouviu um último apelo do Mestre:

— Gênio, por todos os cantos… digo, por todos os santos… Por que está fazendo isso?

O anão sequer se virou.

— Você já sabe a resposta, "irmão".

— Por favor, pare já com isso! Os Contos de Fadas nunca estiveram numa era tão próspera! Você pode pôr tudo a perder… e pior, vai acabar como o Inominável!

A frase do Mestre causou estranhamento ao Lobo. Até então, ele achava que o Inominável era o Oitavo Anão. Então havia outro…?

— Humpf, velho idiota. Não dê ouvidos a ele, meu amigo. Agora vá. O próximo ponto cego está se aproximando.

O Oitavo Anão sentiu uma estranha coceira que parecia vir de dentro de seu crânio, atrás de seus olhos.

— Lembre-se do que falei no Castelo da Bruxa. Vá agor..

V — O portal

Longe dali, numa casinha escondida no meio da floresta, uma pequena aldeã vivia com sua mãe. A menina era muito bonita e gentil, e vivia usando um capuz vermelho feito por sua querida avó, que lhe assentava tão bem que, aonde quer que ela fosse, era chamada de Chapeuzinho Vermelho. Quando a mãe soube que a avó estava doente, pediu que a menina lhe levasse uma cesta com bolinhos assados e um potinho de manteiga. Fez, porém, uma advertência:

— Tome cuidado com o Lobo que mora na floresta!

Em outro lugar, numa terra e tempo em que os porcos faziam rimas, uma pobre mãe porquinha que não tinha como sustentar os três filhos ordenou que saíssem de casa, em busca da própria sorte. Cada qual deveria construir sua casa e, antes que seguissem seu caminho, a mãe alertou:

— Façam casas bem resistentes, pois o Lobo está à solta!

Chapeuzinho havia passado por aquele caminho mais vezes do que poderia contar. Desde a primeira vez, ela o fizera com alegria e contentamento, pois sabia que era parte de algo importante. Ela dava cada passo com a mesma precisão delicada todas as vezes, a tal ponto que suas pegadas se formavam sempre nos mesmos lugares.

O primeiro porquinho encontrou um homem carregando um feixe de palha e pediu-lhe um pouco para construir sua casa. Ele estava com pressa, queria brincar logo e não tinha tempo a perder. O homem generosamente concordou com seu pedido, e dessa forma o primeiro porquinho construiu a mais humilde das casas. O segundo porquinho encontrou um homem carregando tábuas de madeira, e, como o irmão, pediu-lhe algumas para construir sua casa. O pedido foi atendido, a casa logo estava erguida e o porquinho saiu para brincar. Já o terceiro irmão, mais cauteloso e lembrando-se do conselho da mãe, encontrou um homem com um fardo de tijolos e pediu-lhe um punhado. Com o que recebeu, construiu uma casinha simpática e resistente.

Na floresta, Chapeuzinho reconheceu uma familiar moita de frutinhas silvestres. Tudo estava normal e cada passo seu batia no chão com a mesma harmonia que a música que cantarolava:

— Pela estrada afora eu vou bem sozinha, levar estes doces para a vovozinha. Ela mora longe, e o caminho é deserto, e o Lobo Mau deve estar por per...

Quando seu sapatinho tocou o chão ao som da última sílaba, ela percebeu que algo estava errado. Os dois irmãos porquinhos continuavam brincando. O terceiro aguardava na janela. Nos longínquos domínios de Esopo, Pedro gritava, mas nada acontecia. O Lobo havia sumido.

Ao dar falta do Lobo, Chapeuzinho ficou paralisada. Era a primeira vez em séculos que ele não aparecia para pedir um pouco dos bolinhos feitos para a avó. Resolveu rumar para a casa da velhinha, e as coisas se tornaram ainda mais confusas em sua cabecinha acostumada a repetições. Alguns trolls circulavam, desesperados, outros estavam sentados e esfregavam os braços como se estivessem com frio, sem saber o que fazer. Os Três Porquinhos haviam acabado de chegar.

— Chapeuzinho, o que está acontecendo? — perguntou o terceiro porquinho.

— Não sei! Nunca vi nada assim em todos os meus anos neste lugar. Só espero que minha avó esteja bem!

Chapeuzinho passou por vários animais falantes, que tentavam ver o que se passava dentro da casa. Ao entrar, deu de cara com uma cena até então inconcebível: todos os móveis estavam revirados, como se um tufão tivesse passado por ali. Temeu pela avó quando viu uma mancha de sangue na parede de madeira.

— Vovó! — gritou ela.

— Estamos aqui, Chapeuzinho! — A voz pertencia ao seu velho amigo, o Caçador. Eles estavam em outro cômodo, e a avó, sentada numa cadeira, tinha a cabeça sendo enfaixada por um troll. O Caçador lhe trazia um copo d'água e seus cigarros.

— Vovó! — gritou Chapeuzinho. Ela abraçou a velhinha. — O que aconteceu? Onde está o Lobo?

— Ele fugiu — respondeu o Caçador.

— Fu... giu? Como?!

Após uma baforada fedorenta de cigarro, a velhinha se explicou:

— Eu estava na minha cama cochilando, esperando as três batidas na porta, quando notei que elas haviam chegado cedo demais. Levantei-me para abrir a porta, e, quando o fiz, fui tomada por um horror completo. Era o Lobo, mas não como das outras vezes. Ele parecia ferido e nervoso, ofegando, com os pelos do pescoço eriçados e sangue em seu peito. Eu sussurrei que era cedo demais, tentei dissuadi-lo a voltar mais tarde, mas ele estava diferente. Seus olhos tinham a culpa de quem matara um homem. Pedi que se acalmasse, disse que chamaria o Narrador, quando ele me soprou, e eu voei longe.

— Como o Narrador não viu? — perguntou Chapeuzinho.

— O ponto cego! — O Caçador bateu na mesa. — O maldito usou o ponto cego para se esconder do Narrador e mudar a história! Mas por que ele faria isso?

— Eu não sei. Quando dei por mim, estava caída no chão, apegando-me às cordas da consciência. A última coisa que vi foi ele entrar no meu quarto e rumar para debaixo da cama.

Ela apontou para o cômodo. O Caçador e Chapeuzinho entraram e reviraram tudo, procuraram debaixo da cama e dentro dos armários, mas não havia sinal do Lobo.

— Pra onde ele foi? — perguntou Chapeuzinho.

— Eu tenho um palpite. Em que éon estamos? — respondeu o Caçador, olhando debaixo da cama.

Os olhos de Chapeuzinho se deslocaram para baixo.

— **248**. Espere. Agora é **249**.

— **249**? Como assim? Isso está muito estranho! Precisamos falar com o Narrador.

Precisavam, mesmo.

VII — O encontro com o Narrador

Por todo o Reino, nuvens raivosas encobriram o sol, trazendo a tempestade e o trovão. Os Contos de Fadas buscavam proteção nos castelos tal qual camundongos num navio naufragando. Até mesmo o gigante que vivia nas nuvens se trancou em casa. Todos sabiam o que acontecia quando o Narrador ficava nervoso.

De todos naquele Reino, uma pessoa tinha motivos de sobra para temer a ira do Narrador: a Rainha Má. Enquanto contemplava as árvores histéricas se rebatendo do lado de fora do castelo, ela ouviu batidas frenéticas na porta que gelaram sua alma.

— Minha rainha. — Era o Caçador, que fez uma reverência.

— O que faz aqui, Caçador?

— O Narrador está... perturbado.

— Percebe-se — comentou a Rainha. — Meu castelo está cheio de trolls. A água se infiltra e os ventos ameaçam a estrutura das paredes. Se ele não se acalmar, poderá destruir o Reino desta vez.

— É por isso que estou aqui, minha Rainha. O Narrador quer saber tudo o que o anão e o Lobo fizeram durante o ponto cego, por isso requisita a presença imediata do Homem do Espelho.

A Rainha gelou.

— Naturalmente. Você sabe onde ele está, não?

— Sim. Vou buscá-lo em seu covil, e o levarei prontamente até o Narrador. Com licença.

Enquanto o Caçador se dirigia ao porão, ele ouviu a voz trêmula da Rainha.

— Caçador?

— Sim, minha Rainha?

— Eu serei punida?

O Caçador se deteve por um segundo, por apiedar-se da velha amiga. Virou-se para ela, sem dizer uma palavra. Aquilo bastou para que a temida Rainha, tão habituada ao tétrico e às artes ocultas, levasse as mãos à boca para conter seu horror.

— Não...! — sussurrou ela, já debulhando-se em lágrimas.

Ao chegar no porão, o Caçador ouviu um grito que atirou seu espírito num abismo.

"Pobre Rainha", pensou.

Por que um ser onisciente e onipotente precisaria de um templo erguido em seu nome? Esse era um dos muitos mistérios que cercavam o Narrador. Mistérios que não cabia aos personagens dos Contos de Fada conhecer, e muito menos questionar.

Em meio ao golpes de vento e à chuva que mais parecia feita de finas agulhas de prata, o Caçador escalou a montanha que dava acesso ao templo do Narrador. Poucos antes dele haviam feito aquela escalada, que visava tão somente testar a fé dos Contos de Fadas em seu misericordioso governante. Aqueles que conseguiam concluí-la eram recompensados com um único lampejo de glória divina, que diziam mudar para sempre suas existências.

Nada poderia ter preparado o Caçador para o deslumbramento que iluminou sua alma ao adentrar o templo. Nem mesmo os castelos das princesas somados ocupariam tamanho espaço. As paredes emitiam brilho e calor próprios, como se fossem moldadas a partir de um pequeno sol. Os portões eram grandes o bastante para permitir que um gigante passasse por elas com folga, o que fez o Caçador questionar quais seriam as reais dimensões do Narrador. Cinquenta metros de altura? Cem? Talvez duzentos?

Os pesados portões se abriram com a leveza das asas de uma borboleta, sem emitir um único som. Ao atravessá-los, o Caçador olhou ao redor e deparou-se com a visão mais maravilhosa que tivera até então: dezenas de vitrais coloridos, representando as cenas mais célebres dos principais Contos de Fadas. Ele viu Branca de Neve com uma maçã envenenada nas mãos, cercada pelos sete anões. Cinderela tinha o Príncipe aos seus pés, calçando-lhe o sapatinho de cristal. Sonhadora, Rapunzel olhava o mundo pela janela de sua torre. E ele foi tomado por orgulho quando viu a si próprio representado num dos vitrais, em que abria a barriga do Lobo com seu facão. Mas entre tantas cenas icônicas, um vitral lhe chamou a atenção, porque estava encoberto por um véu negro.

— O Inominável — concluiu. — O Conto de Fadas esquecido.

"Exato", respondeu uma voz fragorosa e abençoada, que parecia emanar das paredes.

O Caçador olhou ao redor, procurando a origem divina daquele som melodioso, e foi quase cegado por uma intensa luz flutuante. Ele se perguntou se aquela seria a verdadeira forma do Narrador, ou uma representação simplificada que pudesse ser percebida por sua mente limitada. Ambas as hipóteses eram imprecisas, pois uma divindade não pode ser definida nem aprisionada com palavras. O Narrador simplesmente era, e nada mais.

O brilho diminuiu de intensidade e desceu com graça e leveza até o chão.

E então, Ele fez o que os deuses fazem quando querem ser temidos: com um pensamento, tornou-se carne e osso. Diante daquela presença imaculada, o Caçador sentiu-se indigno, ajoelhou-se e tocou o chão com a testa. Tudo o que ouvira dizer a respeito do Narrador era verdade: Seu rosto era tão perfeito que parecia ter sido lapidado pelo pó das estrelas. Em Seus olhos era possível ver a rotação das galáxias. Em volta Dele, havia uma cálida aura luminosa, que parecia emanar de suas roupas feitas com o próprio véu mágico que separava os mundos. Além de Todo-Poderoso, o Narrador era de todos o mais belo.

"Pode se levantar."

O Caçador obedeceu, seus olhos ainda incapazes de absorver toda a luz emitida pela divindade à sua frente.

"Trouxe o que pedi?"

— Sim... está aqui, Narrador.

De cabeça baixa, o Caçador passou-lhe o espelho. O Narrador o pegou com suas mãos ungidas em glória e perguntou:

"Espelho, Espelho meu, quem é mais Poderoso do que eu?"

E o espelho respondeu:

— Em todo o Reino, ninguém é mais sábio e poderoso que ti, ó Narrador.

"Disso Eu já sei. No entanto, o que acontece além do Reino não Me é revelado. Por isso, mágico escravo do espelho, mostra-Me o Lobo Mau."

A imagem do espelho mudou para a de uma casa, um tanto diferente daquelas vistas nos domínios do Narrador.

"Como o maldito conseguiu? O portal embaixo da cama estava fechado, eu mesmo o selei. Mesmo durante o ponto cego ele não teria conseguido entrar."

— Sim, vossa divindade. Mas o Oitavo Anão fez algo durante o ponto cego. Ele alterou os éons, antecipando a abertura do portal.

"Como assim?"

— Ele pulou um capítulo, mestre. Veja com seus próprios olhos. Não há Capítulo VI.

"DESGRAÇADO!"

Ao praguejar aquela palavra, o Narrador enviou uma onda de choque por todo o Reino, derrubando árvores e arrancando asas de fadas incautas.

— Por favor, ó grande Narrador, acalme-se!

"Eu odeio ser feito de trouxa!", gritou.

A autenticidade quase juvenil expressada nas palavras do Narrador, em geral tão eloquente, chamou a atenção do Caçador, apavorando-o ainda mais. Todos os vitrais do castelo se agitaram. O véu sobre a imagem do Inominável balançou e por pouco não caiu. O Caçador foi atirado ao chão, tapando os ouvidos para tentar salvar seus tímpanos. No topo das montanhas congeladas do Norte, a neve eterna se desprendeu das encostas e iniciou uma avalanche que atingiu um vilarejo local.

— Narrador... sua fúria pode destruir nosso mundo! Por favor, tenha calma, e eu irei pessoalmente atrás do Lobo!

Mesmo com suas boas intenções, o Caçador arrependeu-se de suas palavras ao sentir uma mão invisível agarrar seu pescoço. Ele foi erguido em pleno ar e começou a sufocar.

"E quem disse que você tem escolha?"

O Caçador era incapaz de responder. Agitou-se, desesperado por oxigênio, e então foi largado no chão como uma trouxa de roupas sujas.

"Você vai atrás do Lobo, e só voltará com ele."

— Cof, cof... sim, senhor, Narrador. Mas... como farei isso?

"Você precisa arrastá-lo, vivo, pelo portal. Se ele não for trazido de volta em 30 éons, o portal se fechará e ele ficará lá para sempre!"

O olhar do Caçador transmitiu uma dúvida que ele não tinha coragem de dizer em voz alta.

"O que acontece se você falhar? Me diga, Caçador, por que acha que o Lobo é o vilão dos Contos de Fadas?"

— Porque as crianças o temem, eu presumo — arriscou.

"Exato! Mas elas o temem na medida certa. Ele as repudia, mas não as apavora. Imagine como seriam as histórias se, em vez do Lobo batendo na porta, fosse um homem. Nenhuma criança dormiria."

Uma gota de suor escorreu pela testa do Caçador, como se quisesse fugir dali.

"No entanto, não existe outro Lobo neste Reino, existe? E os Contos de Fadas precisam continuar. Se o equilíbrio não for restaurado, precisarei encontrar outro personagem para interpretar o vilão, e, como toda história precisa de uma dose de ironia, não há candidato mais indicado senão você mesmo."

O Caçador se lembrou das intermináveis torturas que infringiu ao Lobo, do prazer que sentiu com cada uma delas, e como até então eram abençoadas pelo Narrador e amadas pelas crianças daquele e do Outro Reino.

— Entendi, Narrador. Eu não falharei.

"Saiba de uma coisa, porém. Este outro mundo onde o Lobo está é regido por regras muito diferentes. É um lugar sobre o qual eu não tenho poder, e só o conheço através do espelho mágico. Você estará sozinho e, se morrer lá... naquele... inferno... não sei o que será feito de sua alma. Agora, volte para a casa na floresta. Eu providenciarei para que o portal seja reaberto no éon 276. Se eu fosse você, desceria esta montanha correndo."

O Caçador engoliu em seco e deu meia-volta.

Ao passar novamente pelos vitrais, olhou de relance o encoberto pelo véu negro, que pertencia ao Inominável.

Quinta-feira, casa dos Lopes, Wrigleyville, Chicago

22h

— Clara, o papai tá cansado, e já são dez horas. Você precisa dormir.

— Mas, papai, eu tô com medo.

— Medo do quê, meu anjo?

— Medo do escuro.

— Não precisa ter medo do escuro. Você já tem 5 anos.

— Conta uma história?

— Só uma, OK? Depois você vai dormir, combinado?

— Combinado. Pode ser da Chapeuzinho Vermelho?

— Pode. Cadê o livro?

— Aqui.

— Tá bom. Era uma vez... Ei. Quem rasgou o livro?! Poxa, Clara. O papai e a mamãe trabalham tanto pra comprar as coisas pra você e você vai lá e rasga o livro todo? Olha só!

— Mas não fui eu, papai!

— Quem foi, então?!

— Não sei...

— Ei, ei, tá tudo bem.

— Buáaaaa.

— O que foi, Pablo?

— Nada, Ellen! Vai dormir. Clara, está tudo bem. O papai... o papai está cansado, trabalhou o dia todo. Vou contar a história sem o livro mesmo, tá bom?

— Tá. Depois que você sair, deixa a luz acesa?

— Pode deixar. Era uma vez...

22h07

— "Ela mora longe, e o caminho é deserto, e o Lobo Mau deve estar por per... to!" Então... Então... O que acontece, mesmo? Caramba, eu conto essa história quase toda noite e agora me deu branco...

— Zzzzzz...

— Boa noite, meu anjo.

22h37

— Pablo, por que você ainda está acordado? Desliga esse celular, amor. Não consigo dormir com essa luzinha.

— Desculpa, querida. Estou lendo umas coisas.

— Lendo o quê?

— Uns sites sobre psicologia. Acho que a Clara está muito insegura, deu uma regredida no comportamento.

— Ah, amor, é compreensível, não é? Mudar para outro país não é fácil pra ninguém. A gente sabia que ia ser assim. Mas vai dar tudo certo.

— É.

— Boa noite, amor.

— Boa noite, Ellen.

23h59

— PAPAAAAI! MAMÃAAAAAAAAAAE!

— Pablo, vai ver o que sua filha quer.

— Amor, eu coloquei ela pra dormir, vai você.

— Se eu for, ela não vai me deixar voltar. Vai você.

— Tá bom, tá bom.

...

— O que foi, Clara?

— Tem um lobo debaixo da minha cama!

— Não tem, não, filha.

— Tem, sim, papai!

— Olha, filha. Está tarde, vamos dormir.

— ...

— Não precisa chorar, meu amor. Você deve ter sonhado. Quer ver só? O papai vai se abaixar, vai olhar e...AAAHHHH!

— O QUE FOI, AMOR?!

— TEM UM BICHO AQUI NO QUARTO DA CLARA! UM CACHORRO!

— MAS COMO?! UM CACHORRO?!

— BUÁAAAA!

— MEU DEUS, O QUE QUE É ISSO?! É ENORME!

— É O LOBO, PAPAI!

— PUTA MERDA! UM LOBO!?!?

— CLARA!!

— AAAAAHHHHHHH!

00h14

— Senhor Lopes, vocês chegaram a fazer contato visual com o animal? Tem certeza de que era um lobo?

— Fizemos "contato visual", sim, xerife. Deus, era enorme. No começo achei que fosse um cachorro, mas era grande demais, preto como carvão. Quando olhei debaixo da cama, ele se assustou, se ergueu e quase virou a cama comigo e com a minha filha em cima.

— E depois?

— Ele correu, derrubou tudo pelo caminho e fugiu pela porta da sala.

— Deve ter ido para o mato. Na verdade, não acho que tenha sido um lobo. Um coiote, talvez. Existem cerca de dois mil coiotes vivendo em Chicago hoje, sabia?

— DOIS MIL?!

— É o número estimado pelo Centro de Zoonoses.

— Mas como eu posso morar aqui há um ano e nunca ter visto um desses antes?

— Coiotes têm hábitos noturnos. Eles andam pela cidade de madrugada em busca de comida e evitam áreas de grande movimentação. Mais parecem fantasmas. Me diga uma coisa, você já foi a Nova York?

— Está brincando? Eu sou brasileiro Nós amamos Nova York.

— Humpf. Então você já passou por um coiote. Eles estão em praticamente todas as cidades da América. Consegue imaginar, um coiote na Times Square? Pois tem.

— O que vai fazer, xerife?

— O que há para se fazer? Vou mandar meus rapazes darem uma olhada, mas é provável que ele já esteja bem longe daqui.

— Por que ele entrou na nossa casa?

— Devia estar com fome. Não se preocupe, a maior parte dos encontros de coiotes com humanos é pacífica. O fato de você e sua filha estarem vivos é prova disso. Ele não deve voltar a aparecer.

— Obrigado, xerife.

— Papai, posso dormir com você e a mamãe hoje?

— Pode, meu anjo, pode.

COIOTE ENTRA EM CASA EM CHICAGO

Animal se escondeu embaixo da cama de criança

The Huffington Post

Wrigleyville, Chicago.

Um episódio envolvendo um coiote perdido assustou uma família de brasileiros que vive no subúrbio de Wrigleyville. Na noite de ontem (26), a polícia local recebeu uma estranha chamada. Um coiote teria aparecido na casa dos imigrantes Pablo e Ellen Lopes, e se escondido debaixo da cama da filha de 5 anos do casal. Após ser encontrado pela família, o animal — que a princípio foi confundido com um lobo — teria fugido e se escondido no Clarendon Park, onde outros coiotes foram avistados nos últimos anos. Ninguém ficou ferido.

Embora o caso tenha sido dado como encerrado pela polícia, o Sr. Lopes não tem certeza absoluta da natureza do animal: "Eu pesquisei na Internet, e vi que antigamente lobos também viviam aqui na região, próximos ao Wrigley Field. Lá, eles teriam cruzado com os coiotes e dado origem a algumas linhagens maiores mas menos agressivas. Talvez se trate de um deles, porque a coisa era grande demais para ser apenas um coiote!"

Incidentes com coiotes têm se tornado comuns na região da Grande Chicago. Estima-se que ao menos 2 mil deles estejam vasculhando os lixos da cidade à noite, perfeitamente adaptados à vida urbana, que lhes oferece abrigo, comida farta e um ambiente livre de predadores naturais. Em 2007, um animal foi flagrado dentro de uma loja de conveniência, tentando conseguir comida em uma máquina de snacks. "Com a construção de novas áreas residenciais onde antes havia florestas, nós estamos invadindo o espaço dos animais que sobraram", afirmou o xerife Patrick Kilpatrick, que atendeu ao chamado dos Lopes.

Quinta-feira, casa dos Lopes

21h30

— Papai, por que o lobo estava debaixo da minha cama?

— O xerife disse que não era um lobo, meu anjo. Era um coiote.

— Eu acho que era um lobo. Mas por que ele estava debaixo da minha cama?

— Não sei, meu anjo. O xerife acha que ele estava com fome. Deve ter entrado na nossa casa procurando comida, e acabou se escondendo ali. Vamos tomar mais cuidado, certo?

— Mas, se ele estava com fome, por que não me comeu?

— ... Não sei, meu anjo.

— Lobos comem gente, não comem?

— Lobos comem de tudo.

— Gente também?

— ... Gente também. Mas não era um lobo. Era um coiote.

— Ou então era um lobo bonzinho, não é?

— É, meu amor. Talvez fosse um lobo bonzinho. Boa noite.

— Boa noite.

Sexta-feira, casa dos Lopes

16h15

— Como foi na escola hoje, Clara?

— Foi legal, mas eu briguei com o Fred.

— Brigou com o Fred? Por quê?

— Porque ele é bobo.

— Mas por que ele é bobo?

— Ele disse que eu menti, que não apareceu lobo nenhum aqui em casa.

— Oras, mas isso era motivo para brigar com ele? O Fred é seu amigo. Deixa pra lá, logo ele esquece essa história, OK?

— Tá bom.

23h59

— Quem tá aí?

— ...

— Oi... Você é o lobo, né? Eu sei. Não precisa ficar com medo. Você deve estar muito assustado, né? Eu sei. Eu também fiquei assustada quando a gente se mudou pra cá. Não entendia nada do que as pessoas falavam. Você não vai me comer, não é? Que bom. Eu tenho gosto ruim, sabia? Uma vez cortei a boca e senti o gosto do meu sangue. Coitadinho, você tá com fome? Não come desde que chegou aqui? Nossa. Fica quietinho, eu vou na cozinha buscar comida pra você, tá?

— Clara? O que foi?

— Vou fazer xixi, papai.

— Tá bom.

...

— Toma. Bom menino. Bom menino.

Sábado, casa dos Lopes

9h20

— Ai, Clara, eu já falei pra você não ficar trazendo comida para o quarto. Olha a sujeira que está aqui.

— Desculpa, mamãe.

— Ellen, os Borges mandaram uma mensagem agora e perguntaram se o churrasco amanhã está de pé.

— Nossa, ainda tem mais essa, não tem nada aqui em casa. Vamos ter que ir ao mercado mais tarde. Pede pra eles trazerem as bebidas? Clara, limpa essa sujeira, nós vamos passear no parque, depois vamos no Walmart.

— Tá bom, mamãe. Podemos trazer linguiças?

— Er... Deu pra ser carnívora agora? Tá bom, Clara, tá bom.

23h59

— Pablo, tá ouvindo isso?

— Hmmm?

— Escuta!

— ... Não é nada, Ellen.

— Sh! Escuta! A Clara.

— Deve estar sonhando.

— Vai lá ver.

— Vem comigo.

...

— Oi, papai. Oi, mamãe.

— Está acordada, filha?

— Estou, sim.

— Com quem você estava... falando?

— Com o lobo.

— O LOBO?!

— É, ele vem me visitar de vez em quando. Mas ele já foi embora.

— Ellen, tá tudo trancado. Ninguém entrou aqui.

— Essa casa está me dando arrepios. Eu falei que a gente não devia ter comprado. Minha mãe falou pra gente não se mudar, ela é sensitiva! Deve ter passado o dom pra Clara também! Ai, meu Deus.

— A vovó vê espíritos, não é, mamãe?

— Ai, Ellen, olha o que você fez...

— Mas eu não vejo espírito não, mamãe. Não mais.

— Vem, Clara. Você vai dormir com a gente hoje.

— Mas eu quero dormir aqui!

— CLARA!

— Tá bom, mãe.

Domingo, casa dos Lopes

14h30, antes do churrasco

— Estranho.

— O que foi, Pablo?

— Eu não comprei linguiça ontem para o churrasco?

— Comprou, guardei aí na geladeira.

— Mas não está aqui.

— Como não está? Ali, na gaveta de frios.

— Não está, olha.

— Ué. Que estranho.

— Está lá debaixo da minha cama, papai.

— Clara... por que você colocou a linguiça debaixo da cama?

— Pro lobo comer, papai. Ele é bonzinho.

— Meu anjo, o lobo foi embora. Ele não vai mais voltar.

— Vai, sim, papai. Ele me falou.

— Ele te... falou?! Quando?

— Ontem à noite. Ele pediu desculpas. Disse que nunca quis machucar ninguém.

— Lobo não fala, meu anjo.

— Eu sei, ele não fala mesmo. Ele só pensa, e eu escuto.

— E o que mais ele te falou?

— Que ele está com medo. Mas que gosta daqui. Ele não sofre.

— Eu não quero mais que você leve comida para o quarto, entendeu?

— Mas mãe...

DING-DONG

— Os Borges chegaram. Depois a gente conversa sobre isso.

23h59

— Minha mãe não deixa mais eu trazer comida pra você. Desculpa. Você não fica chateado? Que bom. Bom menino. Bom menino. Você vem amanhã de novo, não é? Somos amigos, não somos? Que bom.

Segunda-feira, casa dos Lopes

23h59

— Seu pelo é tão macio, lobinho. Dá vontade de ficar abraçada com você pra sempre. Olha essas orelhas, que grandes. Rá, me lembram até da historinha. O quê, você quer brincar? Tá bom! "Nossa, vovó, pra que essas orelhas tão grandes?" Hahaha. "Nossa, vovó, pra que esses olhos tão grandes?" Hahaha. "Nooossa, vovó, pra que essa boca tão grande?"

...

— Ah, lobinho. Eu também te amo.

Terça-feira, casa dos Lopes

23h59

— Shiu! Fica bem quietinho. Olha, trouxe estes biscoitos pra você. Você gosta, não gosta, lobinho? Eu sei que a mamãe proíbe, mas não posso deixar você com fome. Ei, o que você tem hoje? Está triste? O quê?? Como assim, não pode mais me ver? Mas quem vai te dar comida? Não, você está enganado, lobinho! Eu não estou em perigo! Por favor, não quero ficar sem você. Por favor, fica. Eu me sinto tão sozinha aqui. Por favor.

Quarta-feira, casa dos Lopes

00h00

— Champanhe, a essa hora? Posso saber o que estamos comemorando, Pablo?

— Nosso aniversário de casamento. Achou que eu ia esquecer, não é?

— Bobo. Claro que não. Olha o que eu vesti pra você.

— Ellen!

— Gostou?

— Podemos pular o champanhe?

— Papai, mamãe...

— Ai, meu Deus. Agora, não. O que foi, Clara?

— Eu posso dormir com vocês hoje? Estou triste. Buáaaaa...

— O que foi, meu anjo? Está tudo bem. Não chora. Está tudo bem.

Uma semana depois, Escola Park View, sala da Sra. Thompson, psicóloga

9h21

— Bom dia, Sr. e Sra. Lopes.

— Bom dia, Sra. Thompson. Aconteceu alguma coisa? Ficamos preocupados.

— Está tudo bem. Sentem-se, por favor. Não há motivos para alarme. Eu queria apenas fazer algumas perguntas sobre a Clara. Soube que ela passou por uma experiência peculiar recentemente.

— É. Um coiote, ou lobo, sei lá, apareceu na nossa casa e se escondeu bem debaixo da cama dela. Dá pra acreditar? Eu vi com meus próprios olhos.

— Sim. Eu soube pela TV.

— Mas eu não diria que foi um trauma. Nos dias seguintes ela estava bem tranquila. Brincou e conversou normalmente. Só nesses últimos dias que nós a achamos um pouco triste, mas talvez seja saudades do Brasil.

— Às vezes crianças reprimem o que estão sentindo. É um mecanismo de defesa. Mas, uma hora ou outra, elas acabam exteriorizando aquele medo, pedindo ajuda.

— Sra. Thompson, diga logo o que está tentando dizer, por favor.

— Vejam estes desenhos. Este aqui tem duas semanas; foi antes do "incidente" com o "lobo", nas palavras dela.

— Por que as aspas aéreas?

— Pablo, deixa a Sra. Thompson falar.

— Pois bem. Aqui vemos a família de vocês: o papai Pablo, a mamãe Ellen, Clara. A casa, com os telhados e as janelas e portas abertas, mostra que ela se sentia segura. Já este outro foi feito depois do incidente.

— Hmm... Ela desenhou o lobo como se fosse da família?

— Sim, Sr. Lopes.

— E isso é motivo de preocupação?

— A princípio, não seria. Veja a casa: ela continua se sentindo segura. Como você disse, mesmo com o susto, aparentemente o animal em si parece não ter causado nenhum trauma. Mas vejam os desenhos dos últimos dias: papai, mamãe, Clara, o Lobo e...

— Que estranho! Quem é esse homem no canto da folha?!

— Não sei. Ela me disse que é um homem mau. Vejam as portas e janelas: todas fechadas. Esses riscos na mão dele me preocupam. Ela diz que é uma faca.

— Pelo amor de Deus, Sra. Thompson, o que você quer dizer com isso?!

— Vocês têm certeza absoluta de que era mesmo um lobo?

— Mas é claro que sim, eu vi com meus próprios olhos, já disse. Essa insinuação é absurda!

— Não estou insinuando nada, Sr. Lopes. Só estou dizendo… para ficarem de olho na Clara.

— Vamos embora, Ellen.

Noite, casa dos Lopes

21h30

— Clara?

— Oi, papai.

— Clara… Eu sei que toda essa mudança pra cá não foi fácil pra você. Não foi pra gente também. Deixar para trás nossos amigos e nossa família… Mas eu queria que você soubesse que o papai e a mamãe estão tentando dar o melhor pra você.

— Eu sei, papai.

— E que você pode confiar na gente. Sempre.

— Eu sei, papai.

— E pode contar tudo pra gente.

— …

— Tudo.

— Chuif.

— O que foi, meu anjo? O que aconteceu?

— Eu estou com saudades, papai...

— Saudades do Brasil? Da vovó?

— Não, papai... saudades do lobo. Ele vinha me ver toda a noite, mas já faz dias que não vem. Acho que é por causa do homem mau.

— Homem mau? Quem é o homem mau, Clara? Ellen, vem aqui!

— O que foi?

— Clara, conta pro papai e pra mamãe quem é o homem mau!

— Ai, meu Deus, é um espírito?

— Esse é o homem que você desenhou com a faca? Na escola?

— ...

— Pode confiar na gente, Clara.

— Ele disse... que precisa levar o lobo de volta logo... senão vai ficar preso aqui pra sempre.

— Ele "disse"?! Como assim?

— Na minha cabeça... Eu escuto ele falar.

— Meu Deus, eu sabia, ela tem a visão também. Vou ligar pra minha mãe.

— A vovó não está em casa, mamãe.

— Para, Clara, você está me assustando!

VIII — O adeus

A tempestade havia se acalmado no Reino, refletindo o estado de espírito do Narrador. Na célebre casa no meio da floresta, Chapeuzinho Vermelho olhava pela janela, esperando que o Caçador voltasse com alguma novidade sobre o paradeiro do Lobo.

Nuvens de fumaça branca faziam seus olhos arderem e impregnavam o capuz com o asqueroso cheiro do tabaco. Ela aproveitou que a chuva havia cessado para abrir a janela e respirar um pouco de ar puro.

— Céus, Vovó, ainda bem que aqui não se pode morrer, senão esses cigarros já teriam te matado faz tempo.

Como se respondendo a uma provocação, a velha sugou a fumaça com ainda mais força para os pulmões.

— Você nunca se perguntou como deve ser, minha netinha? — respondeu, entre uma tragada e outra.

— Fumar? Tenho nojo, obrigada.

— Não, querida. Morrer.

— Morrer...?

— É, Chapeuzinho. Morrer.

A neta viu seu rosto refletido no vidro da janela, sem saber o que responder.

— Às vezes. Talvez.

— Sabe — continuou a velhinha —, antes de o Lobo fugir, tínhamos que fazer as mesmas coisas todos os dias, então não dava tempo de pensar direito. Mas agora que temos tempo de sobra, o que vamos fazer com ele? Eu passei a eternidade fazendo a mesma coisa, e agora... Estou com esse vazio incômodo dentro de mim. Você não sente isso também?

A Vovó soltou uma baforada, como se toda aquela fumaça fosse capaz de preencher a lacuna dentro de si. Chapeuzinho tirou a capa vermelha, colocou-a em uma cadeira e contemplou-a por alguns segundos.

— É. Talvez. Sabe, vovó... Às vezes, só às vezes, eu me pergunto o que aconteceria se eu pisasse em lugares diferentes. Ou se pegasse outro atalho na floresta. Onde eu iria parar? Talvez numa próxima história... a gente possa acabar num lugar diferente, não acha?

A menina sabia que aquilo jamais seria permitido. Era o preço a se pagar pela juventude eterna.

— Vovó, você sabe que eu a amo, não sabe?

— Claro que sei, minha querida. Por quê?

— Eu também tenho pensado muito. Será que somos mesmo avó... e neta? Será que não fomos simplesmente inventadas por...

A velha colocou o dedo na frente dos lábios. Com sua idade avançada, ela já tinha visto muitos Contos de Fadas se fazerem as mesmas perguntas, apenas para receber como resposta castigos horripilantes e inumanos.

— Chega, minha netinha. Acho que já falamos demais. Eu não devia ter começado esse assunto. Vamos parar antes que Ele se irrite.

Decepcionada, Chapeuzinho fitou o chão. A velha pigarreou e apontou para a capa vermelha que repousava na cadeira. A menina a vestiu novamente, observou a floresta do lado de fora e viu surgindo entre as árvores uma figura conhecida.

— Caçador! Vovó, o Caçador voltou!

Ambas se levantaram para receber o velho amigo, que entrou na casa com as roupas e botas encharcadas, sem dizer uma palavra.

— O que foi, Caçador? O que o Narrador te disse? Onde está o Lobo? — indagou Chapeuzinho.

Não obteve resposta. O Caçador rumou direto para o quarto da Vovó, abaixou-se e olhou debaixo da cama.

— Chapeuzinho. Em que éon estamos?

Ela pensou um pouco.

— **276.**

— Foi quando o Narrador disse que abriria o portal de novo. Eu preciso ir. Mas antes... Chapeuzinho, Vovó. — Ele colocou as pernas debaixo da cama e as sentiu sumirem no vácuo infinito. — Tem algo que vocês precisam saber sobre Ele.

— Sobre o Narrador?! Do que você está falando?

O Caçador sabia que suas chances de voltar com o Lobo eram praticamente nulas. Voltar de mãos vazias significaria ficar sujeito aos cruéis castigos divinos do Narrador. Não voltar seria passar o resto de uma existência mortal no que parecia ser o inferno. Mas ele não queria levar o maior segredo dos Contos de Fadas para o túmulo.

— Chapeuzinho. O Narrador é…

O portal sugou o Caçador e se fechou.

Quinta-feira, casa dos Lopes

22h45

— Ei, lobinho? Lobinho, é você? Você voltou!? Não faz barulho, o papai e a mamãe estão vendo televisão e... HMMPF!

— FICA QUIETA, MENINA. Se fizer algum barulho, eu abro sua barriga com essa faca e mato seus pais depois! Agora, me diga: ONDE ESTÁ O LOBO?!

...

— Pablo, ouviu isso?

— Ai, de novo, não.

— Vamos lá ver!

— Clara?

...

— MEU DEUS!

— CHAMA A POLÍCIA!

— PAPAI, MAMÃE!

— Calma, Ellen! Calma, Clara! Vai ficar tudo bem! Ellen, larga esse telefone! Amigo... ninguém aqui vai fazer besteira. Fica frio. Pode pegar o que quiser e vai embora. Por favor. Larga nossa filha.

— Eu só quero ir embora desse inferno!

— Você pode ir! Quando quiser. Solta nossa filha.

— NÃO! Eu só vou embora com o Lobo! Eu sei que ele está aqui, em algum lugar!

— Papai...

— CLARA!

22h47 — Casa dos vizinhos

— Você está ouvindo esses gritos, George?

— Tem algo de errado. Liga pra emergência.

HOMEM MANTÉM FAMÍLIA REFÉM (VÍDEO)

CNN

Um homem de identidade desconhecida mantém neste momento uma família refém no subúrbio de Wrigleyville, Chicago, sob a mira de uma faca. Aparentando estar sob influência, o homem exigiu da polícia a presença de um "lobo".

Voltamos em instantes com mais informações.

Clique para ver o vídeo.

Martin Gardner @mgardner 5 min

WTF? #PrayForWrigleyville

Expandir Responder Retweetar Curtir Mais

Jenna Tennel @jtennel 4 min

#PrayForWrigleyville

Expandir Responder Retweetar Curtir Mais

Breaking News @breakingnews 3 min

Casa invadida por sequestrador é a mesma onde suposto lobo apareceu há 15 dias.

Expandir Responder Retweetar Curtir Mais

CNN @CNN 1 min

Sequestrador de Wrigleyville está sob a mira de um atirador de elite. A polícia tenta negociar a rendição, mas ele está abraçado à criança.

Expandir Responder Retweetar Curtir Mais

23h57 — Lado de fora da casa

— Amigo, a polícia quer te ajudar, mas você tem que nos ajudar também. Por favor, solte a menina e saia com as mãos para cima.

— Eu só saio daqui com o Lobo!

— Olha, eu não sei quais filmes você assistiu, mas a verdade é que a polícia não pode negociar com sequestradores. São as regras. Mas isso não quer dizer que não podemos te ajudar. Nós QUEREMOS te ajudar. Me diga, quem é esse lobo? Ele é alguém que você conhece? Ou é um lobo de verdade? Eu adoro animais também, sabia?

— Não é "um lobo", é "O" Lobo! Lobo Mau! Eu sei que ele está aqui! Sinto o cheiro dele!

[Voz no rádio]

— Lane, aqui é o capitão. Negociar com esse maluco é a mesma coisa que discutir na Internet. A imprensa está cercando o local, o que só vai deixar o suspeito mais estressado. Ele está claramente tendo um surto psicótico, prolongar essa negociação só vai... Hein?

— Auuuuuuuuu!

— O que foi, Capitão?

— Ouviu isso? Um... uivo?

23h58

[Voz no rádio]

— Lane... tem um... bicho se aproximando do jardim?! Jesus Inri Cristo, é um maldito lobo!

— Que diabos...

— Ele está correndo para a casa!

23h59 — Dentro da casa. Quarto da Clara

CRÁS!

— GRRRRRRR...

— Seu lobo desgraçado! Você faz ideia do que eu tive que passar pra te buscar aqui?!

— Lobinho, você voltou pra mim!

— CLARA, VEM!

— Não, papai! O lobinho precisa de mim!

23h59m17s — Fora da casa

[*Voz no rádio*]

— O suspeito largou a refém! Entrem agora! Atiradores, a postos!

23h59m45s

— RAAAAR!

— Eu não vou embora sem o lobinho!

— Clara, não! VOLTA AQUI!

[*Voz no rádio*]

— A refém está voltando! O suspeito vai pegá-la! Atira!

— E o lobo??
— Eu não me importo com o maldito lobo, só ati...

BANG!

CNN @CNN 1 min

Um tiro foi ouvido na casa em Wrigleyville. Ainda não há confirmação de mortos ou feridos.

Expandir Responder Retweetar Curtir Mais

CNN @CNN Agora mesmo

A família está sendo retirada da casa agora. Não aparentam estar feridos. A menina está no colo do pai, chorando muito.

Expandir Responder Retweetar Curtir Mais

00h09 — Dentro da casa. Quarto da Clara

— Não! Me soltem! Eu preciso falar com o lobo! Me soltem! Lobo! Me escute! Você tem que voltar comigo, eu descobri quem é o Narrador! Tem um vitral coberto por um manto escuro no templo dele, que ele diz ser do Inominável! Eu aproveitei o ponto cego para olhar. É mentira, Lobo! Ele quer que a gente acredite nisso, mas o Narrador é...

— Poupe seu fôlego, meu chapa.

— O quê?

— O lobo está morto. E você vai passar o resto dos seus dias na cadeia.

— Nããããããããão!

LOBO IMPEDE TRAGÉDIA EM WRIGLEYVILLE

The Washington Post

Wrigleyville, Chicago

"Um conto de fadas da vida real": foi assim que o casal Pablo e Ellen Lopes, junto com sua filha Clara, definiram a experiência pela qual passaram nas últimas semanas. Há cerca de um mês, um lobo (inicialmente confundido com um coiote) entrou na casa da família de brasileiros e se escondeu debaixo da cama da filha. Ao ser visto, o animal fugiu, mas logo acabou voltando porque a menina o alimentava.

Os dois desenvolveram uma relação de carinho. Segundo a menina, o lobo a visitava todos os dias às 23h59. A amizade terminou de maneira trágica, porém bela, quando um homem ainda não identificado invadiu a casa dos Lopes e tomou Clara como refém. O lobo entrou na casa, furioso, e avançou no sequestrador, salvando a menina.

Infelizmente, o animal foi abatido por acidente quando um tiro da polícia direcionado ao sequestrador o acertou. A história causou comoção nas redes sociais, e a tag #Pray4theGoodWolf está nos Trending Topics do Twitter desde então.

O suspeito encontra-se preso.

LIVRO CONTA HISTÓRIA DO LOBO DE WRIGLEYVILLE

Reuters

Um lobo entra numa casa, se esconde debaixo da cama de uma menina de cinco anos, e entre eles nasce uma amizade. Quando a menina é atacada por um suposto sequestrador, o lobo a salva à custa da própria vida. O que parece mais um Conto de Fadas moderno é, na verdade, o relato verídico de *A Menina e o Lobo*, escrito pelo estreante Gil Kwon Jr.

O caso aconteceu em Wrigleyville, subúrbio de Chicago, há dois anos, e causou comoção nas redes sociais. Até hoje, nada foi descoberto sobre o sequestrador: suas digitais não batem com nenhum registro do FBI, e sequer seu nome foi descoberto pelas autoridades. O mesmo se encontra numa instituição psiquiátrica para criminosos.

Kwon Jr. realizou todas as entrevistas com a família Lopes via Skype, pois mora na Inglaterra. Recluso, o autor se nega a dar entrevistas.

O livro chega às lojas na sexta-feira.

NOTÍCIAS RELACIONADAS

- Disney/Pixar anuncia "Os Incríveis 3" e "Carros 4".
- Vendas de livros de Contos de Fadas voltam a subir após estagnação.
- Mercado de livros digitais ainda não decolou no Brasil.

Oprah Winfrey @oprah 2 dias atrás

Vejam o livro que ganhei de @TheEllenShow. #books #AmeninaEoLobo #BookOfTheDay

Expandir Responder Retweetar Curtir Mais

Oprah Winfrey @oprah 1 dia atrás

#tears #OMG #OWN #books #AMeninaEoLobo

Expandir Responder Retweetar Curtir Mais

Oprah Winfrey @oprah 1 dia atrás

Eu simplesmente não consigo parar de chorar. Esse livro é tão poderoso. Quero Gil Kwon Jr. no meu programa #books #AMeninaEoLobo

Expandir Responder Retweetar Curtir Mais

Oprah Winfrey @oprah 17h

"Pra dizer que te amo!" #AMeninaEoLobo. #books

Expandir Responder Retweetar Curtir Mais

Oprah Winfrey @oprah 15h

@bradleycooper @katyperry @jtimberlake @taylor-swift13 @depakchopra DM

Expandir Responder Retweetar Curtir Mais

Oprah Winfrey @oprah 12h

"Seja o Narrador de sua própria vida". Livro incrível, recomendo. #AMeninaEoLobo. #books

Expandir Responder Retweetar Curtir Mais

GIL KWON JR. É NA VERDADE J.K. ROWLING

Perez Hilton

Por mais que queira escrever sob o manto da invisibilidade, J.K. Rowling parece não dar sorte com pseudônimos. Após um agente ter vazado que ela escrevera *O chamado do Cuco* sob o pseudônimo de Robert Galbraith, os usuários do fórum Reddit descobriram que GIL KWON JR. é, na verdade, um anagrama do nome da famosa autora da série Harry Potter.

Ao contrário do que aconteceu com o livro de Robert Galbraith, que teve uma recepção inicial morna, *A Menina e o Lobo* já rumava para as listas dos mais vendidos desde que virou o livro de cabeceira da apresentadora Oprah Winfrey, que postou no Twitter opiniões apaixonadas sobre a obra. O livro foi catapultado definitivamente ao sucesso com o vazamento da informação no Reddit: mais de 900 mil exemplares devem chegar às livrarias americanas nos próximos dias e, pela primeira vez na história, os servidores da Amazon ficaram congestionados com os downloads da versão digital para Kindle.

Como já era de se esperar, o "Conto de Fadas moderno" deve ser adaptado para o cinema. A disputa pelos direitos do filme está gerando, segundo alguns produtores, uma "guerra termonuclear" entre Disney, Warner e Fox.

LOTERIA

Carl Lewis, editor da Booker Press, primeira editora do livro, afirmou não saber que seu misterioso autor era, na verdade, J.K. Rowling. "Ela enviou o manuscrito para várias editoras, mas ninguém quis publicá-lo." Aparentemente, enviar manuscritos com pseudônimos para editoras de pequeno e médio porte tornou-se um hobby para Joanne, e um bilhete de loteria premiado para aqueles que tiveram a perspicácia de publicá-la. "Se soubesse, teria oferecido um adiantamento maior", brincou Lewis.

DISNEY/PIXAR ADQUIRE DIREITOS SOBRE *A MENINA E O LOBO*

Reuters

Após um leilão milionário envolvendo Warner e Sony, a Disney/Pixar arrematou os direitos de adaptação cinematográfica de *A Menina e o Lobo*, e deve produzir sua primeira adaptação de obra literária. Baseada em fatos verídicos, o livro escrito por J.K. Rowling (sob o pseudônimo de Gil Kwon Jr.) conta a história de amizade entre uma menina de 5 anos e um lobo que aparecera debaixo de sua cama.

O veterano Brad Bird (da trilogia *Os Incríveis* e *Tomorrowland*) está confirmado na direção. O brasileiro Rodrigo Santoro (*300*) deve emprestar a voz ao pai, também brasileiro, Pablo Lopes. Morena Baccarin (*Homeland*), Mary Elisabeth Winstead (*Os Vingadores 4*) e Jennifer Lawrence (da quadrilogia *Jogos Vorazes*) estariam disputando "a tapas" o papel da mãe, Ellen Lopes. Já para o papel de Clara Lopes, Brad Bird estaria procurando uma atriz mirim desconhecida, uma vez que o grande protagonista do filme será o lobo. "É uma história de amizade, da nossa relação com os animais e os mistérios da natureza."

Ainda não há previsão de estreia.

IX — De volta ao Reino

Como acontecera tantas vezes antes, eu não abri os olhos ao acordar sentindo a grama roçando minha pele. Toquei meu ventre procurando pela familiar sensação de enchimento, pelo corte grosseiro por onde pedras eram colocadas dentro de meu estômago. Não encontrei nenhum corte, nenhum calombo, mas aquilo não aliviou meu sofrimento. O maior peso estava no meu coração. Eu estava vivo.

Lembrei-me de Clara. Inspirei profundamente antes de abrir os olhos, na esperança de sentir seu cheiro ou de me ver novamente em seus braços ao abri-los. Nada. Olhei ao meu redor, reconheci a floresta familiar onde eu sempre acordava. De todos os lugares aonde minha alma poderia ter ido depois que meu corpo faleceu no Outro Reino, fosse o inferno, o purgatório, o limbo, o nada, eu estava de volta àquele maldito lugar.

A casa de Chapeuzinho estava a poucos metros, como em todas as outras vezes, com suas paredes feitas de toras de árvores e telhado vermelho. Senti o cheiro do cigarro da Vovó — a velha devia estar em casa e provavelmente já estava ciente do meu retorno. Não vi Chapeuzinho, mas ela também não deveria estar longe.

É claro que ninguém ali viria me receber. Trolls caminhavam para cuidar de seus afazeres, carregando caixas e tábuas pesadas. Fadas voavam, colhendo o pólen das flores, animaizinhos falantes ensaiavam suas canções e absolutamente todos ignoravam meu retorno. Cheguei a me perguntar se eu estava invisível ou realmente ali. Talvez fosse um fantasma, pensei. Olhei para minha pata, e a sombra na grama indicava que não.

Foi quando eu comecei a ouvir os sussurros. Vozes baixas, falando e cantando em idiomas que eu não conhecia. Aquilo era novidade para mim; no princípio achei que fossem as vozes dos animaizinhos, pois eram finas e nasaladas. Tapei minhas orelhas com as patas, e os sussurros só aumentaram. O que estava acontecendo? Eu estava quase captando alguns fonemas compreensíveis quando Ele — ou melhor, ele — apareceu.

— Interessante. Então é isso o que acontece quando se morre lá. Tudo volta ao normal. Você volta para cá e a vida segue, como se nada tivesse acontecido. Que quebra de expectativa, hein? — O Narrador riu, feito de carne e osso à minha frente.

Ele estava especialmente cínico daquela vez. O fato de ter se materializado indicava que aquela era uma ocasião especial. Era óbvio: ele queria ser visto em seus trajes reluzentes, castigando o único que se atrevera a desafiá-lo. Queria que eu fosse o exemplo. Ele se abaixou e passou a mão em minha cabeça.

— Não posso dizer que você não me impressionou, meu caro. Antes de você, alguns gatos pingados já haviam tentado atravessar o último portal. Confesso que eu o deixava aberto apenas para ver quem se atreveria a buscá-lo. A eternidade, você bem sabe, pode ser muito entediante. Mudar a contagem de capítulos para me enganar? Foi ideia do Oitavo Anão, não foi? Bravo. BRAVO!

Ele bateu palmas. Homens como ele não precisam de plateia.

— Mas enfim, agora que teve seus momentos de alegria, quero que volte ao trabalho. Temos muito a fazer, "lobinho". Temos éons de histórias atrasadas em todas as partes do mundo. Nossa popularidade sem você caiu muito, e você sabe que este mundo não se sustenta sozinho. Veja, sei que você está com medo, mas vou lhe dizer uma coisa: sem ressentimentos entre a gente. Não vou te castigar como fiz com o Oitavo Anão. Considere o período que passou no Outro Reino como férias que ganhou... num lugar em que você jamais poderia pagar.

Eu estava tão bravo. Clara.

— Nosso trabalho é muito mais importante do que você pode imaginar. As vidas no Outro Reino são curtas, efêmeras. Lá ninguém nasce e morre mais de uma vez, então os humanos têm que aproveitar ao máximo suas existências patéticas antes do oblívio final. O mundo deles não faz sentido como o nosso, não tem fadas madrinhas, recompensas, finais felizes ou o bem vencendo o mal. Sabe como eles chamam isso? De "faz de conta". Para eles, só a morte é real. É uma vida muito triste.

Qualquer tipo de vida era melhor do que ouvi-lo matraquear. Comecei a prestar mais atenção aos sussurros.

— Você nunca viu um humano morrer, mas eu já, pelo espelho, milhares de vezes. É um espetáculo triste, o pináculo da solidão absoluta. Eles morrem sem nada nem ninguém. Agora, imagine como seria se fossem arremessados do nascimento ao fim de sua existência sem ter histórias que lhes confortassem o coração. Vê? Eles precisam de você. De nós. Somos uma equipe, entende?

Por longos minutos, eu ouvi o Narrador falando sobre como o trabalho dele era importante, como ele ajudava as crianças a terem sonhos tranquilos e como não deveríamos levar nada daquilo para o lado pessoal. Ele dava pequenos saltos e agitava as mãos fechadas à frente do corpo, exibindo uma postura imatura, juvenil talvez, que não condizia com a narrativa pedante e cheia de pompa à qual estávamos acostumados.

Quem era ele, afinal?

Enquanto ele tagarelava, os sussurros que eu ouvira começaram a se tornar vozes. Ainda era difícil compreender os fonemas, mas percebi que era como ler um livro: quanto mais eu focava neles, menos o ruído exterior me incomodava. As palavras que eu captava já estavam isoladas entre si, eu sabia onde cada uma começava e terminava; ainda eram vazias de significado: *varg*, *wilk*, *kurt*, *vuk*, mas muito mais agradáveis aos meus ouvidos do que o discurso infindável do Narrador.

— Vou lhe dizer uma coisa, Lobo — prosseguia ele, a voz cada vez mais abafada para mim — Eu não criei este mundo, nem as regras dele. Fui escolhido, porque Eu cumpria meu papel, porque seguia as regras. Sabe o que isso significa? Que, se você também segui-las, Eu poderei recompensá-lo. Veja a Branca de Neve, por exemplo, tudo o que ela tem e é capaz de fazer. Não estou dizendo que você um dia pode ser como ela, claro. Mas, se você se esforçar, se fizer sacrifícios por mim... Eu posso derramar minha glória sobre você.

O maldito não parava de falar. As palavras ditas pelas vozes em minha mente se cristalizavam em significado. Só então eu comecei a compreender o que acontecia comigo.

Ulv.

Tala.

Vilkas.

Lupus.

Loup.

Wolf.

Lobo.

— Então, é isso — concluiu, batendo as mãos e esfregando-as. — Volte ao trabalho. Você tem uma encenação de Chapeuzinho em seguida. Depois, vai direto para a casa dos Porquinhos. Você sabe, inchar, soprar, derrubar. Cair na água fervente, essas coisas todas. Não vai ser difícil. Já providenciei um novo Caçador, mais jovem também. Aquele antigo era muito demodê. Nunca gostei daquele cavanhaque.

No Outro Reino, as crianças chamavam por mim. Em todos os lugares, elas pediam para que seus pais contassem a minha história, e todas as noites olhavam debaixo da cama na esperança de me encontrar. Em breve, pais começariam a deixar presentes ali, dizendo que foram dados por mim. O hábito viraria tradição. A tradição viraria lenda. No Outro Reino, eu estava em todos os lugares. E, mais importante do que isso, no mundo dos Contos de Fadas, Eu estava narrando minha própria história.

— Nem tente se aproximar do portal de novo; ele foi fechado. E se tentar mais alguma gracinha, eu o torturarei de maneiras tão horripilantes que vão confundir você com o Patinho Feio quando era adolescente. Entendido? Vamos, vamos. Ao trabalho. Não quero mais ver você na minha...

Eu estava narrando minha própria história.

— O que foi que você disse?! — Os olhos divinos, imaculados e ungidos em glória do Narrador se arregalaram.

Perguntei-me: como ficariam de roxo?

A MENINA E O LOBO FATURA US$ 3.4 BI AO REDOR DO MUNDO E SE TORNA O FILME MAIS LUCRATIVO DE TODOS OS TEMPOS.

CNN Money

E o céu parece ser o limite para o filme de fantasia/drama *A Menina e o Lobo*, da Disney/Pixar, dirigido por Brad Bird. No último final de semana, o filme rompeu a barreira dos US$ 3.4 bi de faturamento ao redor do mundo, tornando-se oficialmente o filme mais lucrativo de todos os tempos. Corrigida a inflação, *... E o vento levou*, de 1939, faturou US$ 3.39 bi. Se depender dos números, o lobo bonzinho do filme em nada deve à rainha dos Contos de Fadas: "Branca de Neve e os Sete Anões" faturou ao todo US$ 1.7 bi — metade do faturamento do lobo.

A Menina e o Lobo também é sucesso entre os críticos: agregadores como o Rotten Tomatoes simplesmente não encontram resenhas negativas sobre a adaptação, considerada "um tour de force sobre a amizade e o espírito humano" (*USA Today*) e "o novo *Branca de Neve*, que vai mudar para sempre como as futuras gerações enxergam o lobo mau" (*Washington Post*). Com 100% de críticas favoráveis, o filme entra para o seleto panteão de filmes considerados obras-primas, ao lado de *O Mágico de Oz* (1939), *Cidadão Kane* (1941) e *O Poderoso Chefão* (1972), entre outros.

O que o futuro reserva para o protagonista de *A Menina e o Lobo*? Além da infinidade de *merchandising* como pelúcias, roupas e brinquedos despejados no mercado pela Disney, uma nova atração permanente está sendo criada para o Walt Disney World. Uma continuação ainda não estaria nos planos do estúdio, uma vez que o diretor Brad Bird já afirmou que não aceitaria o convite por acreditar que a história do Lobo Mau já tenha tido o seu "final feliz".

Será?

(Com informações da Reuters)

X — Primeira pessoa

O que eu mais gosto nos humanos é a capacidade de, com um simples olhar, traduzir o intraduzível e com ele acessar um mundo que até pouco tempo me era negado: o mundo das cores. Como lobo, eu só era capaz de enxergar tons de cinza. Já os humanos não só eram capazes de captar a miríade colorida do universo como atribuíam cores a coisas abstratas, incorpóreas, como o amor rosa, a felicidade amarela e a tristeza cinza. Talvez tenha sido por esse motivo que o último sentimento tenha permeado a maior parte da minha existência.

Durante minha curta estada com Clara, a cada noite a paleta do Universo me era revelada. Cada um dos nossos encontros adicionou mais cor não apenas ao meu coração, mas ao mundo à minha volta. Comecei a perceber primeiro os tons de vermelho, tão fortes que pareciam pulsar com vida. Depois, a distingui-los do laranja e do amarelo, as cores do sol e da alegria. O azul que tingia os céus se separou do verde da floresta e me foi revelado por último, trazendo consigo a ambiguidade de uma cor que poderia transmitir paz, mas também melancolia. A última cor que vi ali eu já conhecia, o preto, que era o nada. O branco era o contrário, era tudo, e desde que eu renascera ali, eu podia senti-lo pulsando dentro de meu ser, cada vez mais forte.

No Outro Reino, crianças e adultos pensavam e oravam por mim. Eu podia ter passado a eternidade vivendo como um vilão, mas morri como herói. E agora seria lembrado como algo mais.

"Bela narração, não acha?", perguntei ao Narrador. Eu, eu, eu. Confuso, o homem conhecido como Narrador olhava ao redor, tentando encontrar a origem da voz que descrevia cada uma de suas ações e lhe atribuía adjetivos como... "patético".

— Como está fazendo isso? — retrucou, estupefato, empalado por um travessão, aprisionado na terceira pessoa.

"Por que não vem descobrir?" Avancei no pescoço dele, revivendo dentro de mim instintos ancestrais há muito adormecidos. Minhas patas se chocando em seu peito causou um som seco, como o de galhos se quebrando. Ele podia ser ferido, mas outros também poderiam: a onda de choque resultante do nosso impacto fez tremer até mesmo o castelo da Rainha Má, e no caminho, derrubou árvores, uma casa de palha e outra de madeira.

— Como se tornou tão poderoso?! — gritou ele, histérico.

"Eu diria que essa é a magia do cinema!" Eu estava adorando aquilo. O vento me acariciou enquanto o chão ficou para trás. E não senti medo. Empurrei-o pelo ar até as nuvens, atravessamos seu templo até que pudéssemos ver as estrelas, e depois caímos como corpos celestes. Ele me socava, eu o mordia, sua jugular era meu alvo, mas ele desviava ou punha o próprio braço entre meus dentes e seu pescoço. Seguimos em queda livre, golpeando-nos até os domínios do rei Tritão.

— Eu estou fazendo isso há séculos, lobinho! Você acha que tem algum poder só porque fizeram um filminho sobre você?! — gritou o Narrador, com tamanha fúria que fez o mar ferver. Embora seu poder tenha me impressionado, a verdade é que apenas uma coisa justificava tamanho ódio em sua reação: ele estava com medo.

No fundo do mar, fechei os olhos. O som distorcido pela água não atrapalhava em nada as vozes em minha cabeça, ou o que eu estava sentindo no coração. Era como se raios luminosos saindo diretamente dele me conectassem a todos os outros Contos de Fadas. Senti a dor da Pequena Sereia e suas irmãs ao ferverem vivas naquele oceano ardente. Pobres meninas. Se ali houvesse algum deus, eu oraria por elas.

Acima de nós, nuvens escuras rodopiaram no céu, raios açoitavam as montanhas e trovões faziam a terra se abrir e regurgitar castelos inteiros. A Rainha Má não tentou se segurar em nada enquanto seu lar era sugado pelo chão. Em vez da figura bela e elegante que costumava ostentar, ela preferiu usar sua verdadeira forma — uma velha bruxa, decrépita e sem dentes — para encarar o fim.

— Finalmente! — gargalhava ela.

A dor se espalhava como uma enchente pelo Reino. João e Maria corriam descalços por uma floresta cujo chão queria expulsá-los. Procuravam, em vão, por seixos brancos que indicassem o caminho para uma casa que já não existia mais. Sentindo-se tão inseguras tanto dentro quanto fora do castelo da Branca de Neve, as princesas novatas Tiana, Merida, Elsa e Anna perguntavam quando todo aquele infortúnio cessaria. A Soberana dos Contos de Fadas tentou consolar as calouras, mas suas palavras gentis de pouco serviram uma vez que o teto de cristal do palácio desabou em mil lâminas afiadas como diamantes.

"Você tem que parar com isso!", gritei para o Narrador. "Você vai matá-los!"

— Contanto que você vá junto, eu pouco me importo! — retrucou ele.

Uma coluna de fogo saía do chão em meio ao vento e à chuva, rumando até as nuvens. Me perguntei de que conto teria saído tal construção, pensei que fosse algum dragão, talvez Malévola, quando apurei o olhar e, para meu horror, compreendi que aquilo era um pé de feijão gigante sendo consumido pelas chamas. Os grãos se soltavam das vagens secas e, como meteoros, criavam gigantescas crateras ao acertar o chão. Um deles atingiu em cheio um velhinho, esmagando suas pernas. Em vão, seu filho tentava puxá-lo.

— Papai! Papai! — gritou Pinóquio.

— Filho... por favor, fuja! Procure abrigo na casa dos porquinhos! — respondeu o velho Gepeto. — É o único lugar seguro!

— Não, papai! Eu vou te salvar!

— Filho... por favor... seu nariz está crescendo. Vá.

O mundo, nosso mundo, já estava acabando quando o céu escureceu. Pinóquio e Gepeto olharam para cima ao perceberem que algo bloqueara os poucos raios de sol que ainda atravessavam as nuvens. A escuridão tingiu o céu de preto, depois empurrou-as para longe, anunciando a queda do gigante para a morte lá embaixo. O impacto fez a terra gritar de dor e se ondular como um tapete empoeirado.

Levaria éons até que toda a poeira levantada pelo corpo do gigante assentasse. Aquela terra encantada agora era um campo de batalha, salpicado por corpos e membros mutilados. Horrores ancestrais tomaram conta de meu ser; toda a miséria que vivenciei ao longo das eras estava sendo infligida pelo Narrador aos outros Contos de Fadas. E ainda que por éons incontáveis eu tivesse sonhado com aquele momento, agora eu via como havia sido tolo e mesquinho. Quando os próprios deuses eram levados pela tempestade ou engolidos pela terra, não havia mais ninguém a pedir perdão senão a mim mesmo.

Acessei meus recém-descobertos sentidos que me ligavam aos outros Contos de Fadas. As princesas, Chapeuzinho Vermelho, o Patinho Feio, João e Maria. A vendedora de fósforos.

Todos estavam mortos.

Meu único consolo era saber que, em breve, eles passariam pelo torturante processo de ressuscitação, tão conhecido por mim. Mas, como todos os momentos de paz que eu tivera naquele Reino, logo descobri que esse também seria passageiro, ao ver, às minhas patas, um pedaço de madeira: preto e retorcido como uma raiz apodrecida. Na ponta do galho havia um sapatinho vermelho.

Pinóquio?

A pequena perna se desfez em cinzas fétidas e vapores miasmáticos. O menino de madeira não voltaria a viver porque os Contos de Fadas estavam morrendo.

— Se eu não governar o Reino, ninguém mais vai! — gritou o Narrador.

Mesmo com todo o poder que recebera, eu não era onisciente. Não tinha como saber onde ele estava, nem como conseguira aquele facão afiado que me perfurou o estômago.

— Urrgh! — gemi.

Ele virou a lâmina, retorcendo minhas entranhas. Aquilo era real?

— Fique calmo. Está tudo bem. Eu só quero fazer algumas perguntas. E, se você for esperto, vai responder como foi ensinado, éons atrás.

Ele deixou o facão enfiado em mim, pegou minhas orelhas com as mãos e as puxou. A pele se soltou dos músculos e rasgou-se entre os olhos.

— Por que essas orelhas tão grandes? — perguntou.

Eu senti em meu peito as palavras malditas se formarem e rumarem desesperadas para a minha língua. "É pra te ouvir melhor!" Elas rodopiavam, querendo escapar, mas eu sabia que, se eu as pronunciasse, voltaria a ser o Lobo Mau de antes. Quem sabe o Narrador pararia com aquela tortura.

Nunca mais. No lugar delas, eu disse as palavras que sempre faziam Clara rir. Eu amava sua risada.

"Para te ouvir cantar!"

— Resposta errada! — respondeu ele, com meu crânio entre as mãos. Seus polegares pressionavam meus olhos.

Eu me lembrei de toda a beleza que vira naquele mundo. Branca de Neve, Cinderela, Rapunzel. Bela Adormecida. Pequena Sereia. Nunca tivera a chance de conversar com elas. Mas nem a beleza de todas as princesas somadas se equiparia ao sorriso de Clara.

— Eu vou fazer outra pergunta. Seu tempo está acabando. Pra que esses olhos tão grandes?!

"Para te ver sorrir!", respondi. Me orgulhei daquela escolha de palavras, desejando profundamente que Clara estivesse sorrindo, onde e quando quer que estivesse. Mas, conforme as unhas dele perfuravam meus olhos, a luz do mundo se apagou para mim.

O Narrador então agarrou minha mandíbula, sem se importar que seus dedos sangrassem ao se fincar nos meus dentes. O gosto se espalhou pela minha língua. Deuses também sangravam? Ele forçou a abertura ao máximo; a pele já estava se rasgando quando ele soltou e me deu uma última oportunidade de dizer as palavras que queria ouvir.

— E agora, o *grand finale*...

Lembrei-me de Clara. Senti as crianças no Outro Reino. Quanto mais elas acreditavam em mim, mais poder eu tinha. Numa coisa eu concordava com o Narrador: elas precisavam dos Contos de Fadas, mas nós também precisávamos delas. Toda criança gosta de Contos de Fadas. Ou será que haveria alguma exceção? Lembrei-me vagamente do que o Caçador dissera no Outro Reino. Algo sobre os vitrais no templo do Narrador. Que ele queria que nós *acreditássemos* no Inominável. Por que acreditar em algo esquecido?

Mesmo sem olhos, vi uma grande luz branca me envolver.
E então, eu entendi.
— ... para que essa boca tão grande?
"Para dizer... que eu te amo!"

Luz.

XI — De novo o começo

Foi como se a luz de mil sóis me envolvesse por quase mil anos.

Eu nem precisaria do ponto cego. Tudo estava explicado Meus olhos se recompunham, inundados pela claridade, enquanto, num misto de curiosidade e pena, vi o vulto de um homem franzino me golpeando com braços esqueléticos. Aquele era o "Narrador"? Minhas orelhas se ergueram, religando-me à sinfonia do Universo. Com seu chilique, o ser à minha frente começou a me incomodar. Estalei a mandíbula no lugar e o assoprei com a força que usaria para tirar um fio de cabelo da página de um livro. Ele voou longe e só parou ao se chocar contra o tronco retorcido de uma árvore caída.

Em todo aquele Reino, eu era o único que não estava sofrendo. Uma lição valiosa foi aprendida naquele dia, e eu sabia melhor do que ninguém que a dor poderia ser uma ótima mestra. Mas, após minha estada com Clara, percebi que o amor era ainda melhor.

Sem mais dor. Sem mais mortes.

No Castelo da Branca de Neve, as princesas acordaram, cada uma imaginando ter tido um terrível pesadelo. Com suas delicadas mãos, elas tocaram o rosto e o corpo, admiradas por estarem inteiras. Tudo havia parecido tão real.

Como num sonho, Chapeuzinho Vermelho não se lembrou de como chegara à floresta. Ela estava apenas fazendo o que fazia de melhor; andava e cantava carregando uma cesta de doces para a vovozinha. Seus pés subiam e desciam com leveza e alegria, mas algo estava diferente daquela vez. Eles queriam pisar em lugares diferentes. Na grama, talvez. Equilibrar-se sobre um tronco caído ou afundar-se em poças d'água. Quem sabe pegar outro atalho, atravessar uma ponte? Havia uma nova história, uma nova aventura, esperando por ela em cada canto da floresta.

Nem mesmo ter virado um menino de verdade fizera Pinóquio tão feliz quanto reencontrar seu pai, Gepeto, são e salvo. O abraço do velhinho o reconfortou, pois nada no universo era tão poderoso quanto o amor entre pais e filhos. As lágrimas se derramaram no chão azul brilhante e cristalino, coberto por uma fina lâmina de água que já lhes cobria os calcanhares.

— Hã, com licença. — Eles ouviram uma voz trovejante que criou pequenas ondas na água.

Tudo começaria de novo? Não. Gepeto se abaixou e molhou o dedo. Levou-o à boca e sentiu um gosto salgado, de lágrima, confirmando assim sua suspeita.

— Desculpe, Sr. Gigante. Já estamos de saída.

— Tudo bem.

Eles caminharam por quase vinte metros até deixarem a pupila do gigante. Quando os dois estavam longe o bastante, ele escalou um pé de feijão, rumo às nuvens que eram o seu lugar.

A Rainha Má olhou-se no Espelho Mágico, feliz por estar viva. A forma decadente de uma velha mendiga não a incomodava mais. De certa forma, ela se sentia orgulhosa de ter encarado a morte daquele jeito. A partir daquele dia, só usaria seus trajes de rainha durante o trabalho. Curiosa, perguntou ao espelho quem estava operando todos aqueles milagres pelo Reino. A imagem no espelho se transformou na de um lobo. A velha sorriu.

O homenzinho à minha frente parecia tão frágil. Era difícil acreditar que ele já havia sido uma ameaça.

— O que você fez? Quem você pensa que é? — ele gritava enquanto seus trajes feitos com o "véu mágico que separava os mundos" se desfaziam.

Com um pensamento, eu trouxe à minha presença alguns velhos conhecidos. Fiquei genuinamente feliz em revê-los, ainda que alguns ainda se sentissem indiferentes ou mesmo temerosos a meu respeito. Chapeuzinho, Vovó, os Três Porquinhos, as princesas... e, é claro, os Oito Anões.

— Eu sabia que você conseguiria — disse o Oitavo Anão, agora ao lado dos irmãos.

"Você sempre soube a verdade sobre o Narrador?", perguntei.

— Claro.

"E por que nunca fez nada?"

— É claro que fiz. Olhe para você agora. — Ele sorriu.

— Esperem um pouco... Afinal, quem é o Narrador? — perguntou Chapeuzinho.

"É apenas um ditador mesquinho com delírios de grandeza, Chapeuzinho. Para alcançar seu poder, primeiro ele nos fez esquecer quem era. Tornou-se 'O Inominável', o

Conto de Fadas esquecido. Depois, fez com que acreditássemos que ele tinha alguma coisa de especial. Neste lugar, isso conta muito! Mas, se você olhar bem, por trás de toda a pompa, ele é apenas isso que estão vendo agora."

— Um homem… nu? Então ele é…

"Sim. O 'Imperador'."

— Aquele das roupas novas? — perguntou o porquinho mais novo.

"Ele mesmo!"

— Poxa, eu gostava dessa história — completou o do meio.

O Imperador ainda não estava disposto a se dar por vencido.

— "Os Contos de Fada viram o Imperador à sua frente e logo pensaram: 'Mas que traje lindamente decorado o dele…'"

Arreganhei os dentes para ele, que se calou.

"Não adianta tentar narrar sua história, Imperador. Ninguém mais acredita em você."

— Idiota. E por que acha que em você eles acreditam?

Olhei para os outros Contos de Fadas. A princípio, achei que a troca de olhares entre eles fosse medo. Chapeuzinho tirou seu capuz, abaixou a cabeça e se ajoelhou. Vovó, os porquinhos, os oito anões e todas as princesas repetiram o gesto, assim como trolls, bruxas, fadas, animais e contos por todo o Reino. Uma grandiosa história estava para começar.

"Eu preciso que só uma pessoa acredite, Imperador."

Num tempo e lugar longe dali, os porcos não faziam mais rimas e suas casas não caíam mais com o vento. O menino Jonas, de 5 anos, terminava de vestir seu pijama. Ele entrou no quarto, que no escuro brilhava com estrelas e planetas nas paredes. Como fazia todas as noites, Jonas se abaixou e olhou debaixo da cama. Às vezes, ele encontrava ali algum presente: uma figurinha, um carrinho, uma revista em quadrinhos. Àquela altura, já era algo que toda criança fazia, uma maneira que os pais haviam encontrado de ensinar aos filhos a encarar seus medos e partir em busca do desconhecido. Algumas pessoas disseram que aquele hábito havia ajudado a mudar o mundo, uma geração antes. Mas quem sabe?

Não havia nada debaixo da cama de Jonas, mas aquela noite seria especial mesmo assim. Sua mãe, Clara, entrou no quarto em seguida, cansada por um dia de trabalho, mas tão ansiosa quanto ele para ler aquela história. A história que mudou sua vida, a história de um lobo que, com coragem e virtude, salvou uma menininha e, com ela, todos os tesouros do mundo.

E ela começava assim:

"Era uma vez..."

Este livro foi composto na tipologia Minion Pro,
em corpo 11,5/15,75, e impresso em papel off-white,
no Sistema Cameron da Divisão Gráfica
da Distribuidora Record.